MEMOIRES

POUR SERVIR

A L'HISTOIRE

D E S

HOMMES

ILLUSTRES.

TOME XIV.

MEMOIRES

POUR SERVIR

A L'HISTOIRE

DES

HOMMES

ILLUSTRES,

DANS LA REPUBLIQUE DES LETTRES.

AVEC

UN CATALOGUE RAISONNÉ

de leurs Ouvrages.

TOME XIV.

A PARIS,

Chez BRIASSON, Libraire, rue S. Jacques,
à la Science.

M. DCC. XXXI.

Avec Approbation & Privilege du Roy.

LIVRES NOUVEAUX.

LA Bibliotheque Italique, in-8°. 6. vol.
Les derniers volumes de cet Ouvrage se vendent féparement.

Hiftoire de Lorraine par D. *Calmet*, in-fol. 3. vol. fig. Nancy 1728.

Agathon & Tryphine, Hiftoire Sicilienne, in-8°. Nancy 1711.

Fr. & J. Hottomannorum, *& clarorum virorum ad eos epiftolæ, accedit Appendix epiftolarum mifcellanearum virorum doctorum & Autorum vita*, in-4°. Hagæ comit. 1730.

Defcription de l'Ifle de l'Archipel & de quelques autres adjacentes, par *D'O Dapper*, in-fol. fig. la Haye 1730.

Hiftoire naturelle, Civile & Ecclefiaftique de l'Empire du Japon, trad. de l'Allemand de Kempfer par Scheurzer, in-fol. fig. 2. vol. la Haye 1729.

Œuvres diverfes & Poëfies facrées de *Julien Scopon*, in-8°. la Haye 1728.

Hiftoire abregée de Charles XII.
Roy de Suede, in-12. la Haye
1730.

*Continuatio magni Bullarii, volumina
8. & 10. in quibus continentur Bulla
omiffæ in precedentibus, vol. in-
fol. Luxemb. 1730.*

La vie du Taffe in-12. 1695.

Hiftoire des Medailles, ou introduction à la connoiffance de cette
Science par *Ch. Patin* en fig. 1695.

Les principes de l'Architecture de
la Sculpture & de la Peinture,
& des autres Arts qui en dé-
pendent avec un Dictionnaire
des termes par Felibien, in-4°.
fig. 1697.

Herm. Coëringii *de Scriptoribus XVI.
fæculorum poft Chriftum, in-4°.
Wratiflava 1727.*

J. Alb. Fabricii *Codex pfeudepigra-
phus veteris Teftamenti additur Hy-
pomnefticon Jofephi in-8°. 2. vol.
Hamburgi 1722. & 1723.*

Lettres d'un Profeffeur de Strafbourg à un Gentilhomme Lu-
therien fur les fix obftacles du
falut, in-4°. Strafbourg 1731.

Acta Medicorum Berolinenfium De-

eas prima & secunda, in-8°. Be-
rolini 1722. à 1729.

Fr. Fabricii *Marcodurani Historia
M. T. Ciceronis*, in-8°. *Budinga*
1727.

God. Guil. Leibnitii *Principia Philosophiæ more Geometrico demonstrata*, in 4°. *Francofurti* 1729.

Mich. Ranfftius *de masticatione mor-
tuorum in tumulis*, in-8°. *Lipsia*
1728.

P. Reinh. Vitriarii *institutiones Juris naturæ, Gentium & Publici ad
methodum Hug.* Grotii, *3. vol.
Norimb.* 1726. & 1727.

Ez. Spanhemii *orbis Romanus cum
fig.* in 4°. *Lipsia* 1728.

Ign. Hyat. de Graveson *Historia veteris & novi Testamenti*, in-fol.
4. vol. *Augusta vind.* 1727. &
1728.

Euf. Amort *Philosophia Polingana
ad normam Burgundica*, in-fol. fig.
Augustæ. vind. 1730.

Les Négotiations & Memoires de
M. de la Torré depuis 1695. jufqu'à 1715. in-8°. 5. vol. la Haye.

Les Œuvres de Boileau, nouvelle

édition , in-fol. fig. 2. vol. la Haye 1728.

Le Corps diplomatique du Droit des gens, in-fol. 12. vol. Amsterdam.

L'Atlas hiftorique par Geudeville, in-fol. 7. vol. fig.

Hiftoire de Geneve par *Spon*, nouvelle édition très-augmentée & corrigée avec fig. 2. vol. in-4°.

La même 4. vol. in-12.

L'on fouſcrit chez ledit Briaſſon pour les Oeuvres de M. Delaunoy, in-fol. 10. vol. qui s'impriment à Geneve.

TABLE ALPHABETIQUE

des Auteurs.

Fin de la Table alphabetique.

MEMOIRES
POUR SERVIR
A L'HISTOIRE
DES
HOMMES
ILLUSTRES
DANS LA RE'PUBLIQUE
des Lettres;

Avec un Catalogue raifonné
de leurs Ouvrages.

ERMOLAO BARBARO.

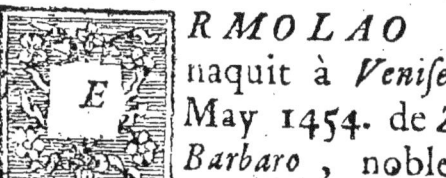

RMOLAO Barbaro
naquit à *Venife* le 21.
May 1454. de *Zacharie*
Barbaro, noble Veni-
tien. La datte du mois
de fa naiffance ne fe trouve que
dans *Voffius*, & dans le Traité Af-
trologique de *Luc Gauric.* Pour ce

Tome XIV.   A

E. BAR-
BARO.

ce qui est de celle de l'année, il paroit par une lettre de *Barbaro* même
qu'elle est juste. Il y marque qu'il
avoit publié sa traduction de la Paraphrase de *Themistius* à l'âge de 26.
ans. Or cette traduction parut en
1480. Il a donc dû naître en 1454.
Il est vrai que *Gauric* met sa naissance en 1453. mais il se trompe en
cet article, comme en beaucoup
d'autres; par exemple en le faisant
mourir à l'âge de 66. ans, au lieu
qu'il n'en avoit alors que 39.

Plusieurs Auteurs lui ont donné
pour pere *François Barbaro*, & ont
embrouillé en plus d'une maniere
sa généalogie. *Bayle* a bien vu l'embarras & la confusion qu'il y avoit
dans ce qu'on trouve sur ce sujet
dans *Volaterran*, dans *Gesner*, &
dans d'autres; mais il n'a pu y apporter de remede. Je tâcherai donc
de mettre ici cette matiere dans tout
son jour, en suivant les traces des
Journalistes de *Venise*, qui nous
donnent un détail exact de tout ce
qui regarde la famille de *Barbaro*.

Candiano Barbaro, Bisayeul de celui dont j'ai dessein de parler, eut

deux fils ; *François I. & Zacharie I.* E. BAR-
François I. fut disciple de *Chryso-* BARO.
loras, & se rendit habile dans les
Langues Grecque & Latine. Il composa en cette derniere un Livre *De
re Uxoria*, qui a été imprimé plusieurs fois , & principalement à
Amsterdam en 1639. *in*-12. & traduit en François par *Claude Joly.*
Paris 1667. *in*-12. Il traduisit aussi
du Grec de *Plutarque* les vies d'*A-
ristide* & de *Caton* , & laissa quelques Lettres & quelques Harangues. Il passa par les Charges de la
République de *Venise* , s'aquit une
grande réputation en défendant la
Ville de *Brescia* où il commandoit ,
& mourut Procurateur de S. Marc
en 1454. Il étoit grand ami de *Phi-
lelphe* , dont on a encore plusieurs
Lettres qui lui sont adressées. C'é-
toit l'Ayeul de notre Auteur.
Zacharie I. son grand Oncle eut
un fils nommé *Ermolao I.* qui fut
Evêque de *Trevise* , & ensuite de
Verone, après avoir été Protono-
taire Apostolique , & qui mourut le
12. Mars 1471. comme on le voit
dans son Epitaphe rapportée par

E. BAR- *Ughelli.* On a de lui quelques ouvra-
BARO. ges qui n'ont point été imprimés,
entr'autres *B. Athanasii Alexandrini*
Episcopi vita, & ejus corporis ad in-
clytam Venetiarum civitatem transla-
tio, & des Sermons que *Vossius* a
donnez mal à propos à notre *Ermo-*
lao. Possevin a évité cette faute,
mais il en a fait un autre, en s'imaginant que cet Evêque avoit été de
l'Ordre de S. *Augustin.* On a une de
ses Lettres imprimée avec le Discours de *Celso Maffei* intitulé : *Dis-*
suasoria ne Christiani Principes Eccle-
siasticos usurpent census, ad inclytum Ve-
netorum Senatum. Verona 1503. *in* 4°.

Zacharie II. pere de notre *Barbaro*
fut fils de *François I.* & d'une fille de
Pierre Loredano, Procurateur de S.
Marc, & naquit vers l'an 1422. Il fut
lui-même élû Procurateur le 14. Mars
1487. & mourut au mois de Decembre 1492. âgé de 70 ans. Tant d'Auteurs contemporains le font fils de
François I. & pere d'*Ermolao II.*
qu'il est surprenant qu'il s'en soit
trouvé qui ayent renversé cette des-
cendance. Il eut quatre enfans d'u-
ne fille du Doge *André Vendrami-*

ni : Ermolao II. qui eſt celui dont il
s'agit ici, *Louis I.* dont la poſte-
rité ſubſiſte encore, *Daniel I.* dont
Jean B. Nani eſt deſcendu par les
filles, & *Jerôme.*

    Ermolao II. après avoir appris les
Langues Grecque & Latine à *Veniſe,*
alla à *Verone* étudier ſous le célebre
Matthieu Boſſo, Chanoine regulier
de Latran, ſous lequel il fit de grands
progrès, quoiqu'il ne fût encore
qu'enfant.

    Lorſqu'il eut huit ans, c'eſt-à-
dire en 1462. ſon pere l'envoya à
Rome, & le mit ſous la diſcipline
de *Pomponius Lætus*, auprès duquel
il demeura dix ans. Au bout de ce
temps il commença à être Auteur,
& compoſa un Traité en deux Livres *de Cælibatu*, qui n'a pas été
imprimé. Les ſentimens où il étoit
alors ſur le Celibat ont toûjours ſub-
ſiſté en lui pendant tout le cours de
ſavie, & il n'a jamais voulu ſe marier.
Ce qu'il dit ſur ce ſujet dans une lettre au P. Arnold eſt trop ſingulier
pour ne pas trouver ici ſa place ; on
y verra une échantillon de ſon ſtyle.
Voici là maniere dont il s'y exprime.   A iij

E. BAR-BARO.

Quæris an sim Maritus ? Non sum. Uxorem ne cogito quidem. Satis mihi rerum est, ac negotii cum litteris: alioquin ea non litigant. Nihil porro litteris tam infestum, quam uxoris jugum, & cura liberorum. Non damno conjugium, sine quo ne litteræ quidem fuissent, sed hominem litteratum, Dei, syderum, & naturæ contemplatorem, hac compede liberum & solutum esse desidero. Itaque carendum uxore duxi, non tanquam flagitio, sed tanquam molestia ; non enim facit uxoria vita noxios, facit obnoxios. Neque tamen initiari sacris me sum passus. Nullius me militiæ sacramento addixi ; Paganus & spontis meæ sum : duos tantùm agnosco Dominos, Christum & Litteras.

Barbaro ne fut pas plûtôt retourné dans sa patrie, que son pere l'envoya à *Padoüe* pour y achever ses études ; ce fut-là qu'il travailla à la traduction de la Paraphrase de *Themistius*, n'ayant encore que 19 ans, mais il ne la publia que sept ans après.

Dans ces entrefaites le Doge *Nicolas Marcello* étant mort le 1 Sep-

tembre 1474. *Barbaro* fut chargé de E. BAR-
faire son Oraison funebre, qui est BARO.
imprimée.

Il étudia cinq ans à *Padoue*, après
lesquels il fut reçu Docteur en Droit
Civil & Canonique en 1477. à
l'âge de 23 ans. Peu de temps après
le Senat lui donna une Chaire de
Philosophie dans cette Université,
& il la remplit pendant deux ans
avec un grand concours d'Auditeurs, enseignant la Morale d'*Aristote*, dont il composa un abregé,
qui n'a été imprimé qu'après sa
mort.

En 1479. il retourna à *Venise*,
où il fut bientôt élevé aux honneurs destinez à la jeune Noblesse
Venitienne ; mais ces honneurs ne
le detournerent point de son application aux belles Lettres, & il continua à traduire en Latin quelques
Ouvrages d'*Aristote*, & à composer d'autres Ouvrages.

Au mois de Juin de l'an 1484.
la peste qui se fit sentir à *Venise*,
l'obligea à en sortir. Il se retira à
Padoue, où quelques jeunes gens de
sa connoissance l'engagerent à leur

A iiij

E. BAR-
BARO.

expliquer les Poëtes & les Ora-
teurs Grecs. L'amour qu'il avoit
pour les Lettres ne lui permit pas
de leur refuser ce service ; il se rendit sans peine à leurs désirs, & leur
expliqua *Theocrite* & *Demosthene.*

De retour à *Venise*, il ouvrit à
la fin de cette année une école de
Philosophie dans sa maison, dans
le dessein d'y expliquer en quatre
ans tous les Ouvrages d'*Aristote*,
avec ses principaux Commentateurs, & principalement *Averroes*,
dont il faisoit beaucoup de cas ; il
s'étoit d'abord borné à deux ou trois
Auditeurs, mais dès que la chose
fut sçue à *Venise*, il lui en vint un
grand nombre qu'il ne put s'empêcher de recevoir.

Le concours qui se faisoit pour
cela chez lui excita la jalousie de
quelques personnes. Il vit sa conduite traitée par les uns de vanité
& d'ambition, & par les autres de
bassesse indigne d'un noble Véni-
tien. Mais il méprisa tout ce qu'on
put dire sur ce sujet, & continua
pendant la premiere année son entreprise, qu'il fut cependant obli-

gé d'interrompre la feconde ; car
le Sénat le nomma en 1486.
avec *Dominique Trivifano*, pour aller en qualité d'Ambaffadeurs Ex-
traordinaires complimenter l'Empereur *Frederic III.* & l'Archiduc
Maximilien d'Autriche fon fils, qui
venoit d'être élû Roi des Romains,
& pour renouveller les anciennes
alliances.

Avant que de partir ils eurent
ordre du Sénat de faire toutes fortes d'honneurs aux Ambaffadeurs
de l'Empereur, qui étoient en chemin pour fe rendre en Italie, fuppofé qu'ils les rencontraffent dans
leur route. Cette rencontre arriva
effectivement à *Padoüe*, & *Barbaro* leur fit un difcours très-élo-
quent qui les furprit, & les remplit d'eftime pour lui.

Etant arrivez à *Bruges*, où la
Cour de l'Empereur étoit alors,
Barbaro, comme le plus jeune, fut
chargé du difcours, qu'il prononça
le 3 Août de cette année 1486.
L'Empereur en fut très-content &
les fit tous les deux Chevaliers.

A fon retour à *Venife*, il fut éle-

E. BAR-
BARO.

vé à de nouveaux honneurs, dans lefquelles il trouva de nouvelles diftractions à fes études. Il témoigne lui-même qu'en les acceptant, il ne le faifoit que par complaifance pour fa famille, puifqu'il étoit obligé de leur facrifier fon unique plaifir, ou du moins fa paffion favorite, qui étoit l'étude & l'application aux belles Lettres.

Au commencement de l'année 1488. il fut nommé pour aller en Ambaffade à la Cour de *Ludovic Sforce* Duc de *Milan*, où *François* fon Ayeul, & *Zacharie* fon pere avoient été avec la même qualité, & où il avoit lui-même fait un voyage deux ans auparavant avec fon pere.

Il doit être arrivé à *Milan* au mois d'Avril de cette année; car la premiere de fes lettres, qui foit dattée de cette Ville, eft du 13 de ce mois.

Son Ambaffade finie, il retourna à *Venife*, où il ne demeura pas long-temps tranquille; car au bout d'un an il fut nommé Ambaffadeur ordinaire de la République auprès du Pape *Innocent VIII.*

Il étoit à *Rome* en cette qualité, lorfque *Marc Barbo*, Cardinal du titre de S. Marc, & Patriarche d'*A-quilée* vint à mourir le 10 ou le 11 Mars 1491. Il manda auffitôt cette nouvelle au Sénat, qui délibera, fuivant l'ufage, fur le fujet qu'on re-commanderoit au Pape, pour lui fucceder dans le Patriarchat. Mais avant que cela fut fait, *Innocent VIII.* le conféra de fon propre mou-vement à *Barbaro*, qui eut l'impru-dence de l'accepter, fans attendre le confentement de fes Maîtres; quoi-qu'il n'ignorât pas, que fuivant les loix de la République, il étoit dé-fendu à tous les Miniftres qu'elle envoyoit aux Princes étrangers, & fur-tout à la Cour de Rome, d'ac-cepter d'eux aucune dignité fans fa permiffion.

On ne fait pas précifement le jour auquel *Barbaro* fut nommé à cet Ar-chevêché. Mais il eft fûr que ce fut peu de temps après la mort de *Bar-bo*, & le même mois; car on a une de fes Lettres dattée de *Rome* le 31 Mars de la même année, où il re-mercie *Jean Pic*, fon ami, des com-

E. BAR-
BARO.

plimens qu'il lui avoit faits sur sa nomination. Un chose singuliere qui est à remarquer dans cette Lettre, c'est qu'il y prend les titres d'*Orator Venetus*, & *Patriarcha Aquilejensis*, sans considerer que ces deux titres étoient par les loix de la Republique incompatibles ensemble.

Au reste ceux qui ont prétendu que c'étoit *Alexandre VI.* qui l'avoit nommé au Patriarchat *d'Aquilée*, comme *Leandre Albert* le fait dans sa *Description de l'Italie*, se trompent fort, puisque ce Pape ne fut élû que le 11 Août 1492. c'est-à-dire plus de seize mois après sa nomination.

La Lettre que *Barbaro* avoit écrite au Sénat pour lui annoncer la mort de *Barbo*, fut suivie de près de celle par laquelle il lui apprit que le Pape l'avoit obligé d'accepter l'Episcopat ; mais cette excuse ne fut point reçûe, Il fut proscrit, & on confisqua ses biens. Le Conseil des dix lui écrivit même fort sechement qu'il eût à renoncer au Patriarchat, & que s'il ne le faisoit, son pere, qui étoit alors Procurateur, seroit

privé de toutes fes dignitez , & E. Bar-
qu'on confifqueroit auffi fes biens. BARO.

Cette menace ébranla *Ermolao* ,
qui fe démit auffitôt entre les mains
du Pape de la dignité qu'il lui avoit
conferée , comme il paroît par une
Lettre de *Pierre Delphino* , qui eft
la 92 du 2e Livre , & qui eft datée de *Camaldoli* le 23 Juin 1491.
Delfino y apprend cette nouvelle à
Ugolino Verini. La chofe n'étoit pas
cependant alors recente , car on a
une autre Lettre du même *Delfino*
datée du 8 May 1491. & adreffée
à D. *Bernardin* , Prieur de *S. Mi-*
chel de *Murano* , (c'eft la 85e du
2e Livre) dans laquelle il lui man-
de que le Sénat , fur la renonciation de *Barbaro* , avoit nommé au
Patriarchat *Nicolas Donato* , Evêque de *Nicofie* , & que lui *Delfino*
avoit été auffi fur les rangs , mais
qu'il avoit eû moins de voix que
lui. Ainfi la renonciation de *Bar-*
baro a dû fe faire au mois d'Avril ,
c'eft-à-dire un mois environ après
fa nomination.

Donato ne put cependant prendre poffeffion du Patriarchat d'*A-*

E. BAR-BARO.

quilée, qu'après la mort de *Barbaro*, on ne sçait pourquoi, & cette Eglise fut gouvernée pendant ce temps-là par *Jacques Valaresso*, Evêque de *Capodistria*.

Zacharie Barbaro fit tout ce qu'il pût, & employa son credit & ses amis pour conserver le Patriarchat à son fils ; mais n'ayant pû y réussir, on prétend qu'il en mourut de chagrin. L'intervalle de plus d'un an & demi qu'il y a entre la renonciation du fils & la mort du pere suffit pour détruire cette prétention: car *Zacharie* ne mourut qu'au mois de Decembre 1492. outre qu'*Ermolao* fait dans ses Lettres de grands éloges de la constance avec laquelle son pere supporta sa disgrace.

Barbaro ne pouvoit retourner à *Venise* après ce qui lui étoit arrivé, & n'étant point encore rentré en grace avec le Sénat ; ainsi il demeura à *Rome*, où il se consola de son exil par l'étude & le travail. Quelques-uns prétendent qu'il y mourut aussi de chagrin, mais c'est un conte ; il est certain, & tous les Auteurs de son temps l'assurent, qu'il

mourut de la peſte, non pas à *Rome*, comme pluſieurs l'ont dit par
une maniere de parler aſſez ordinaire, qui attribue à une Ville ce
qui ſe paſſe dans ſon voiſinage ;
mais dans une Maiſon de Campagne voiſine de *Rome*, qui apparte-
roit au Cardinal *Olivier Carrafa*,
& où il s'étoit retiré pour éviter
la contagion, comme l'aſſure *Al-
cionius* dans ſon Dialogue *de Exilio*.

Il y a ſur l'année, le mois, & le
jour de ſa mort, & ſur l'âge qu'il
avoit lorſqu'il mourut, deux ſentimens principaux qui ſont tous les
deux appuyez ſur de fortes raiſons.

Le premier eſt celui de ceux qui
veulent que *Barbaro* mourut le 21
May 1494. âgé de 41 ans. La premiere preuve qu'ils employent eſt
tirée de ces mots qu'ils prétendent
être gravez ſous les quatre vers qui
forment ſon Epitaphe, qu'on voit
à Rome dans l'Egliſe de la *Madon-
na del Popolo*, où il a été enterré.
Obiit ann. 1494. *Maii* 21. *vix. ann.*
41. ſuivant qu'ils ſont rapportez
par *Laurent Schrader* dans ſon Livre
des *Monumens d'Italie*, p. 159. &

E. Bar-BARO. par *Barthelemi Burchelati* dans le premier livre de ses *Commentaires Memorables*, p. 236. quoique *F. Svverzius* dans ses *Selecta Christiani Orbis delicia* dise qu'on y lit seulement ceux-ci : *Obiit anno* 1494. Secondement le Continuateur Anonyme de la Chronique de *Matthias Palmieri*, imprimée à *Basle* en 1529. *in-fol.* qui vivoit peu de temps après *Barbaro*, met sa mort sous l'an 1494. Troisiémement le P. *Mabillon* cite (*a*) une Lettre d'*Antoine Merula* à *Antoine Calbo*, tous deux amis intimes de notre Auteur, datée de *Milan* le 3. Août 1494. où il lui fait part de la mort de *Barbaro*. Après quoi le P. *Mabillon* ajoûte que ce Sçavant étoit mort à Rome le 21. May 1494. âgé de 41. ans, comme on lit dans son Epitaphe rapporté par *Ughelli*. Il est vrai qu'*Ughelli* rapporte l'Epitaphe, mais avec ces mots seulement : *Obiit anno* 1494. sans parler du mois, ni du jour, ni de l'âge de *Barbaro*, que le P. *Mabillon* a suppléez de lui-même.

(*a*) *Iter Italic, p.* 204.

Quoique

E. BAR-
BARO.

Quoique toutes ces raiſons paroiſſent aſſez fortes, le ſecond ſentiment qui fait mourir *Barbaro* en
1493. après le milieu du mois de
Juillet eſt appuyé ſur d'autres qui
le ſont encore davantage, & qui
m'engagent à l'embraſſer. 1°. *Tri-*
theme, qui vivoit du temps de *Bar-*
baro, dit expreſſement qu'il mourut âgé de 39. ans, l'an 1493. In-
diction 11e. 2°. *Philippe de Berga-*
me dit la même choſe dans ſon *Sup-*
plement, & c'étoit auſſi un Auteur
du même temps. 3°. *Georges Me-*
rula, intime ami de *Barbaro* dans
une Lettre écrite au Duc *Ludovic*
Sforce, & datée de *Milan* le 26. Février 1494. parle d'*Ermolao Barba-*
ro, comme d'une perſonne morte.
Politien fait la même choſe dans une
réponſe à cette Lettre, où il étoit
attaqué ſur quelques points de Lit-
térature. 4°. Le même *Politien* dans
une autre Lettre à *Jean Pic*, datée
du 2. May 1494. dit que *Barbaro*
étoit mort peu de temps après la
publication de ſes *Caſtigationes Pli-*
nianæ. Or ce Livre fut achevé d'imprimer le 12. Février 1493. 5°. Le

Tome XIV. B

E. BAR-
BARO.

Cardinal *François Piccolomini* , un
des plus grands Protecteurs de *Barbaro* , ayant écrit sa mort à *Pierre
Delphino* ; celui-ci lui répondit par
une Lettre datée de *Fontebuona* le
4. Août 1493. où il lui marque le
chagrin qu'il avoit de la mort de
Barbaro : *quem scribis* , dit-il , *his diebus peste correptum Roma interiisse.*
Ces mots , *his diebus* , marquent
qu'il devoit être mort sur la fin du
mois de Juillet ; ce qui trouve sa
confirmation dans une Lettre de
Pierre Delphino à *Ugolino Verini* ,
datée du 18. Août de la même année ; car il y dit expressément qu'il
y avoit bientôt un mois que *Barbaro* étoit mort : *elapsus est ferè mensis ex quo demigravit Hermolaus.* Il a
donc dû mourir peu de temps après
le 18. Juillet 1493. 6°. *Pierre Parenti* dans des Mémoires Histori-
ques des choses arrivées de son
temps , qne l'on conserve Manuscrits dans la Bibliothêque de *Stroz-
zi* , marque précisement la mort de
Barbaro au mois de Juillet 1493.
7°. La Lettre de *Merula* , qui paroît la meilleure preuve de la pre-

miere opinion, fert plûtôt à prouver cette feconde, c'eſt-à-dire que
Barbaro eſt mort au mois de Juillet 1493. Le P. Mabillon qui l'a
citée le premier s'eſt trompé en
deux points conſiderables, car pré-
mierement le nom de *Merula*, Auteur de cette Lettre, n'eſt pas *Antoine*, mais *George.* Secondement
cette Lettre eſt véritablement datée de *Milan* le 3. Août ; mais au
lieu de l'année 1494. que marque
le P. *Mabillon*, il y a 1493. ce qui
prouve fort bien que *Barbaro* eſt
mort au mois de Juillet 1493. Cette
Lettre a paru pour la première fois
imprimée dans le *Journal de Venife*,
tom. 28. p. 252. Pour ce qui eſt
enfin de la date de la mort de *Barbaro*, qui fe trouve fur fon tombeau,
la diverſité qu'il y a entre ceux qui
rapportent ne permet pas d'y faire
un grand fond. D'ailleurs il fe peut
faire que cette datte, fuppofé qu'elle
exiſte véritablement, ce dont il y a
aſſez de fujet de douter, ait été
ajouté après coup, & feulement fur
des conjectures.

Il y a de l'exageration dans ce

E. BAR-que *Pierius Valerianus* dit dans son
BARO.   Livre *de infelicitate Litteratorum*,
que *Barbaro* étant mort dans la pauvreté & dans l'abandon, fut privé
de la sépulture, & qu'on ignore
où son corps fut mis ou jetté. Cet
Auteur pouvoit sçavoir sans peine
le lieu où il avoit été enterré,
comme l'ont sçû ceux qui ont écrit
après lui.

La qualité de Cardinal que quelques-uns lui ont attribuée est ima-
ginaire, il ne l'a jamais été. *Tritheme* est le premier qui la lui ait
donnée, trompé sans doute par un
faux bruit qui s'étoit répandu, qu'il
avoit été nommé à cette dignité.
Mais il n'en est pas dit le moindre
mot ni dans ses écrits, ni dans ceux
de ses amis, ni dans son Oraison
funebre par *Mancinelli*.

Catalogue de ses Ouvrages.

1°. *Themistii Peripatetici lucidissi-
mi Paraphrasis in Aristotelis posterio-
ra & Physica; in libros item de anima, memoria ac reminiscentia, somno & vigilia, insomniis & divinatio-
ne per somnum ; interprete Hermolao
Barbaro. Barbaro* commença cette

Traduction à l'âge de 19. ans, & E. BAR-
la publia dans sa 26e. année, c'est- BARO.
à-dire l'an 1480. Elle parut en effet pour la premiere fois cette année à *Venise in fol.* Edition qui a
été suivie de quatre autres faites
dans la même Ville & dans la même forme en 1500. 1502. 1554.
& 1560. *Barbaro* a joint à sa Traduction quelques remarques qui sont
à leur place au bas du texte. *Vossius* assure que cette Traduction
n'est pas fidele, parce qu'il l'a voulu rendre trop élégante. C'est aussi
le défaut de ses autres traductions.

2°. *Discoridis Anazarbei de medi-
cinali materia Libri V. latinitate primùm donati ex Versione Hermolai
Barbari cum corollariis ejusdem, &
cum notis Joan. Baptistæ Egnatii.* La
plus ancienne édition que l'on con-
noisse de cet Ouvrage est *in-fol.* sans
date & sans nom de lieu. Il y en a
une autre faite à *Venise* en 1516.
in-fol. Les Corollaires de *Barbaro*
ont été joints à une nouvelle version de *Discoride* faite par *Marcel
Virgilio*, Florentin, & imprimée à
Strasbourg en 1529. *in-fol.* & à Co-

E. BAR-*logne* la même année, & en 1530.
BARO. aussi *in-fol.*

3°. *Rhetoricorum Aristotelis libri tres, interprete Hermolao Barbaro. Venetiis* 1544. *in-*4°. Cette premiere édition a paru par les soins de *Daniel Barbaro*, petit neveu d'*Ermolao*, qui y a joint de sçavans Commentaires. Elle fut si bien reçuë qu'on en fit la même année une nouvelle à *Lyon in-*8°. une troisiéme l'année suivante 1545. à *Basle in-*8°. une quatriéme peu de temps après dans la même Ville, & une cinquiéme à *Paris* en 1549. *in-*8°. La traduction d'*Ermolao* a été aussi imprimée seule sans les Commentaires de *Daniel* à *Lyon* en 1558. *in-*8°. *Ermolao* avoit dessein de traduire en Latin toutes les Oeuvres d'*Aristote*, & il l'a exécuté par rapport à la plus grande partie ; mais on n'a d'imprimé que sa traduction des trois Livres de la Rhetorique.

4°. *Compendium Ethicorum Librorum. Venetiis* 1544. *in-*8°. Cet abregé est tiré des Livres de Morale d'*Aristote*. Il n'a paru qu'après sa mort par les soins de *Daniel Barbaro*.

5°. *Compendium scientiæ naturalis* E. BAR-
ex Aristotele. Venetiis 1545. *in-8°.* BARO.
par les soins de *Daniel Barbaro.* It.
Basileæ 1545. *in-8°.* Cette édition
a été corrigée par *Conrad Gesner.*
It. *Parisiis* 1546. *in-8°.* & 1553. *in-*
4°. It. *Lauzannæ* 1579. *in-8°.* It.
Marpurgi 1597. & 1607. *in-8°.*

6°. *Castigationes Plinianæ. Romæ*
1492. *in-fol.* L'auteur dit dans une
Lettre qui se trouve à la fin de cet
Ouvrage, qu'il avoit été vingt mois
à le composer. *Secundæ Castigationes*
Plinianæ. Romæ Idib. Febr. 1493. *in-*
fol. Cette seconde partie a été faite
en un mois & demi. Toutes les deux
ont été ensuite imprimées ensemble
à *Cremone* en 1495. *in-fol.* à *Venise* en
1497. *in-fol.* à *Haguenau* en 1518. *in-*
fol. à *Basle* en 1534. *in-4°.* *Barbaro*
s'est donné des peines infinies pour
rétablir le texte de *Pline* l'Historien,
& il assure y avoir corrigé cinq mille
fautes. On pretend cependant qu'il
s'y est trop livré à ses conjectures, & qu'il y a souvent corrigé des
endroits qui ne meritoient point
de correction, seulement parce qu'il
ne les entendoit pas. Cela n'a pas

empêché qu'on n'ait fourré ſes corrections dans le texte des éditions
de *Pline* qu'on a faites depuis lui.
Varillas dit dans ſes *Anecdotes de
Florence* que *Barbaro* découvrit en
travaillant ſur *Pline* que cet Auteur
étoit né à *Come*, & qu'il compoſa
ſur ce ſujet une diſſertation qui con-
vainquit tous ceux qui la lurent ;
mais cette prétendue diſſertation
n'a jamais exiſté que dans l'imagination de *Varillas*, non plus que
bien d'autres choſes qu'il a débitées
ſur le compte de *Barbaro*.

7°. *Caſtigationes in Pomponium
Melam*. Elles ſe trouvent après les
ſecundæ Caſtigationes Plinianæ dans
l'édition de *Rome*, & dans quelques
autres. Elles ont parú auſſi dans l'e-
dition de *Pomponius Mela* donnée
par *Plantin* à *Anvers* en 1582. in-
4°. avec les corrections de *Ferdinand Pinciano*, & le ſpicilege du P.
André Schott, Jeſuite, ſur le même
Auteur.

8°. *Oratio in funere Nicolai Mar-
celli Venetiarum Principis.* Il eſt probable que la premiere édition de ce
diſcours s'eſt faite à *Veniſe* l'an 1474.
car

car ce fut cette année que *Nicolas* **E. BAR-**
Marcello mourut le 1. Septembre. **BARO.**
Il fe trouve d'ailleurs dans un recüeil intitulé : *Orationes clarorum vi-*
rorum. Venetiis 1558. *in-*4°. & *Pa-*
rif. 1577. *in-*16. & dans un autre
recüeil qui a pour titre : *Orationes*
funebres habitæ à Legatis, virifque fua
ætate doctiffimis. Hanoviæ 1613. *in-*8°.

9°. *Oratio ad Federicum Impera-*
torem, & Maximilianum Regem Ro-
manorum, Principes invictiffimos. Il
prononça ce difcours à *Bruges* le 3.
Août 1488. comme je l'ai déja dit.
On en a une ancienne édition *in-*
4°. qui doit avoir été faite à *Venife*
vers le même temps. Il a paru depuis avec le précedent parmi les
Orationes clarorum virorum. On l'a
réimprimé à *Bafle* en 1520. *in-*4°.
avec quelques autres Opufcules.
Marquard Freher l'a auffi inferé dans
le 2. tome *Rerum Germanicarum*, à
la p. 185. de l'Edition de *Franc-*
fort 1637. *in-fol.* On le trouve enfin à la fuite des Lettres latines de
Politien. Barbaro avoüe dans la Lettre par laquelle il le dedie à *Jean*
Carondet . premier Secretaire de

Tome XIV. C

E. BAR-BARO.

Maximilien Roi des Romains, qu'il ne l'a pas publié tel qu'il l'avoit recité, mais tel qu'il l'avoit préparé ; s'il ne récita pas tout ce qu'il avoit préparé, ce fut parce que les Courtisans lui recommanderent d'être court, & d'aller d'abord au fait. Ils sçavoient que l'étude des Belles Lettres florissoit alors en Italie, & que les Ambassadeurs de ce pays-là se plaisoient à reciter de longues Harangues parées de tous les ornemens de la Rhetorique, & ce fut pour cette raison qu'ils lui donnerent cet avis. Il fallut ainsi que Barbaro retranchât une bonne partie de son discours, & qu'il ne dit que l'essentiel, & il n'eut pour cela qu'une heure & demie ; ce qui peut faire juger de sa presence d'esprit. Son Collegue avoit preparé aussi un discours, mais il ne le dit point pour la même raison.

10°. *Epistolæ.* Elles sont répandues en plusieurs Livres. 1°. Il y en a parmi celles de Politien, c'est-à dire trois dans le premier livre, deux dans le neuviéme, & 21. dans le 12. sans compter les Prefaces &

deux Lettres Grecques de *Barbaro*
qui ſont auſſi au même endroit. 2°.
On en trouve une parmi celles de
Pierre Cara p. 84. de l'édition de
Turin de l'an 1520. *in*-4°. mais elle
eſt auſſi parmi celles du 12e. Livre
de *Politien.* 3°. *Epiſtolæ duæ contra-*
ria, altera *Joannis Pici,* altera *Her-*
molai Barbari pro barbaris Philoſophis.
Haganoæ. 1534. *in*-4°. Elles ſont
auſſi contenues dans le 9. Livre de
Politien. 4°. On en voit ſix autres
dans le 2. Livre des Lettres de *Jean*
Pic, qui ſont auſſi dans le 12. Livre de *Politien.* 5°. Il y en a une
dans le premier Livre de celles de
Marc-Antoine Sabellicus. 6°. Il y en
a une autre adreſſée à *Jean Caron-*
delet, premier Secretaire de *Maxi-*
milien Roi des Romains, après le
diſcours que *Barbaro* prononça à
Bruges; c'eſt auſſi la derniere de celles de *Politien.* 7°. On en trouve
une écrite à *Aurelio Lippo Brando-*
lino, à la ſuite d'un diſcours de
Brandolino. 8°. Enfin il y en a une
dans le 10. Livre des Lettres de
Marſile Ficin. Morbof blâme le ſtile
épiſtolaire de *Barbaro,* & le reprend

E. BAR-   d'y avoir employé des mots trop
BARO.   vieux ou trop nouveaux. *Erasme* dans
son Ciceronien croit avoir trouvé
l'origine de ce défaut, lorsqu'il dit
que l'étude de la Philosophie a pré-
judicié à la pureté de son stile.

11°. *Prælectiones.* Elles se trouvent dans le 12. Livre des Lettres
de *Politien.* En voici les titres. 1°.
*In Paraphrasim Physices Themistii ad
Antonium Galateum.* 2°. *In Paraphrasim Themistii ad Sixtum IV. P.
M.* 3°. *In castigationes Plinianas ad
Alexandrum VI. P. M.* 4°. *Præfatio cum libros Aristotelis domi cœpit
prælegere.* Cette derniere se trouve
aussi avec celles du Cardinal *Augustin Valiero* Evêque de *Verone*, &
avec les deux Livres du même
Prelat *de recta Philosophandi ratione*, p. 52. de l'édition de *Verone*
1577. *in-4°.* A ces quatre Prefaces
on pourroit ajoûter les suivantes.
5°. *In Paraphrasim Themistii de anima ad Georgium Merulam.* 6°. *In
Paraphrasim Themistii de memoria &
reminiscentia ad Franciscum Thro-
num, Lucæ filium.* 7°. *In Paraphrasim Themistii de somno & vigilia, ad*

Hieronymum Donatum. 8°. *In Para-*
phrafim Themiftii de infomniis & di-
vinatione per fomnum ad G. Ponti-
cum Facinum. Ces quatre Prefaces
fe trouvent dans les éditions de la
traduction de *Themiftius* par *Barba-*
ro. 9°. *In Scientiæ naturalis compen-*
dium ad Petrum Fofcarum. 10°. *In*
Plinianas caftigationes fecundas ad
Alexandrum VI. P. M. 11°, *In Pom-*
ponium Melam ad eundem. 12°. *In*
Pliniana Gloffemata ad eundem. L'Ouvrage à la tête duquel cette Preface fe trouve, eft une explication
des mots les plus obfcurs qui font
dans l'Hiftoire naturelle de Pline,
que *Barbaro* a mife à la fuite de fes
fecundæ caftigationes Plinianæ.

Ce font là tous Ouvrages imprimez de *Barbaro* ; il ne fera pas inutile de dire ici quelque chofe de
ceux qui ne l'ont point été , du
moins des principaux.

1°. *Carmina.* Tritheme dit qu'il en
avoit compofé jufqu'à douze mille ,
& il affure lui-même qu'il en avoit
fait plufieurs milliers. On n'en a cependant rien imprimé à l'exception
d'une Epigramme de quatre vers

E. BAR-
BARO.

E. Bar-ſur la mort de *Rodolphe Agricola ;*
BARÒ.   inſerée après ſon éloge par *Paul*
Jove , & dans le 1. tome des *deli-*
cia ducentorum Poetarum Italorum ,
p. 334.

2°. *De re Uxoria* ; c'eſt un Poeme
de ſix cent vers où il examine la
queſtion : s'il convient à un homme
ſage & à un homme de lettres de ſe
marier ? Queſtion qu'il reſout par
la negative.

3°. *De Cœlibatu.* J'ai déja parlé
de cet Ouvrage.

4°. *Compendium Galeni.* Il eſt cité par *Tritheme.*

5°. *De conſcribenda Hiſtoria.* Le
traité eſt adreſſé à *Marc-Antoine*
Sabellicus.

6°. *Ariſtotelis Dialectica. Geſner*
dit que *Daniel Barbaro* lui avoit écrit
qu'il publieroit inceſſamment cette
traduction d'*Ermolao* , qui l'avoit
faite à l'âge de 30. ans , mais il
n'a pas tenu parole.

7°. *Quantum Aſtronomia Medi-*
cina conveniat. Barbaro fit cet Ouvrage en 1486. en paſſant par *Co-*
logne pour s'en aller à *Mayence* ,
à la priere de *Theodoric Flas* , Me-

decin de *Nuis*, comme nous l'apprenons de *Tritheme*.

8°. *Queftiones Geometricæ.* Cet Ouvrage & le précedent l'ont fait mettre par *Voffius* au nombre des Ma-
thematiciens illuftres.

9°. *Plutarchus de Ifide & Ofiride,*
& Dialogus quare Oracula defecerint.
Tritheme fait mention de ces deux
traductions.

10°. *Orationes & Epiftolæ.* On conferve à *Venife* un manufcrit contenant cinq livres de fes Lettres écrites depuis le mois de Juin 1484.
jufqu'au mois d'Avril 1489.

11°. *Erotemata Grammaticalia.*
C'eft un abregé de Grammaire Gre-
que qui eft en manufcrit à *Verone*
dans la Bibliotheque de M. *Saibante*,
& à la fin duquel on trouve le nom
d'*Ermolao Barbaro*; mais on ne peut
affurer fi cet Ouvrage eft de lui,
ou de fon oncle, ou fi l'un des deux
l'a feulement tranfcrit ou fait tranf-
crire pour fon ufage.

J'exclus du Catalogue des Ouvrages manufcrits de *Barbaro*, les
deux fuivans que *Tritheme* lui attribue, mais que l'autorité de *Guil-*

laume *Eysengrenius*, d'*Ughelli*, d'*Oldoini*, & de plusieurs autres fait voir
appartenir à *Marc Barbo*, Patriarche d'*Aquilée* & Prédecesseur de
Barbaro.

*Gennadii Patriarchæ Constantino-
politani Tractatus de fide Catholica,
& responsiones ad quæstiones Mahu-
metis Magni Turcarum Imperatoris.*

*Dionysii Areopagitæ opusculum quod-
dam.* Ces deux Ouvrages sont traduits du Grec.

On trouve dans le Catalogue de
la Bibliothéque de *Marquard Gu-
dius* p. 509. un volume de l'Histoire des Plantes de *Theophraste*, imprimé par *Alde in-fol.* avec des Annotations manuscrites d'*Ermolao
Barbaro* ; mais elles ne peuvent être
de notre Auteur, qui étant mort
en 1493. n'a pu faire des remarques
sur un Livre qui n'a été imprimé
qu'en 1497.

Le P. *Labbe* dans sa *Bibliotheque
des Manuscrits*, p. 270. fait mention
d'un Manuscrit Grec d'*Athenée*,
qu'il dit être écrit de la main d'*Ermolao Barbaro*, & qui est dans la
Bibliotheque du Roy.

Antoine Mancinelli de *Velletin* fit
une Oraiſon funebre ſur la mort
de *Barbaro*, qui ſe trouve parmi ſes
Opuſcules imprimez à *Veniſe* par
Jean Tacuino & ailleurs, & enfin
à *Rome* en 1503. *in*-4°. édition
où *Mancinelli* deſavouë celles qui
avoient été faites à *Veniſe* par *Ta-*
cuino, & ailleurs en conformité de
celle-là, comme entierement cor-
rompuës. Cette Oraiſon funebre eſt
intitulée : *Oratio in funere Metelli Ba-*
dii viri doctiſſimi. Par *Metellus Badius,*
Mancinelli entend *Ermolao Barbaro.*
Il a changé de même tous les autres
noms ; ainſi *François Barbaro*, ayeul
d'*Ermolao*, y eſt appellé *Callimaco* ;
Zacharie ſon pere y a le nom de
Tideo ; *Sabellicus*, qui fit l'Oraiſon
funebre de *Zacharie*, y paroit ſous
celui de *Saldino*, & ainſi des autres. Il eſt à préſumer que *Manci-*
nelli n'en a uſé de cette maniere,
que parce qu'on n'auroit jamais permis à *Veniſe* d'imprimer l'Oraiſon
funebre d'un homme qui étoit mort
dans la diſgrace du Senat. C'eſt
peut-être auſſi pour cette raiſon que
Marc-Antoine Sabellicus dans l'Orai-

E. BAR-
BARO.

fon funebre de *Zacharie Barbero*, pere de notre *Ermolao*, ne dit pas le moindre mot de celui-ci, & évite même avec beaucoup d'adreffe de le faire, quoiqu'il fût fon ami, & qu'il en eut dit beaucoup de bien dans fes autres Ouvrages. Au refte cette Oraifon de *Mancinelli* eft remplie de particularitez curieufes fur la vie d'*Ermolao Barbaro*.

V. auffi *Tritheme de Scriptoribus Ecclefiafticis. Voffius de Hiftoricis Latinis.* L'article que cet Auteur donne de *Barbaro* eft plein de fautes. *Bayle Dictionaire. Oldoini Athenæum Romanum.* Mais fur tout le *Journal de Venife*, tom. 28. p. 126. où l'on trouve des recherches curieufes fur la vie de *Barbaro*. C'eft lui qui m'a fervi de guide dans cet Article.

GABRIEL DU PINEAU.

GABRIEL *du Pineau* naquit à *Angers* l'an 1573. de *Claude du Pineau* fameux Avocat, depuis Procureur de l'Hôtel de Ville d'*Angers*, Charge à laquelle *Louis XI.* avoit attaché la Noblesse. *Renée Nivard* sa mere étoit proche parente (*a*) des *Bautru*, qui sont fondus dans les Maisons de *Montauban*, d'*Argouge*, *Rambure* & *Mauleurier*.

Claude étoit originaire de *S. Florent* en Anjou, & sortoit d'une ancienne famille, qu'on croit la même que celle des *Pineau*, établie à *Vendôme*, & qui y possede depuis longtemps les premieres charges. Il prit grand soin de l'éducation de *Gabriel* son fils unique.

Celui-ci étudia dans l'Université d'*Angers*, où il fit de merveilleux progrès. Puis regardant, comme il le dit (*b*) après *Seneque*, scho-

(*a*) *Menage. Rem sur Guill. Menage p.* 177. *& 333.*
(*b*) *Epître dedicatoire de ses Observations.*

G. DU *lam quasi ludum*, *arenam forum*, il
PINEAU. entra genereusement dans cette derniere carriere.

Après avoir suivi le Barreau quatre ans à *Angers* avec une réputation
superieure à son âge, il se rendit à
Paris qui lui parut le centre de la
véritable lumiere pour la connoiffance des Loix. Le Parlement & le
Grand Conseil retentirent bientôt
de ses plaidoyers. Une éloquence
mâle animoit ses discours, & le
choix des causes dont il entreprit
la défense, donna une juste idée de
son équité.

Il se maria en 1600. à *Françoise*
Lavoeat, fille d'*Amaury Lavocat*,
Ecuyer, Seigneur des *Fougerez*,
Conseiller au Présidial d'*Angers*; lequel touché d'une piété singuliere
après la mort de son épouse, em-
braffa l'état Ecclesiastique, fut Ar-
chidiacre d'*Angers*, Chanoine de la
Cathedrale, & Official du Diocese.
Il avoit rendu de grands services à
Henri IV. pour le mettre en pos-
fession de la ville d'*Angers*, & fut
en recompense pourvu de l'Office
de Conseiller, vacant par   Ionie

du sieur *Bricet* qui avoit embrassé le parti de la Ligue. Charge dans laquelle il fut maintenu par plusieurs Arrêts du Conseil, malgré les oppositions dudit *Bricet*, & quand celui-ci rentra dans ses fonctions en consequence du Traité de *Rochefort* de l'an 1598. le Parlement, à qui cette affaire fut renvoyée, instruit des services rendus à l'Etat par le sieur *Lavocat* fit en sa faveur, & par ordre du Roi une chose mémorable, en créant pour lui une nouvelle Charge, & ordonna que le premier des deux offices qui viendroit à vaquer par mort seroit supprimé. Son Arrêt est du 22. Août 1598. (*a*)

G. DU PINEAU.

D'habiles gens très-éclairez sur les Génealogies prétendent que *Françoise Lavocat* épouse de *du Pineau*, étoit proche parente du Chancelier *Poyet* natif d'*Angers*. C'étoit apparemment par la mere de *Françoise*, qui s'appelloit *Isabelle de la Poeze*, Maison illustre, d'où sont sortis Messieurs de *Saint-Offange*, & le Marquis de *Jarzé*.

(a) *Recueil d'Arrêts de Livonniere.* 2. tom. des Oeuvres de du Pineau, p. 1278.

Tome XIV. B vij

G. DU PINEAU. Le defir qu'on avoit de poffeder *du Pineau* à *Angers* l'engagea d'y retourner. Il fut Confeiller au Préfidial de cette Ville, & s'y diftingua tellement qu'on le confultoit de toutes les Provinces voifines ; ce qui fit changer de nom à la ruë baffe du Figuier, où il demeuroit, qui s'appella depuis de fon nom la *Ruë Pineau*, comme on le voit encore dans les Livres où font marquez les noms & le domicile des Magiftrats.

Claude Pocquet de Livonniere, Confeiller au Préfidial d'*Angers*, Profeffeur du Droit François, & Auteur des nouvelles Remarques fur *du Pineau*, dit (*a*) qu'il eut part à tout ce qui fe fit de grand de fon temps.

Un célébre Avocat de *Saumur* (*b*) conferve d'anciens Mémoires, qui font foi que la Ducheffe de *Longueville* engagea *du Pineau*, qu'elle eftimoit particulierement,

(a) *Préface des Oeuvres de du Pineau.* Edition de 1698.

(b) M. *Demyon.*

à fe charger d'une affaire importan- G. DU
te pour M. le Duc *de Briffac*, au fu- PINEAU,
jet des droits de la Baronie de *Mon-*
treuil-Bellay, dont cette Princeffe
lui avoit fait ceffion.

Il s'agiffoit de maintenir la difpo-
fition de la Coutume d'Anjou contre un Arrêt de reglement, qui en
combattoit l'article 444. *Du Pineau* fe
rendit à *Paris* toûjours prêt à défendre les loix de fa patrie, fans apre-
hender les difficultez d'une affaire fi
délicate & fi épineufe. Un Avocat
d'un grand crédit, plaidant pour la
partie adverfe, dit qu'il étoit furpre-
nant de voir un Jurifconfulte de Province ofer en face de la Cour s'op-
pofer à un de fes Arrêts de reglement. *Du Pineau* reprefenta l'incon-
venient qu'il y auroit à donner at-
teinte à l'autorité des Coutumes,
principalement à celle d'Anjou, fo-
lemnellement confirmée par nos
Rois. Il prouva que l'Arrêt en queftion ne devoit avoir lieu que dans le
Baillage de *Senlis* & quelques autres. Il parla avec tant de jufteffe &
de dignité, que le premier Prefident

G. du
Pineau. dit en pleine Audience, qu'il n'appartenoit qu'à *du Pineau* d'instruire la Cour, & loüa son zéle & ses travaux. L'Avocat de sa partie adverse frappé de la force & de l'éloquence de son adversaire previt par-là la perte prochaine de sa cause, & tomba dans une langueur dont il mourut avant la décision du Procès.

Intervint Arrêt par lequel il fut ordonné que l'article 444. de la Coutume d'Anjou auroit son entiere execution, nonobstant ledit Arrêt de reglement.

M. *de Brissac* n'ayant pû en cette occasion résoudre *du Pineau* à recevoir aucun honoraire, lui fit porter un magnifique service d'argenterie, après avoir défendu à celui qui en étoit le porteur, de nommer la personne qui l'envoyoit.

Menage croit ne pouvoir mieux justifier l'éloge qu'il fait de son pere *Guillaume Menage*, Avocat du Roi d'*Angers*, homme d'un rare mérite, qu'en l'égalant à *du Pineau*. C'est ainsi qu'il en parle à *Pierre Me-*

nage ſon neveu. (*a*) » Votre ayeul
» eut pour émule *Gabriel du Pineau*,
» ancien Conſeiller du Préſidial
» d'*Angers*, homme très-ſçavant dans
» le Droit Civil & Canonique,
» comme on le peut voir par ſes Ou-
» vrages. Ainſi vous pouvez faci-
» lement juger du mérite de votre
» Ayeul par celui d'un tel émule.

G. DU
PINEAU.

Il falloit que *Guillaume Menage*
fût un grand homme, pour égaler
du Pineau, qu'on aſſûre (*b*) avoir
été peu inférieur à *du Moulin*, le
Prince des Juriſconſultes.

Le même *Menage* ajoute (*c*) que
» *du Pineau* n'étoit pas toujours du
» ſentiment de *Guillaume Menage*,
» & que lorſqu'ils s'accordoient,
» les Angevins avoient coutume de
» dire ce que *Cujas* (*d*) rapporte des
» Juriſconſultes *Julianus* & *Marcel-*
lus; *il faut que cela ſoit vrai*, puiſque
» *du Pineau* confirme la déciſion de
» *Menage*.

(*a*) *Vita Guil. Menagii*, p. 65.
(*b*) *M. de Livonniere Pref. de la Coutu-*
me d'Anjou. Edit. de 1698.
(*c*) *Vita Guil. Menagii.* p. 65.
(*d*) *Liv.* 14. *de ſes Obſervations.* p. 35.

G. DU
PINEAU. C'est dommage que celui-ci n'ait pas transmis ses lumieres à la posterité comme *du Pineau*, qu'on entend continuellement citer au Palais, sur-tout dans les Provinces pour lesquelles il a écrit. Il y est regardé comme la regle des Jugemens, qui sont ordinairement favorables à ceux qui peuvent l'avoir de leur côté.

Cela étoit vrai du temps même de *du Pineau*. Les Princes & les Seigneurs qui avoient des terres en Anjou, ambitionnoient son suffrage pour terminer leurs differends.

Marie de Medicis qui eut occasion de connoître cet illustre Angevin, eut pour lui beaucoup de consideration, & le créa Maître des Requêtes de son Hôtel. Cette Princesse demeura dix mois de suite à *Angers*, sçavoir depuis Octobre 1619. jusqu'au mois d'Août 1620. Dans ses disgraces elle chercha à s'appuyer du credit & des conseils de *du Pineau*; mais toujours attentif à ce qu'il devoit d'un côté à la Mere de son Roi, & de l'autre à son Souverain, il ne cessa d'inspirer

ter des fentimens de paix à *Marie*   G. DU
de Medicis qui fuivit enfin fes con- PINEAU.
feils, comme il paroît par l'accom-
modement figné le 10. Août 1620.

On ne fait pas précifement les cir-
conftances des négotiations de *du*
Pineau fur cet important Traité qui
fit tant d'éclat dans l'Europe. Peut-
être les fçauroit-on, fi on n'avoit pas
attendu près d'un fiecle à recüeil-
lir des Memoires fur fa vie. On
connoitroit auffi fes liaifons avec
les hommes célebres de fon temps,
& les affaires fur lefquelles des perfonnes diftinguées eurent recours à
fes lumieres.

On l'appelloit le *Caton* de fa Province; (*a*) auffi ennemi de la flate-
rie que cet illuftre Romain, il étoit
toujours en garde contre la prévention, l'impatience & l'interêt qu'il
nommoit les trois écueils d'un Magiftrat. C'eft ce qui a fait dire qu'il
n'avoit pas befoin du bandeau de
Themis. (*b*) On a vû de fes amis
demander un autre Rapporteur que
lui dans des procès, où ils vouloient

(a) *Rogeron Avocat, Eloge de du Pineau.*
(b) *Audio.* Eloge de *du Pineau.*
Tome XIV.   D

réuffir, & où il y avoit lieu de douter de la bonté de leur caufe, tant
l'integrité de *du Pineau* étoit uni-
verfellement reconnue.

Il eft cité conjointement avec le
Gouverneur de la Province (M. *du
Bellay*) dans l'infcription d'une Py-
ramide, fur le pont des Treilles, ré-
tabli de fon temps, & on l'y qualifie *homme de très-grand poids.*

Telle étoit fa réputation à la
Cour même. *Louis XIII.* qui fe fou-
venoit des fervices qu'il avoit rendus à l'Etat pendant le féjour de
la Reine Mere à *Angers*, le nomma le 2. Juin 1632. Maire & Capitaine général de cette Ville, & il
mérita dans l'exercice de cetteChar-
ge l'aimable titre de Pere du Peuple. Les grands trouvoient en lui un
efprit fuperieur,& les petits étoient
confus de fon attention à les écouter & à les fecourir.

Il fucceda dans la Mairie à *Charles Loüet*, Lieutenant Particulier
d'*Angers*,Magiftrat dont le feul nom
fait l'éloge. La dignité de Maire
n'étoit que pour un an. *Du Pineau*
refufa d'être continué, quelqu'in-

ſtance que lui en fiſſent tous les **G. DU**
Corps de la Ville, conformément **PINEAU.**
aux déſirs de la Cour, parce que les
embarras de cet Office joints aux
fonctions de celui de Conſeiller,
retardoient la compoſition de ſes
Ouvrages.

Quelques grandes cependant que
fuſſent ſes occupations, elles ne
l'empêcherent jamais d'être d'une
exactitude ſcrupuleuſe à remplir les
devoirs du Chriſtianiſme. Il ne quit-
toit les affaires que pour aſſiſter aux
Offices de ſa Paroiſſe, avec une aſ-
ſiduité ſemblable à celle que tout
Paris admiroit en même temps dans
le célebre *Jerôme Bignon*, qui n'a-
voit pas de plus grand plaiſir que
de ſe mêler avec le peuple, pour
écouter debout les Inſtructions pu-
bliques, afin, diſoit-il, de partici-
per davantage aux graces que Dieu
répand ſur les petits & ſur les hum-
bles, qui le cherchent avec ſimpli-
cité. (*a*) Ces deux grands hommes
faiſoient ainſi dans la Robe par leur
ſcience & leur pieté l'ornement de

(a) *Duguet des Diſpoſ. aux SS. Myſteres*
art. 4.

D ij

G. DU la Province d'où ils sortoient.

PINEAU. *Du Pineau* connut en vrai Juris-consulte chrétien l'étenduë de la Religion, & ne se dispensa d'aucun devoir à cet égard. Afin de s'en convaincre il suffit de jetter un coup d'œil sur ses écrits. Il avoit étudié parfaitement les saints Canons, & en fit usage avec tout le discernement possible. Rien de plus juste que ses maximes sur les dispositions des Benefices, & les Ordres sacrez. La Hierarchie Ecclesiastique lui étoit un objet très-respectable, témoin sa dissertation (*a*) contre *du Moulin* en faveur du S. Siége. Sa Morale fut saine & digne d'un Casuiste, guidé tant par la raison, que par l'Evangile, aussi s'éleva-t-il vigoureusement contre certains directeurs relâchez. (*b*)

A ce sujet on le consulta pour sçavoir s'il est permis de recouvrer furtivement son bien ou l'équivalent? Si l'on est obligé de déclarer cet enlevement en cas de Monitoire?

(a) *Ch.* 18. *de ses Consultations.*
(b) *Ch.* 2. *de ses Consultations.*

& ſi on peut encourir l'excommu-   G. DU
nication par le ſilence & la reten- PINEAU.
tion deſdits effets.

Un Confeſſeur avoit répondu
qu'on n'étoit pas tenu de rendre ce
qu'on avoit pris pour ſe dédomma-
ger, ni déclarer qu'on l'avoit, &
qu'on ne pouvoit être excommu-
nié pour le garder dans le ſilence.

» Ce n'eſt, repond *du Pineau*,
» ni mon deſſein ni mon humeur,
» de mettre la faulx dans la moiſ-
» ſon d'autrui, & rarement je ſors
» des bornes de ma profeſſion ; mais
» j'avoue que je n'ai pas aſſez de re-
» tenue, pour ne pas dire qu'en ce
» ſiecle les Directeurs des conſcien-
» ces ſe portent à de nouvelles do-
» ctrines, & ſous ce prétexte en-
» treprennent trop curieuſement la
» connoiſſance de toutes les actions
» morales & œconomiques de ceux
» qu'ils appellent leurs enfans ſpi-
» rituels, rafinent ſur les cas de conſ-
» cience, & donnent des conſeils con-
» traires à la diſpoſition des Loix,
» des Ordonnances & des Coutu-
» mes, mépriſant l'autorité du Ma-
» giſtrat temporel & de la Juſtice,

G. DU
PINEAU.

» n'ayant pour toute regle des con-
» feils qu'ils donnent, que les opi-
» nions de ceux d'entre les Cafuif-
» tes qu'ils veulent fuivre, & par-
» ce que leurs réfolutions font dif-
» ferentes, & fouvent contraires,
» ils avancent cette maxime, je
» n'ofe dire cette échapatoire, que
» celui qui eft appuyé de la décifion
» d'aucuns d'eux, eft en repos de
» confcience, ne confiderant que ce
» qu'il enfeigne, fans examiner s'il
» a bien dit. Mais encore la plû-
» part de ceux qui écrivent & con-
» feillent, ne citent que les auto-
» ritez des Cafuiftes particuliers,
» fans remonter ni au texte de l'E-
» criture fainte, ni aux Peres de
» l'Eglife, ni aux décifions du Droit
» Canon, ce que j'ai remarqué par-
» ticulierement dans cette queftion :
» *s'il eft permis de recouvrer, ou pour*
» *mieux dire de prendre furtivement*
» *& dérober fon bien d'entre les mains*
» *de celui que nous difons le retenir*
» *de mauvaife foi.*

Afin d'éclaircir la queftion, il
eût fouhaité que ceux qui l'avoient
hardiment décidée euffent penfé à

deux points effentiels ; le premier G. du
confifte à faire attention que les di- Pineau.
ftinctions épineufes entre opinion,
fcrupule, doute, probabilité, cer-
titude chancelante pour ce qui regarde les mœurs, font au-deffus de
la portée du peuple. L'autre point,
c'eft qu'on doit toujours *in utroque*
foro honeftum utili præferre , & tutio-
rem eligere viam.

Après avoir rapporté quantité
d'autoritez qui défendent de prendre ainfi fon bien furtivement, il parle des conditions qui , felon quelques-uns , rendent ce recouvrement
permis, & conclut en ces termes :
» Le plus fûr devant Dieu & devant
» les hommes eft de ne confeiller ja-
» mais cette voye de recouvrer fon
» bien , & moins encore l'équiva-
» lent , ni de l'approuver quand on
» l'a fuivie, puifqu'elle eft très-pe-
» rilleufe : mais il faut prendre la
» réfolution de ne point flater les
„ perfonnes dans leur interêt, quand
il y a délit ou peché , pour lequel
” on doit enjoindre une pénitence ,
& en juftice reglée la reftitution
» feroit jugée.

G. DU PINEAU. Ici paroit l'exactitude de notre Auteur en fait de Morale. On le prendroit pour un Theologien, quand on l'entend citer les Peres, les Conciles, & parler des privileges des Clercs, des bonnes qualitez ou des irregularitez des Ecclesiastiques, & toujours avec le respect dû à leur état.

C'est ce qui donna occasion à un Avocat distingué (*a*) de proposer *du Pineau* comme un modele accompli pour les Juges & les Avocats. (il auroit pû ajouter les Casuistes) Il s'explique ainsi dans un Eloge imprimé en 1646.

———— *O qui judicis,*
Sive Advocati munus exsequi cupis,
Mentemque magnis applicas;
Vitam Pinelli sequere, mores indue
Castos, fideles, optumos.
Tum judicando, Judicem implebis bonum,
Fortem, severum, candidum,
Justi tenacem, veritatis vindicem,
Prisci Catonis æmulum.

(a) *Bricel.*

Si

Si après avoir été revêtu long- G. DU
temps de la charge de Conſeiller, PINEAU.
il s'en demit en conſervant le titre
de Veteran , ce ne fut pas pour
reſter dans l'inaction , mais afin de
vaquer plus facilement aux fonctions de Conſultant & d'Arbitre
de ſa Province. Semblable au Ju-
riſconfulte *Sabinus* , l'ornement du
troiſiéme ſiecle, il appaiſoit les que-
relles beaucoup plus vîte , & à
moins de frais qu'au Palais. Ecoutons un temoin oculaire & intelli-
gent déja cité. (*a*)

Longa & ferme immortalia
Dijudicare noverat negotia
  Methodo brevi, certa, bona.
Qualem Sabinus finiendis litibus
  Aptare conſueverat.

Du Pineau ne faiſoit acception
de perſonne. Les pauvres à ſon Audience alloient de pair avec les
grands , auſquels il ſçavoit faire ag-
gréer cette conduite par ſa poli-
teſſe. Son attention aux beſoins du
peuple , & ſon deſintereſſement ont

(a) *Bricel.*

Tome XIV. E

G. DU fait dire de lui (*a*) ce que le Poëte
PINEAU. *Manilius* a écrit de *Servius Sulpitius*
qui vivoit du temps d'*Auguste*.
Perpetuus populi privato in limine Prætor.

Sa Maison devint aussi une espece
d'Academie, où l'on alloit moins
pour consulter sa nombreuse & excellente Bibliotheque, que pour le
consulter lui-même; lui qu'on pouvoit regarder comme une Bibliotheque vivante, vû la prodigieuse
quantité d'Auteurs qu'il avoit lûs à
fond, & dont personne ne sçut jamais mieux rendre compte. Il se tenoit chez lui des conferences reglées
où assistoient les jeunes Officiers,
les Avocats & les autres Sçavans.
Chacun y proposoit librement ses
difficultez sur les matieres les plus
épineuses du Droit & de l'Histoire. Il n'y parloit que le dernier, parce qu'il s'étoit apper-
çû qu'on déferoit trop à son sentiment. Alors on l'entendoit resumer
avec une exacte précision ce qui
avoit été dit, & resoudre les doutes d'une maniere à ne laisser aucune

(*a*) *Bricet.*

obscurité. Nous apprenons de lui que G. DU
ce fut dans une de ces conferences PINEAU.
qu'il fit la lecture de son discours
sur le Patriarchat d'Occident. La
reputation de ces assemblées, &
les avantages qu'en retirerent ceux
qui frequentoient le barreau ne
contribuerent pas moins que les Ouvrages de *du Pineau* à le faire appeller *Patronorum consilium & auxilium* ; c'est le titre que lui donne
un celebre Avocat son contémpo-
rain. (*a*)

Du Pineau venoit de mettre la
derniere main à ses Ouvrages, lorsque la mort l'enleva le 15. Octobre 1644. dans sa 71. année, &
non à 73. ans, comme le disent
Menage & *Bayle*. Il mourut dans sa
maison de campagne nommé *le Pin*,
située aux environs d'*Angers*, Paroisse de *Saint Lô*, & fut enterré à
S. Maurille, Paroisse de son domicile ordinaire, dans la Chapelle
de Sainte Anne, où reposoient ses
Ancêtres. Son buste fut placé au-
dessus de son tombeau. Le Présidial fit graver son portrait pour le

(a) *Poisson Eloge de du Pineau.*

E ij

G. DU mettre à la tête de ses Livres avec
PINEAU. ses armoiries, qui sont d'azur à
trois pommes de Pin d'or, deux en
chef & l'autre en pointe, au che-
vron de même. Un ami de l'Auteur & du Graveur mit au bas ces
quatre vers :

Effigiem Pini natura ubi vidit in ære,
  Quantas ars vires æmula, dixit,
    habet !
Ingenium nisi homini vitamque dare-
    mus,
  Inferius nostro vix foret artis opus.

Nous ne rapporterons pas les re-
grets que causa la mort de *du Pineau*. Ils paroissent assez par les éloges que les Avocats & autres personnes de Lettres consacrerent à sa
memoire. Ils sont la plûpart imprimez, & se réduisent tous à justifier cette inscription que lui fit un
ami. (*a*)

Interpres fidus, lux juris, & arbiter
    æqui,
  Omnia plena salis, plena leporis ha-
    bens.

(a) *Gaillard*, Avocat.

*Confultus docuit vivens componere
lites ,*
Jurgia cuncta fori terminat in tumulo.

Bautru de Cherelles , homme d'efprit , parent de *du Pineau ,* s'expliqua de même dans des vers François.

Menage , quoiqu'au milieu des
Sçavans de *Paris,* fentit vivement
cette perte , & revenant dans fa patrie gemit de n'y plus retrouver *du*
Pineau , » ce Prince de Themis ,
» dont la maifon étoit un Sanctuai-
» re , d'où fortoient chaque jour
» des Oracles. (a)

*Pinellus periit , Themidis pius ille Sa-
cerdos ;*
In proprio Judex limine perpetuus.

On s'eft plû à latinifer le nom
de *du Pineau* par *Pinellus ,* quoiqu'à
la rigueur on eût pû le rendre autrement. Le nom *Pinellus* étoit déja
fi connu dans la Republique des
Lettres par la haute reputation de

(a) *Menage* 13. *Elegie Latine.*

E iij

G. DU PINEAU. plusieurs Jurisconsultes tant Italiens que Portugais (*a*) qu'on crut devoir désigner *du Pineau* par ce terme qui réellement ne semble pas trop éloigné. Ainsi la France a son *Pinellus*, qui ne le cede pas à ceux d'Italie & de Portugal.

Cette conformité affectée de noms entre des Jurisconsultes de diverses nations, n'est pas sans exemple. Du temps de *du Pineau*, *le Clerc de la Forêt*, fameux Avocat du Parlement de Paris, Auteur d'un Traité sur *l'indépendance des Rois quant au temporel*, se nomma, & fut nommé en latin *Clarus Sylvius*, par une espece d'allusion aux Jurisconsultes Italiens qui avoient porté ces noms. Comme des Poëtes firent honneur à la France d'avoir ainsi que d'autres nations produit un Jurisconsulte *Clarus*; on l'a felicitée pareillement d'avoir donné un *Pinel-*

(*a*) *Jean Vincent Pinelli*, Jurisconsulte & grand Antiquaire.

Dominique Pinelli, Professeur en Droit, puis Cardinal.

Ben. Pinellus.

Arrius. Pinellus.

tius. Audio, Poëte Angevin s'écrie
là-deſſus.

Jam non ſola canat gens Luſitana Pi-
  nellum,
  Neve ſuum jactent quos alit Heſ-
  peria.
Nil ſecunda minus genuit gens no-
  ſtra Pinellum,
  Cujus ſæpe Forum, Romaque (a)
  ſenſit opem.
Hic decus æternum Juris Patriæque te-
  netur,
  Legum vivit honos, dum ſua ſcrip-
  ta manent.
Uſque tenax recti judex eſt omnibus
  unus,
  Huic oculos fruſtra clauderet ipſa
  Themis.
Hunc nil fulgor opum, nil flectit egen-
  tis iniqua
  Cauſa, tenet mediam tutas utrin-
  que viam.
Tanta virtutis mentem dum paſcit ima-
  go,
  Noſcis juſtitiam, tu quoque noſce
  virum.

(a) Il a écrit en faveur du S. Siege contre les Proteſtans.

G. DU
PINEAU. *Du Pineau* ne laiffa qu'un fils, *Chriftophe*, Ecuyer, Seigneur de *Montergon*. Il voulut l'engager dans le Barreau, & lui procurer la charge de Lieutenant General; mais celui-ci s'en excufa fur la difficulté de remplir les devoirs d'un état dont fon pere avoit porté fi loin l'honneur & la dignité. Il avoit cependant de grandes difpofitions, & fut fort eftimé du Prince d'*Armagnac*, qui voulut avoir un de fes fils pour l'élever à la Cour.

Les écrits de *Gabriel du Pineau* publieront mieux qu'on ne peut le faire l'étenduë de fes connoiffances. Les quatre principaux font.

1. *Obfervations, Queftions & Reponfes fur quelques Articles de la Coutume d'Anjou.*

2. Notes Latines oppofées à celle de *du Moulin* fur le Droit Canon.

3. Commentaire Latin fur la Coutume d'Anjou.

4. Confultations fur plufieurs queftions importantes tant de la Coutume d'Anjou, que du Droit François, avec des Differtations fur differens fujets.

Le premier fut imprimé à *Angers*   G. DU
par *Pierre Avril* en 1646. *in-fol.* de PINEAU.
500. pages. Il contient des que-
stions nouvelles importantes, que *du
Pineau* décide, après avoir tiré des
meilleurs Auteurs ce qu'on peut
dire de plus fort pour & contre. Il
représente ensuite les Parties, les
Chapitres, les Titres & les Articles des Coutumes du Royaume
qui ont du rapport & de la conformité avec ce qui est traité dans la
Coutume d'Anjou. Ce Livre fut reçu avec applaudissement dans tous
les Tribunaux. On y admire un genie excellent, un jugement solide,
une vaste érudition, & des décisions justes & précises.

Les Avocats qui connoissoient le
prix de ces Observations avant
qu'elles parussent, s'en emparerent
sitôt que l'Auteur fut mort. Ils s'en
rendirent les dépositaires & en pres-
ferent l'impression. Un d'entr'eux
(*a*) impatient de les voir éclore,
adressa poëtiquement ses vœux *Libro Pinelli fidei Advocatorum Andium
commisso*, & les exprima par ces quatre Vers.

(a) *Jul. Bonneau.*

G. du
Pineau.

Cognitus Andinis exi mox posthumæ
    fœtus,
Tu patruos mores, tu patris ora re-
    fers,
Quid nunc tot quæris tutores, totque
    Patronos ?
Posthume, Patronos ipse forumque
    doces.

2. Les Notes Latines de *du Pi-*
neau contre celles de du Moulin
parurent en 1681. avec les Œuvres
de cet Auteur, par les soins de
François Pinson, Avocat au Parlement, d'un merite distingué. Elles
font intitulées : *Ad Caroli Molinæi*
Notas in Decretum, Decretales Gre-
gorii IX. sextum Bonifacii VIII. Cle-
mentinas, Extravagantes & Glossas
adversaria G. D. P. Regii apud An-
des Consiliarii.

Ces Notes ont beaucoup de force & de netteté. M. *de Livonniere*
dit (*a*) que *du Pineau* y corrige les
excès & les méprifes de *du Moulin*,
& qu'étant peu inferieur à ce grand
homme en tout autre genre de doc-

(*a*) *Preface du Comm. de du Pineau. Edi-*
tion de 1698.

trine , il étoit plus juste & plus exact   G. DU

que lui sur la matiere dont il s'y PINEAU.

agit.

M. *Pinson* avertit dans sa Preface des Œuvres de *du Moulin* que
cet Auteur s'est laissé emporter dans
quelques-unes de ses notes à l'ai-
greur & à l'impetuosité d'un stile
trop libre qui l'a rendu moins exact
& moins juste qu'à son ordinaire ,
qu'ainsi il a fallu recourir à la judicieuse critique de *du Pineau* ,
comme à un correctif nécessaire.
Cum quædam Molineana Annotationes
liberioris essent stili , & quandoque se-
quioris doctrinæ , eisdem cohibendis ad-
versaria quædam Gabrielis du Pineau
Senatoris Andensis correctoria adjeci.

Le même *Pinson* dans le 4. Tome des Œuvres de *du Moulin* p. 1.
fait l'éloge de *du Pineau* , & de son
son fils. *Addidi notas & censuras cla-*
rissimi , juxta & eruditissimi Viri G.
D. P. Senatoris Andegavensis , quæ
nobis subministratæ fuerunt liberalius à
clarissimo & generosissimo viro Christo-
phoro D. P. ejusdem filio.

Au reste *du Pineau* s'excuse de la
liberté qu'il a prise de critiquer un

G. DU écrivain tel que *du Moulin*, sur les
PINEAU. instances que lui en fit une personne
de distinction fort attachée à la doctrine de ce Jurisconsulte, & de-
clare qu'il n'a entrepris son Ouvrage que pour arracher le peu d'y-
vraye qui se trouve mêlé dans une
si abondante moisson. Voici comme
il s'exprime sur ce sujet dans la
Preface qui est à la tête de ses notes : *Carolus Molinæus in omni scien-*
tiarum genere apprime versatus, Ju-
ris Civilis Romani, Canonici, & Gal-
lici callentissimus, Ecclesiæ Catholicæ
per Baptismum alumnus, ab ejus sinu
Novatorum ereptus infausta seditione,
Notas in Juris Canonici textum &
glossas publicavit, multas ex Commen-
tatorum scriptis brevi compendio ex-
cerptas vere laudandas, alias ex li-
bito, quasdam incogitanter, quasdam
odiose in Romanam Curiam, sed & in
Ecclesiam ipsam acri stilo rubicantes,
quasi lolium & zizaniam semini bo-
no superseminans.

Du Pineau d'accord avec *du Mou-*
lin sur differens points qui interessent un Jurisconsulte François,
comme sont les droits légitimes des

Souverains, leur indépendance pour le temporel, la ſuperiorité des Conciles generaux au-deſſus des Papes, combat vivement ſon adverſaire quand il manque à donner de juſtes bornes à l'étenduë des deux puiſſances.

Les Notes de *du Moulin* attaquoient une infinité d'articles importans. Les Conciles, les SS. Peres, l'autorité de la Tradition, la primauté du Pape, les prérogatives des Patriarchats, la Juriſdiction Epiſcopale y étoient ſouvent en butte à ſa critique & à de piquantes railleries. La néceſſité du Sacrement de Penitence, l'origine & l'utilité des Indulgences entenduës ſelon l'eſprit de l'Egliſe, l'invocation des Saints, la priere pour les Morts, les Rits uſitez dans les Ordinations, Conſecrations & Elections y ſouffroient de rudes aſſauts ; *du Pineau* repouſſe le tout avec zele & avec ſuccès. Ce n'eſt-là qu'une petite partie des points conteſtez par *du Moulin*, dont le détail entier conduiroit trop loin ; mais on ne doit pas oublier que les Theologiens de

G. DU
PINEAU.
Paris étant odieusement accusés d'a-
voir mal interpreté un fameux Canon concernant la Communion sous
les deux especes, (matiere alors
fort agitée) *du Pineau* prouve que
les Docteurs de *Paris* l'avoient très-
bien expliqué, & montre en cela,
comme sur beaucoup d'autres questions, qu'il n'étoit pas moins bon
Theologien qu'il étoit bon Cano-
niste.

Il fait voir avec autant de mo-
deration que d'exactitude, combien *du Moulin* s'est écarté du vrai
sens de plusieurs Canons, Edits &
Déclarations; combien il s'est trompé dans des points interessans de
la Chronologie, & qu'il a tourné
en ridicule plusieurs pratiques sain-
tes de l'Eglise, jusqu'à appeller certaines cérémonies de l'Ordination
des *Observations Magiques*.

Cet Ouvrage de *du Pineau* est
une sçavante Apologie de l'Eglise
Catholique; on ne peut trop y admirer combien il possedoit l'Ecriture, les Canons, les Peres, l'Histoire Ecclesiastique & l'Histoire
Romaine, dans un temps où l'on

n'avoit point les fecours que G. DU
nous avons aujourd'hui, & où les PINEAU.
préjugez formoient des nuages
qu'on ne pouvoit percer fans beaucoup de pénétration & de fagacité.

Son troifiéme Ouvrage fi digne
de voir le jour, ne parut que 54.
ans après fa mort, à la honte de fa
Province qui en auroit dû procurer plûtôt l'impreffion. C'eft un
Commentaire continu fur chaque
article de la Coutume d'Anjou. Les
Sçavans conviennent que c'eft le
meilleur ; quoiqu'il foit de 1600.
pages, il n'y a rien d'inutile. L'Auteur l'avoit écrit en Latin d'un ftile
très-pur, bien éloigné de la barbarie & de l'obfcurité de celui de
la plûpart de ceux qui ont travaillé
fur les Coutumes. Mais comme il
n'étoit pas jufte de priver les perfonnes qui ne poffedent pas cette
langue, d'un livre fi utile à ceux
qui fuivent le Barreau, on a voulu le mettre à la portée des fimples
Praticiens.

Menage (a) dit que M. *Gourreau*

(a) *Rem. fur la vie de Guill. Menage*
p. 333.

G. DU
PINEAU.
Confeiller d'*Angers* travailla à le traduire en François ; il faut qu'il n'ait pas achevé cette traduction, puifqu'il eft certain que M. *de Launay* Avocat au Parlement, & Profeffeur du Droit François en l'Univerfité de Paris, en traduifit la premiere partie ; & que M. *Nyvard* ancien Avocat au Parlement, homme d'une grande érudition, continua cette traduction, y mit la derniere main, & la confia en quittant le Palais à M. *Chuppé*, celebre Avocat au Parlement, qui la garda long-temps, comme une piece des plus rares de fa Bibliotheque.

L'Academie Royale d'*Angers*, à qui M. *Nyvard* en avoit fait un don, voyant que le Public demandoit avec ardeur l'impreffion de ce Manufcrit, prit à ce fujet les mefures néceffaires. Elle regardoit ce Commentaire comme lui appartenant, parce que ceux qui avoient travaillé à le traduire étoient de fon corps. On l'imprima donc en 1698. à *Paris* chez *Coignard* en un volume *in-folio.* M. *de Livonniere*

y

y mit une Preface, par ordre de l'Académie, dont il étoit membre ; mais comme il la repréſentoit, il ne crut pas devoir ſe nommer.

L'Auteur l'avoit dedié au Préſidial d'*Angers*, & à tous ſes Concitoyens. Il dit dans l'Epître dédicatoire, que *ſon eſprit n'a aucune part à cet Ouvrage, ſon induſtrie fort peu, & qu'il rend ſeulement au Barreau ce qu'il y a puiſé, ſans oſer ſe flater de plaire à tous ſes Lecteurs.* (en quoi il s'eſt heureuſement trompé) Il ajoute que *le nom de ſa patrie de timide & de peureux qu'il étoit l'a rendu hardi & courageux, quoiqu'il prétende d'avoir lieu d'apprehender les Cenſeurs dans une entrepriſe qu'il avoüe être immenſe.*

Loin d'avoir des Cenſeurs, il eut des Panegyriſtes, ennemis de toutes flateries. A la tête des deux éditions du Commentaire ſe liſent des éloges non mandiez. Ils ſont en vers ; un certain air ſimple, veridique & naturel y paroît davantage que l'art ; la piece ſuivante peut en ſervir de preuve.

Tome XIV. F

G. DU PINEAU.

Qui fuerat vivens Patriæ haud igno-
　　bile lumen,
Cum Juris nodos solveret Andegavi,
Legibus en patris etiam post funera
　　lucet,
Sic aliis lucem, sic dedit ille sibi.

　　　　　C. Douffet du Jacquelin.

Ce Commentaire est le Chef
d'Œuvre de *du Pineau*; il contient
le Droit Municipal de l'Anjou &
du Maine. La methode de l'Auteur
consiste à rapporter d'abord sur
chaque question les principes du
Droit commun, & les maximes ge-
nerales universellement reçues. Il
donne ensuite un precis de ce qu'en
ont écrit les plus habiles Officiers
ou Avocats d'*Angers* qui l'ont pré-
cedé.

　　De ce nombre sont *Guillaume
de Lesrat*, Seigneur de *Lancreau*,
& *Pierre de la Guette*, qui après
s'être signalez au Présidial d'*Angers*, furent Présidens au Parlement de Bretagne ; *René Chopin*
qui commenta la Coutume d'Anjou, & composa un Traité *de Le-*

gibus Andium municipalibus ; le Fe- G. DU
vre Avocat du Roy d'*Angers* ; la PINEAU.
Marqueraye & *Taluau,* Avocats aux
même ſiége ; *François Mingon ,* Angevin , qui avoit donné vers l'an
1530. un Commentaire ſur la Coutume d'Anjou ; mais comme remarque *Chopin* (a) *pio me hercle in-*
terpretis conatu , nec infelici fortaſſis ,
ſed feliciori haud dubie , ſi commune
Galliæ forum ſibi propoſuiſſet antea lu-
dum ad diſcendum , & Francica cum
Romanis ſcita præceptaque conjunxiſ-
ſet.

C'eſt ce que *du Pineau* a heureuſement exécuté ſans craindre de
travailler après ces grands hommes.
Il y a même fait des découvertes
eſſentielles , & a ſçu donner aux
anciennes un tour nouveau , qui
les rend plus eſtimables.

Ces autoritez nettement dédui-
tes , il s'objecte les difficultez qui
peuvent naître de la diſpoſition &
des termes de l'Arrét qu'il interprete. Il employe pour les reſou-
dre des raiſonnemens ſolides , cite
les Jugemens rendus à ce ſujet, en

(a) *Præfat. Comment. p.* 76. & 77.

G. DU
PINEAU. montre l'équité , & les confirme par les plus fameux Commentateurs; enfuite viennent fes reflexions qui font autant de décifions au-deffus de toute critique.

Il confere exactement tous les articles de la Coutume d'Anjou , avec celles du Maine , de *Paris* , de Poitou , de Touraine , de *Loudun* , & autres, marquant leurs conformitez , diverfitez , ou contrarietez ; enforte que non-feulement les deux premieres Provinces ont dans cet Ouvrage l'éclairciffement & l'interpretation de leurs Coutumes ; mais toutes les autres , principalement celles qui fuivent le Droit Coutumier , tirent de grands avantages de ce livre , qu'on peut appeller un Commentaire general. L'Auteur à cet égard pouvoit dire à bien des Nations ces paroles que *Chopin* (*a*) adreffe aux Manceaux :

Ut vîcina meis , Cenomani , Andibus
  arva ,
Sic noftri fimiles colitis ritufque pro-
  pinquos.

(*a*) A la fin de fon *Comment. fur la Coutume d'Anjou.*

Dum patrias igitur, vestras quoque de-
stino leges
Nostris finitimas communi adscribere
chartæ.

Du Pineau a joint à son Commentaire les décisions de *du Moulin*, qui
ont rapport à la Coutume d'Anjou, & décrit les plus celebres disputes de celui-ci avec *Bertrand d'Ar-*
gentré, Commentateur de la Coutume de Bretagne. Il propose son
avis, & rapporte les raisons qui le
font pancher pour l'un des deux,
sans prétendre accorder ni décider
leurs differends. Il convient avec
Mornac que la Jurisprudence Françoise seroit défectueuse sans *du*
Moulin, mais il témoigne en même temps son estime pour d'*Argen-*
tré, l'appellant *très-docte & fort élo-*
quent. Il donne le plus souvent gain
de cause au premier pour qui il
avoit une veneration singuliere.

On a imprimé avec le Commentaire de *du Pineau* dans le même
volume de cette premiere édition,
ce qu'on a pu recueillir de ses Consultations, de ses Traitez & Dis-

G. DU cours. Son habileté y éclate dans
PINEAU. deux genres d'écrire si opposez,
tels que la differtation & la note,
foit qu'il decide fommairement,
foit qu'il traite un fujet à fond; ce
qu'on apperçoit encore mieux en
comparant fon Commentaire avec
fes Obfervations. Dans celles-ci il
appuye fes opinions d'une multitude de preuves & de citations,
au lieu que dans le Commentaire
il fe borne à de fimples notes, qui
fans une fi longue fuite de raifonnemens developpent le point de la
difficulté. Dans l'un & l'autre de ces
Ouvrages, quoique d'un genre different, regnent également une clarté, une juftefle, & une folidité
aufquelles on ne peut fe refufer.
Par tout *du Pineau* paroît profond
dans le Droit Romain, dans le
Droit François, les Matieres Ci-
viles & Canoniques.

Parmi les Traitez joints aux Confultations fe trouve (*a*) une differtation que le Préfidial d'*Angers* l'o-
bligea de compofer contre *du Moulin.* Celui-ci non content d'élever

(a) *Ch.* 18.

la puissance des Princes temporels au-dessus de ce qu'ils prétendent eux-mêmes, soutenoit (*a*) que l'autorité de l'Evêque de *Rome*, comme Patriarche, n'excedoit pas un territoire peu étendu, nommé par les uns Regions Urbicaires ou Suburbicaires, & reduit par quelques Ecrivains au seul district du Prefet de *Rome*. Cette opinion qui a encore ses Partisans est solidement refutée par *du Pineau*. Il montre que dès les premiers siecles le Pape en qualité de Patriarche avoit une inspection plus speciale & plus immédiate sur l'Occident que sur le reste de l'Univers. Cette dissertation a 22. pages *in-fol*. On auroit dû l'imprimer séparement du Recüeil des Ouvrages de *du Pineau*. Elle est intitulée : *Discours sur l'étenduë du Patriarchat d'Occident à Rome, au temps du premier Concile de Nicée, & qu'elles furent depuis les Provinces & Regions appellées Urbicaires & Suburbicaires*.

Une telle question étoit neuve, quand *du Pineau* entreprit de la dis-

G. DU PINEAU.

_____
(*a*) *Comment. in parvas diers.*

G. DU cuter ; car quoiqu'on l'eut déja exa-
PINEAU. minée , personne ne l'avoit encore
approfondie. Plusieurs Sçavans ,
entr'autres l'illustre M. *de Marca* ,
ont profité de ses recherches.

En general tous les écrits de *du
Pineau,* sans exception , ont été très-
bien reçus , & ils méritoient cette
distinction. Ainsi la premiere édition ayant été enlevée , il a fallu en
faire une nouvelle qui parut en
1725. M. *de Livonniere* l'a enrichie
de Remarques où il indique les
changemens arrivez dans la Jurisprudence depuis la mort de l'Auteur. Il n'oublie pas les décisions
sur lesquelles il est d'un avis different de notre Commentateur.

Il reconnoît avec beaucoup de
modestie *n'avoir pris la liberté de le
contredire , que quand il a été soutenu
par des autoritez capables de le con-
trebalancer.* Effectivement il n'est pas
surprenant que le Droit François
ait essuyé certaines vicissitudes ; les
matieres qui le composent , à force d'être traitées & maniées s'éclair-
cissent , les maximes retouchées s'é-
purent & se perfectionnent.

Cette

Cette ſeconde édition eſt en G. DU
deux volumes *in-folio*. Elle com- PINEAU.
prend tous les Ouvrages de *du Pi-*
neau, excepté ſes Notes latines ſur
le Droit Canon, qu'on ne peut à
la verité ſeparer de celles de *du Mou-*
lin dont elles ſont le correctif. Mais
joignant le tout enſemble, ce Recueil n'auroit pas été beaucoup
groſſi, les Notes de *du Moulin* étant
fort courtes : ainſi le Public auroit
eû une collection complete des écrits
de *du Pineau*, ſans avoir recours
aux cinq volumes de *du Moulin*,
qu'on ne vend point ſéparement.

Le premier tome de la ſeconde
édition de *du Pineau* contient ſon
Commentaire en 1800. pages. M.
de Livonniere y a joint des Remarques qui ont trompé le Journali-
ſte de *Verdun* (a) en lui faiſant attribuer le Commentaire à M. *de*
Livonniere.

Le ſecond tome renferme en
1430. pages les obſervations de notre Auteur, ſes Conſultations, ſes
Traitez & Diſcours, les déciſions
de *du Moulin* ſur la Coutume de

(a) *Septembre* 1730. *pag.* 162.
Tome XIV. G

G. DU
PINEAU.

DU *Paris*, avec les disputes de *Bertrand*
d'Argentré.

Du Pineau a supprimé autant
qu'il a pû les noms de ceux qui
l'ont consulté, ce qui laisse ignorer quantité d'affaires, où il eut
part. L'éloignement du faste & de
l'ambition lui a fait taire ce qui
pouvoit augmenter sa réputation.
Il ne désignoit jamais les personnes de consideration qui s'adres-
soient à lui, à moins qu'il ne fut
absolument nécessaire de parler de
leurs dignitez pour resoudre une
question. C'est uniquement par ce
motif qu'il nomme dans une de ses
Consultations (*a*) M. *de Charnacé*,
parce que les differens emplois de
ce Seigneur, qui avoit été Ambas-
sadeur en Suede, en Allemagne &
en Hollande, Conseiller d'Etat, &
Gouverneur de Province, avoient
donné lieu à un procès entre ses
héritiers touchant la coutume qu'il
falloit suivre pour le partage des
meubles de ses differens domiciles.

Quelque grande & reconnue que
fût la science de *du Pineau*, sa

(*a*) *Ch.* 15.

G. DU PINEAU.

modeftie l'emporta toujours de beaucoup fur elle. S'il recevoit des applaudiffemens & des lettres de de félicitation , fes parens même ne l'apprenoient que de la voix publique , & des éloges que lui donnerent plufieurs Parlemens , comme ceux de *Paris* , de *Rennes* , & autres où fes décifions étoient refpeᶜtées.

C'eft le témoignage que rendent encore aᶜtuellement à fa vertu les Officiers du Préfidial d'*Angers* , entre autres M. *le Tourneur* Procureur du Roy , homme d'une grande integrité. (*a*) » Il eft jufte , dit-il , » de placer *du Pineau* au rang des » hommes illuftres , puifqu'on lui » eft redevable d'un fi grand nom- » bre de favantes décifions. Il ajoute » que s'eftimant heureux de lui ap- » partenir , il a fait fon poffible » pour contribuer à fa gloire en » cherchant des Memoires pour » compofer fa vie ; qu'il s'eft tranf- » porté dans les cabinets de quel- » ques Magiftrats & Doᶜteurs pour » y pouvoir recueillir quelqu'un de

(a) *Lettre du* 4. *Juin* 1730.

G ij

G. DU » de ces riches traits , que notre
PINEAU. » illuftre Auteur a pris plaifir à ca-
» cher au Public dans le fond de
» fon cabinet; mais qu'il ne refte
» plus de gens qui ayent connoif-
» fance de ce qui s'eft paffé de par-
» ticulier à fon fujet.

Voici ce qu'en écrit (a) M. *Bou-*
cault , Confeiller du même Prefi-
dial , Maire d'*Angers* , Magiftrat
recommendable par fes lumieres &
fon équité. » M. *du Pineau* qui étoit
» rempli d'un merite folide , ne
» cherchoit point à fe faire con-
» noître. Cela eft fi vrai que le
» plus beau de fes Ouvrages , dont
» on retire une fi grande utilité ,
» n'a été rendu public que depuis
» 32. ans. . . . S'il n'avoit eû autant
» de modeftie qu'il en avoit , on
» trouveroit une infinité de chofes
» avantageufes à dire de cet hom-
» me illuftre. Ses Ouvrages qui font
» pour nous un tréfor inépuifable,
» perpetueront malgré lui fa me-
» moire dans la pofterité.

Cela vérifie la prédiction d'un
favant Angevin (b) qui parlant d'un

(a) *Lettre du 25. Avril* 1730.
(b) *François Poiffon,* Avocat.

Ouvrage de *du Pineau*, difoit en 1646.

Solvere jura tuo, Pinelle, audivimus
   ore,
   Nunc filet in dubia, te fine, lite
   forum.
Sortibus invitis, invito funere vives,
   Quod non voce potes folvere, fol-
   vit opus.

M. de *Livonniere* a donné avec les Ouvrages de *du Pineau*, un Recueil d'Arrêts mémorables rendus pour l'Anjou : Ce font autant de loix qui entouroient les décifions du Commentateur, en les confirmant & en interpretant comme lui la Coutume de fa Province. Ce Recueil fournit un grand nombre de reglemens entre les corps Ecclefiaftiques & Laïques, Seculiers & Reguliers, des traits remarquables de l'Hiftoire d'Anjou, & les maximes les plus effentielles du Droit François. On y concilie les divers Arrêts, en remarquant les motifs de leur difference. Les queftions qu'on y traite font de Droit commun. On ne fe contente pas de rapporter féchement l'efpece des Arrêts ; la ma-

6. DU tiere qu'ils concernent est discutée

sommairement.

M. *de Livonniere* termine ce second tome par un Traité fort utile des Marches communes d'Anjou & de Poitou. Les Commentateurs de ces Provinces limitrophes avoient examiné incidemment quelques questions singulieres par rapport à ces Marches. *Du Pineau* en a parlé plus amplement dans ses Observations. M. *de Livonniere* rend compte de ce qui a été jugé depuis sur cette matiere, & y ajoûte des Reflexions avec sa netteté & son habileté ordinaires.

Il explique après le P. *Sirmond* & M. *Baluze* le nom de *Marche*, ou *Marcha*, par celui de *Limite*, d'où est venu *Marchio* qui est l'Officier preposé pour garder les limites ; de-là vient aussi le vieux mot de *Marchis* pour Marquis. Il cite le chapitre 4. du Livre des Capitulaires de *Charlemagne* intitulé : *De Vassis Dominicis ad Marcham custodiendam constitutis.*

Ces Marches sont des Cantons situez entre l'Anjou & le Poitou, & entre le Poitou & la Bretagne.

Ce Traité marque les regles particulieres qu'il faut ſuivre dans les
conteſtations qui ſurviennent en ces
lieux, dont le fond eſt ordinairement commun à deux Provinces
par indivis, & où ſouvent on eſt
en peine de ſavoir quelle Coutume on doit obſerver.

Voilà le contenu des deux Volumes de l'Edition de 1725. Elle
a un avantage ſur celle de 1698.
en ce qu'on y a réuni les *Obſerva-*
tions qui avoient été imprimées en
1646. ſeparément du Commentaire
& des autres Ouvrages. Outre cela
elle eſt enrichie de nouvelles Remarques, du Recueil d'Arrêts, &
du Traité des Marches.

V. ce que dit de *du Pineau* le
Journal des Sçavans Août 1725. De-
nis Simon Bibliotheque des Auteurs
de Droit, tom. 1. p. 242. Edition
de 1692. *Menage* dans la vie de
Pierre Ayrault p. 65. & dans celle de
Guillaume Menage p. 65. (Il eſt ſur-
prenant que *Pierre Taiſand* l'ait oublié dans ſes *Vies des Juriſconſultes*)
Pinſon 1. & 4. tomes des Œuvres de
du Moulin. Bayle & *Morery Diction-*
naires. G iiij

G. DU PINEAU. Confultez fur tout les Préfaces mifes à la tête du Commentaire, l'une à l'édition de 1698. l'autre à celle de 1725. Ces deux Préfaces font de M. *de Livonniere*, quoiqu'il ne fe foit pas nommé dans la premiere, comme il a été déja dit. Dans la feconde, penetré de la plus parfaite venération pour *du Pineau*, il avertit » qu'il n'a garde de » fe mettre en parallele avec un » aufîi excellent homme dont les » écrits font la gloire de fa Pro- » vince, & dont l'opinion peut feule » tenir lieu de raifon dans les que- » ftions épineufes.

Ce témoignage eft d'un grand poids, venant d'un Jurifconfulte fi capable d'en juger, comme l'annoncent fes écrits, tant ceux dont nous venons de parler, que ceux qu'il a compofez fur les matieres Beneficiales, les Fiefs, & les regles de Droit. Il fera toujours glorieux à *du Pineau* d'avoir eû pour éditeur & admirateur M. *de Livonniere*, qui s'eft attiré l'eftime des perfonnes les plus diftinguées dans la robe, & dont un illuftre Magi-

ftrat de nos jours (*a*) a fouvent dit   G. DU
qu'il falloit un fiecle pour former PINEAU.
un tel homme.

*Cet article vient d'une perfonne d'ef-
prit & de merite, & je l'infere ici
tel que je l'ai reçu.*

CLAUDE MIGNAUT.

CLAUDE *Mignaut*, Avocat   C. MI-
du Roy au Baillage d'*Eftam-*   GNAUT.
pes, & Doyen des Profeffeurs en
Droit Canon à *Paris* a voulu donner à fon nom une terminaifon antique en s'appellant *Minos*. Baillet
n'a pû fouffrir cette affectation. Il
auroit pú lui reprocher encore d'a-
voir voulu déguifer fa patrie. Il
prend par-tout à la tête de fes Ouvrages la qualité de *Dijonnois*. Il
eft pourtant vrai qu'il devoit fa
naiffance à *Talant* qui eft une petite ville, ou plûtôt un ancien Château des Ducs de Bourgogne, fi-
tué à trois quarts de lieue de *Dijon*, comme il paroît par des Di-

(*a*) M. l'Abbé *Pucelle.*

C. MI-GNAUT. ftiques françois que *Mignaut* fit en 1568. & qui ont été imprimez au-devant du *Paradoxe de la Cure de la Peste* par *Claude Fabry* Medecin, où il designe clairement sa patrie : *Minos Talentinus*, & de plus par quelques vers latins que *Philibert Colin*, Conseiller au Parlement de *Dijon* & son bon ami lui adressa avec ce titre : *Claudio Minoi Talentino :* en voici le dernier distique.

Si non sufficiant tamen hac, majora
    rependam,
    Confestim mittam cor, animumque
    meum.

D'ailleurs sur les Livres qui lui ont appartenu, j'ai vû qu'il a mis de sa main *Cl. Minois Talentini.* Cela est décisif.

Nous apprenons de la Preface latine des Commentaires de *Mignaut* sur *Alciat*, qu'il commença ses études assez tard. Ce n'est qu'à douze ans qu'il entra dans l'ancien College de *Dijon*. Ecoutons ses plaintes sur cet article : *Per septennium ferè ad inferiores relegatum scho-*

las & nodis quibus me expedire non- C. Mi-
nisi sero admodum potui detentum con- GNAUT.
strixit inimica & certè molesta satis
conditio... Postquam Linguæ Latinæ
& Græca, Mathematum & Philosophiæ
Peripatetica rudimenta delibassem in
palæstra litteratissimi D. Baeza (a) *His-*
pani... Dubius sum an ratione aliqua
conqueri mihi liceat, quod fortunam non
tam iniquam habuerim quam ingenium
inani admodum & rusticano quodam pu-
dore præpeditum. Ces plaintes sur sa ti-
midité sont repetées en d'autres endroits de ses Ouvrages.

Le Vasseur Principal du College
de *Rheims* engagea *Mignaut* (b) à
remplir une Chaire de Professeur
dans son College, lorsqu'il y pensoit le moins, & il en exerça les
fonctions pendant quatre années.
Apparemment qu'il y professoit la
Philosophie, car il dit qu'il commença ses leçons par l'explication du
Theages de *Platon.* Dans la suite il
expliqua tous les bons Auteurs
Grecs & Latins, principalement

(a) *Louis Baza*, Espagnol, Professeur
dans l'ancien College de *Dijon.*
(b) *Epistola dedicat. Emblem. Alciati.*

ceux qui regardent l'Eloquence, la Poësie & la Philosophie Morale. Ce qu'il dit là-dessus marque le caractere d'un honnête homme plein d'une modestie peu commune.

Quelque temps après il passa dans le College de la Marche, & dans celui de Bourgogne à la sollicitation du Professeur *Fayus* qui en étoit le Principal. C'étoit son ami, & il lui a dedié la Rhetorique latine de *Talon*. Il fit l'ouverture de ses Classes le 27. Fevrier 1574. par des Discours qui furent imprimez l'année suivante.

La peste étant ensuite survenue à *Paris*, où elle dura pendant 4. années, la crainte obligea *Mignaut* à quitter cette Ville vers l'an 1578. & à se retirer à *Orleans*; il mit à profit le sejour qu'il y fit, il étudia en Droit, & ce fut apparemment après avoir pris ses degrez en cette faculté qu'il fut pourvû de la charge d'Avocat du Roy au Baillage d'*Etampes*, dont il prend la qualité dans sa traduction des Emblêmes d'*Alciat*.

Je ne sçaurois dire en quel tems

il revint à *Paris* ; j'ai des preuves qu'en 1597. il étoit Doyen de la Faculté de Droit ; (*a*) ce fut lui qui mit *Hugues Guijon* en poſſeſſion d'une chaire de Droit Canon , & qui lui avoit donné pour cela ſon ſuffrage. (*b*)

Le fameux Juriſconſulte *Charles Fevret* dans l'Ouvrage en vers qu'il a intitulé , *Carmen de vita ſua* , fait honneur à *Mignaut* en diſant qu'en 1600. il prit ſous lui à *Paris* des leçons de Droit.

---- *Noſtri lauſque decuſque ſoli*
Excepi Minoe, legente inſcripſerat
   olim
  Quod cupidis legum Juſtinianus
   opus.

(*a*) V. *pag. penult. vita Guyoniorum* per *D. de la Marre*, & les *Eloges des illuſtres Autunois* par *Edme Thomas.* l. 2. c. 8. MS.

(*b*) Cependant dans un diſcours que *Guijon* prononça en 1612. & qu'il appelle *Schola Regia Encœnia*, il fait mention de pluſieurs ſavans hommes qui avoient illuſtré la Faculté de Droit Canon, ſans parler de *Mignaut* ſon compatriote qui l'avoit inſtallé. Il me ſemble qu'il a péché en cela contre les loix de la reconnoiſſance.

C. MI-
GNAUT.

Baillet dans la vie d'*Edme Richer* (a) raconte que » *Mignaut* Pro-
» feffeur en Droit Canon, fut nom-
» mé avec *Richer*, *Nicolas Ecelain*
» Docteur en Medecine & *Jean*
» *Gallart* Procureur du College de
» *Boncourt* pour travailler à la ré-
» formation de l'Univerfité en
» 1600. & que le 15. Septembre
» 1601. ils furent de nouveau nom-
» mez par Arrêt pour l'exécution
» du même deffein. *Georges Criton*,
» Ecoffois, Profeffeur Royal, fit
» contre *Richer* un écrit qui avoit
» pour titre, *Paronomus*, pour infi-
» nuer que fes adverfaires renver-
» foient les loix dans leurs nou-
» veaux Statuts. En 1602. *Mignaut*
» & *Richer* compoferent l'*Apologie*
» *du Parlement & de l'Univerfité*
» *contre le* Paronome du College de
» *Lizieux*. C'eft que ces Cenfeurs
» vouloient que dans chaque claffe
» il n'y eût qu'un Profeffeur. *Cri-*
» *ton* vouloit que dans le College
» de *Lizieux* & dans quelques
» autres, il y eût deux Profeffeurs

(a) P. 33. Il l'appelle *Minaut*, dit
Minos.

» en Rhetorique felon un ancien
» ufage. *Baillet* ajoute que *Criton*
» y profeffoit gratuitement la Rhe-
» torique en fecond, il ne faifoit
» que d'y entrer un moment ; après
» qu'il y étoit entré, il fortoit
» pour donner la place à un autre ;
» & par-là il éludoit les Arrêts
» de la Cour. Ces Cenfeurs remi-
» rent en 1603. leur pouvoir entre
» les mains des Commiffaires nom-
» mez par le Roy pour être les Cu-
» rateurs de l'Univerfité.

Je crois que *Mignaut* mourut peu de temps après cette députation vers 1603. *Bernard Martin* Dijonnois *fol.* 61. *variar. Lectionum* imprimées à *Paris* en 1605. loue *Mignaut* en ces termes : *magni illius Jurifconfulti memoria gratulari &c.* Il étoit donc mort avant l'an 1605. & dans un âge fort avancé, comme on le peut juger par les dattes de fes Ouvrages.

Ses Ecoliers l'aimoient tendrement & cherchoient à lui faire plaifir. (*a*) En 1584. fon goût changea. L'étude des belles Lettres l'oc-

(*a*) *Oratio in Alciati Emblem.*

C. MI-
GNAUT.
cupoit autrefois uniquement & faisoit ses délices, à présent, dit-il,
c'est la Philosophie ; elle a pris le
dessus, & me fait négliger tout le
reste. La pesanteur de la vieillesse
lui avoit inspiré cette inclination.

Catalogue de ses Ouvrages.

1°. Il a fait une vingtaine de
Distiques latins & un Sonnet françois qui sont à la tête d'un Ouvrage de *Claude Fabry* Medecin, intitulé : *de peste curanda liber. Paris.*
1568. in-8°.

2°. *Eidyllium de fælici & Christiana profectione illustrissimi Principis Caroli à Lotharingia, Marchionis Cæ-
nomani, ad sacrum bellum in Turcos
susceptum anno 1572. Paris. 1572.
Dion. à Prato in-4°.* Le nom de *Minos* ne paroît pas à la tête de cette
piéce ; mais l'Auteur l'avoit écrit
de sa main dans l'Exemplaire que
possede M. le Président *Bouhier.*
La traduction de ce Poëme fut imprimée la même année sous ce titre : *Discours sur la chrétienne & ge-
nereuse entreprise de Monseigneur
Charles de Lorraine &c. contre le
Grand Turc en 1572. Paris. 1572.*

Dupré

Dupré in-4°. Cette traduction qui C. MI-
est en vers François est de *Mignaut,* GNAUT.
car on y trouve à la fin la même
devise Grecque qu'il avoit mise au
Poëme Latin.

3°. *Auli Persii Satyræ, præpositis
argumentis, quibus Autoris mens explicatur & additis ad marginem variis
lectionibus.* Parif. 1574. *ex Officina
Th. Brumennii in-4°.*

4°. *Six Distiques Latins à la louange de* Jacques Bourdin, imprimez à
Paris en 1574. au-devant des *Phra-
fes de Manuce,* traduites en François par *Bourdin* p. 76.

5°. *De re Litteraria Orationes tres.*
Parif. J. Richer 1574. & 1576. in-
8°. Le troisiéme Discours a pour
titre : *ad Alciati Emblemata laudatio;*
il a été réimprimé dans plusieurs
éditions des Notes de *Mignaut* sur
ces Emblêmes. On le trouve à la
fin de l'Edition de 1577. p. 101.

6°. Comme les Emblêmes d'*Alciat* avoient dans ce temps-là de la
reputation, elles attirerent la curiosité de *Mignaut.* Un Moine de
S. Benigne de *Dijon,* nommé *Leger*

Tome XIV. H

C. Mi-GNAUT. *Bontems* (*a*) fon ami, lui confeil-la de travailler à les éclaircir. Ces *Emblêmes d'Alciat avec les Notes Latines* de *Mignaut* parurent pour la premiere fois chez *Plantin* en 1574. *in-*16. Cette Edition qui eft très-belle devoit paroître plûtôt, car l'Epître dédicatoire adreffée à *Anne d'Efcars* Abbé de *S. Benigne* de *Dijon* eft datée de *Paris* le 1. Decembre 1571. (*b*) Auffi *Plantin* dans une Lettre Latine à l'Auteur qui eft à la fin de l'Ouvrage s'excufe-t-il de ce qu'il a retardé pendant trois années l'impreffion de ces Emblêmes.

Cette premiere édition fut fuivie de quantité d'autres. Je crois que la feconde eft d'*Anvers* 1574. *in-*12. & *Ibid.* 1576. *in-*8°. *Mignaut* nous avertit qu'en 1580. *Paris* & *Anvers* en avoient déja fourni fept ou huit éditions. J'ai tenu celles-ci.

(*a*). C'eft celui qui en Latin prend le nom bizarre de *Leodegarius Agatho Chronius.* Ce dernier mot en Grec fignifie *Bontems.*

(*b*) Cette piece a été retranchée dans plufieurs Editions ; je ne fçai pas pourquoi.

Paris. Marnef. 1581. & 1583.
*in-*8°.

Anvers. Plantin 1583. *in-*8°.

Paris. 1584. *in-*8°.

Paris. Etienne Vallet 1589. *in-*8°.

Leyde. 1591. *in-*8°. & *in-*16.

Paris. 1601. *in-*8°.

Paris J. Richer 1602. *in-*8°.

Paris. Etienne Vallet 1608. *in-*8°.

Leyde. Rapheling. 1608. *in-*8°.

Lyon. Rouille. 1614. *in-*8°. *cum
locorum Græcorum explicatione.* Il y
a à la fin *Notæ pofteriores Minois*
ad *Alciati Emblemata.* L'édition eft
bonne.

*Paris. J. Richer. cum notis Fred.
Morelli* 1618. *in-*8°.

Padoue. cum notis Minois & *Pi-
gnorii* 1619. *in-*8°. & 1661. *in-*4°.
Les Notes de *Mignaut* font fépa-
rées.

Anvers. Moret 1648. *in-*12. Cette
multitude d'éditions marque l'eftime qu'on faifoit de notre Auteur.
Il femble qu'on n'étoit pas fçavant
lorfqu'on ne fçavoit pas fon *Alciat*
& fon *Mignaut. Colletet* a loué *Mignaut* fur cet article p. 106. & fui-
vantes de fon *Difcours de la Poëfie.*

H ij

C. MI-
GNAUT.

Morale. Il avoue que » parmi les » Auteurs qui avoient travaillé fur » ces Emblêmes *Mignaut* ou *Mi-* » *nos* étoit le plus confiderable , » puifque c'eft lui qui les a enrichi » d'un docte Commentaire en Lan- » gue Latine. Le même *Colletet* a laiffé d'autres témoignages de la confideration qu'il avoit pour *Mignaut* , car il en a compofé la vie qu'il a placée dans fon Re- cueil MSS. des vies des Poëtes François.

Mignaut ne fe contenta pas d'a- voir travaillé en Latin fur les Em- blêmes d'Alciat , il voulut les met- tre entre les mains du peuple, & les traduifit pour cela en Vers Fran- çois avec des Notes fous ce titre : *Emblemata Andreæ Alciati J. C. La- tino-Gallica, Les Emblêmes Latin- François du Seigneur André Alciat. La vie d'Alciat. La Verfion Françoife non encore vûe ci-devant.* Paris. J. Richer 1584. *in-12. La Croix du Maine* pag. 60. de fa *Bibliotheque Françoife* met 1583. C'eft une faute.

Mignaut s'eft fait donner dans le Privilege du Roy pour l'édition de

cette Verſion la qualité d'*Avocat* C. Mɪ-
du Roy au Baillage d'Eſtampes. C'eſt GNAUT.
me ſemble le ſeul endroit où il pren-
ne cette qualité. La Préface nous
apprend que » dès 1582. *Mignaut*
» travailla à cet Ouvrage à heures
» qu'il étoit contraint de perdre
» dans un bateau, voyageant plu-
» ſieurs fois par occaſion de ce
» lieu (*Eſtampes*) à *Paris*, à *Cor-*
» *beil*, & d'Illec à *Eſtampes*....
» qu'il l'a lû & relû tant de fois
» que non ſeulement il l'a retenu
» par cœur, mais qu'il en a tiré le
» ſuc.

Je ne crois pas qu'il y ait une
ſeconde édition de cette traduction.

7°. *De liberali Adoleſcentum in-*
ſtitutione in Academia Pariſienſi De-
clamationes contrariæ. An ſit commo-
dius Adoleſcentes extra Gymnaſia,
quam in Gymnaſiis ipſis inſtitui. Pa-
riſ. J. Richer 1575. in-8°. Ce ſont
les Diſcours qu'il fit à l'ouverture
des Claſſes le 27. Fevrier 1574.
On y voit entr'autres choſes qu'il
n'étoit pas content de ſon temperament. *Corpuſculi*, dit-il, *nimia*
imbecillitas.

C. MI-
GNAUT.

8°. *Partitiones Oratoriæ Ciceronis certis distincta Capitibus & Tabulis illustrata. Parif. Ricker.* 1576. *in* 4°.

9°. *Audomari Talæi Rethorica una cum facillimis ad omnia præcepta ejufdem artis & exempla illuftranda commentationibus. Parif. Ægid. Beys* 1577. *in-*4°. *Francofurt. Aubrii & Palthenius* 1582. *in-*8°. *Draudius Bibl. Claff.* p. 1481. en met une édition *Francof.* 1600. *in-*8°. *Mignaut* dans le titre de ce Livre se qualifie *Regiæ Burgundionum Scholæ in Academia Parifienfi difciplinarum liberalium Doctor.*

10. *In Partitiones Oratorias Tabulæ & Syntagmata. Parif.* 1582. *in-*4°. *Francof. apud Haredes Wechel* 1584. *in-*8°. felon *Draudius* p. 1437. Le Catalogue de la Bibliothéque de *Nicolas Heinfius* 2. partie p. 54. en met une édition à *Bafle* en 1550. C'eft une faute.

11. *Aufonii Griphus ternarii numeri cum explicatione. Parif. J. Richer* 1583. *in-*8°. D'autres mettent une édition *in-*4°. en 1574. Mais je crois que c'eft une date auffi fauffe que la forme de l'édition.

Fabricius Bibl. Lat. p. 586. met une C. Mi-
édition en 1516. il fe trompe en- GNAUT.
core & dans le titre du Livre &
dans le chiffre. *Mignaut* a mis à la
fin de fon Commentaire, *Appendix*
Apologetica pro Aufonii Gripho.

12. *Commentarii in Orationes Ci-*
ceronis pro Sylla & pro Marcello.
Francofurti apud Hæredes Wechelii
1584. *in*-8°. *Verona cum Notis An-*
dreæ Patritii, Minois & aliorum
1589. *in*-8°. C'eft *Fabricius* qui cite
cette édition p. 106. *Bibl. Latinæ.*

13. *Aufonii Eidyllia duo. Unam*
ad Nepotem Aufonium de ftudio pue-
rili. Alterum de ambiguitate eligendæ
vita &c. cum notis, excepta omnia
ex ore docentis à ftudiofis aliquot in
Academia Parifienfi an. 1575. *Pa-*
rif. J. Richer 1583. *in*-8°. Dans
l'Epître dédicatoire d'Imprimeur
dit qu'il attend des mêmes Ecoliers
d'autres Notes qu'ils ont de *Mi-*
gnaut. Majorum Vigiliarum notas in
Aufonii ludum feptem fapientum. In
XII. Cæfares. In Panegyricum. In Pa-
rentalia. Ces piéces n'ont pourtant
point paru

14. 2. *Horatii Epiftolarum libri*

C. MI-
GNAUT.

duo & *in eas Prælectiones methodicæ,*
quibus Artis Logicæ Analysis & Mo-
ralis doctrinæ ratio illustratur. Paris.
apud Ægidium Beys 1584. in-4°. L'E-
pître dédicatoire est de 1578. L'Auteur l'adresse à *Jean Fyot*, habile
Conseiller au Parlement de *Dijon*,
son intime ami. *Mignaut* estimoit
cet Ouvrage plus que les autres.
Gilles Beys qui l'a imprimé y a introduit la distinction des J & des
V Consonnes d'avec les I & les U
Voyelles qu'aucun Imprimeur n'a-
voit encore observée, & qui n'a-
voit paru jusques-là que dans les
Ouvrages de *Ramus* qui en étoit
l'inventeur.

15. *Epistolæ Arnulphi Episcopi*
Lexoviensis numquam antehac in lu-
cem editæ ex Bibliotheca Odonis Tur-
nebi Hadriani F. Paris. J. Richer 1585.
in-8°. Cet *Arnoult* mourut vers l'an
1181. à *S. Victor* de *Paris* V. p.
189. & suiv. des Remarques sur
la vie de *Pierre Ayrault* par *Menage.*
Mignaut dédie cet Ouvrage au fameux *Jacques Gillot.*

16. *C. Plinii secundi Novocom.*
Epistolarum libri X. His adjecta No-

*ex & obſervationes. Auctore Cl. Mi-
noe Juriſc. Pariſ. J. Richer* 1588. *in-*
8°. aſſez gros & notes aſſez amples.
Le Privilege appelle l'Auteur *Minos Juriſconſulte.* On y fait mention
des *Notes ſur le Panegyrique du même Pline* , elles n'ont pourtant jamais paru. Je m'étonne que *Fabricius* ne parle pas de cette édition ;
elle fut faite ſur de bons Manuſcrits ; entr'autres ſur un qui étoit
dans la Bibliotheque du Chancelier
F. Olivier. It. *Pariſ.* 1598. *in-*8°.
cum notis Caſauboni 1606. *in-*16, &
1608. *in-*12. Les Notes de *Mignaut*
font jointes à quelques autres édi-
dions de ces Lettres de *Pline* données par *Caſaubon. Scioppius* p. 56.
de ſes *Conſultationes de Scholarum &
ſtudiorum ratione* recommande cette
édition de *Pline* , & lui donne rang
parmi les bons Livres & les Auteurs choiſis.

17. *Panegyricus ſive Relatio pro
Schola Juris Pariſienſi. Pariſ. Drouart*
1600. & 1602. *in-*8°. C'eſt un Diſcours qu'il prononça en 1600.

18. Dans le *Parlement de Bourgogne de Pierre Palliot* , imprimé à

Tome XIV. I

C. MI-GNAUT. *Dijon* en 1649. *in-fol.* p. 188. Il y a une Lettre Latine de *Mignaut* à *Philibert Colin*, Conseiller au Parlement de *Dijon* son ami, datée du 3. Novembre 1567. Celui-ci lui avoit envoyé ses Poësies pour les faire imprimer.

Dans les Manuscrits de M. de *la Marre* il y a une Lettre de *Mignaut* à M. de *Thou*, premier Président au Parlement de *Paris*. Ce Recueil est intitulé chez M. de *la Marre Gallorum Epistolæ*.

J'ai l'exemplaire de ses Commentaires sur les Epîtres d'*Horace* dont il fit present à M. l'Abbé *de Bussieres* en Bourgogne. Au-devant il y a cinq Distiques Latins de la façon de *Mignaut*, & écrits de sa main d'une assez belle écriture. Ces vers sont aisez, mais je ne sçaurois passer à l'Auteur une faute grossiere de quantité ; la voici :

Hac tamen æquo animo, Antistes,
te spero laturum.

Pasquier adresse une Lettre à *Mignaut* ; elle roule sur ses Notes *in Emblemata Alciati*. Dans ses Epigrammes la 64. du 2. Livre est aussi

ad Minoem. Il eft auffi parlé de lui
dans les Lettres du même *Pafquier*
p. 324. de l'édition d'*Avignon*
1590.

Le Cardinal *Bona* dans la *Cenfu-*
ra Authorum qui eft au-devant de
fon Traité *de Pfalmodia*, dit : *Clau-*
dius Minoes vir multæ Lectionis &
eruditionis.

V. *Bibliot, Bibliothec. Labbe* p.
27. *Doujat. Prænotiones Juris Can.*
p. 641. *Konig. Bibl. vet. & nova*
p. 541. ne connoiffoit que les Notes de *Mignaut* fur *Alciat* & fur
Pline.

Cet article eft tiré de la Bibliotheque des Auteurs de Bourgogne
par M. l'Abbé *Papillon.* V. *les Me-*
moires de Litterature du P. *Defmo-*
lets, Tom. 7. p. 200.

AUGUSTE HERMAN
FRANCKE.

A. H. FRAN-CKE.

AUGUSTE *Herman Francke* naquit à *Lubeck* le 12. Mars vieux ftile 1663. Son pere *Jean Francke* étoit alors Syndic du Chapitre du Dôme de *Lubeck* & des Etats de la Principauté de *Ratzebourg*. Depuis il entra en 1666. au Service d'*Erneft le Pieux*, Duc de *Saxe-Gotha*, en qualité de Confeiller de Cour & de Juftice. Sa mere s'appelloit *Anne Gloxin*, & étoit fille de *David Gloxin*, le plus ancien des Bourguemaîtres de *Lubeck*.

Le jeune *Francke* perdit de fort bonne heure fon pere qui mourut à *Gotha* en 1670. Il ne laiffa pas de faire de grands progrès dans les Humanitez, de forte qu'à quatorze ans il fut jugé capable d'aller aux Univerfitez. Il n'y alla pas néanmoins avant l'an 1679.

Cette année-là il fut à *Erford*, & de-là à *Kiel*, où il étudia quelques années fous MM. *Kortholt* &

Morhof. En 1682. il retourna à
Gotha & paſſa par *Hambourg*, où il
ſéjourna deux mois pour ſe forti-
fier dans la connoiſſance de la Langue Hébraïque par le ſecours d'*Eſ-*
dras-Henri Edzard. Effectivement
il acquit une grande connoiſſance
de cette Langue.

En 1684. il alla à *Leipſic* où il
fut reçu Maître-ès-Arts l'année ſuivante. Pendant ſon ſéjour il y fon-
da, avec quelques-uns de ſes amis,
une eſpece de Conference réguliere
qui ſubſiſte encore ſous le nom de
Collegium Philo-Biblicum. Ce ſont
des Aſſemblez d'Amis qui culti-
vent enſemble l'étude de l'Ecriture
Sainte.

A peu près dans ce temps-là il
fit un voyage à *Wittenberg* où il
fut reçu avec amitié par les Sçavans
de cette Univerſité.

Il jouiſſoit d'une penſion à *Lu-*
beck. Ces ſortes de Penſions appellées *ſtipendia* ſont aſſez ordinaires
parmi les Proteſtans d'Allemagne ;
elles viennent de legs ou d'autres
fondations pieuſes, & on les donne
pour quelques années aux jeunes

A. H.
FRAN-
CKE.

I iij

gens qui ne font pas en état de fubfifter par eux-mêmes.

Ses Bienfaicteurs dont il tenoit
fa penfion, fouhaiterent qu'il allât
à *Lunebourg* étudier fous M. *San-
dhagen* qui étoit renommé dans fon
parti par rapport à l'interpretation
de l'Ecriture, particulierement pour
ce qui regarde l'harmonie des Evangiles & les Propheties.

Ce fut en cette Ville que le goût
qu'il avoit eû dès fon enfance pour
la pieté, fe fixa & fe fortifia con-
fiderablement. Auffi avoit-il coutume d'appeller *Lunebourg* fa patrie
fpirituelle.

De *Lunebourg* il retourna à *Leipfic* où il fit des Leçons fur l'Ecriture Sainte; Leçons dans lefquelles il joignoit à la difcuffion critique du Texte facré des Reflexions
morales & pieufes. Il avoit fouvent
jufqu'à trois cent Etudians pour
Auditeurs, & il eft à préfumer
que la jaloufie que cette affluen-
ce donna à quelques perfonnes,
contribua du moins en quelque
chofe aux contradictions qu'il eut à
effuyer au fujet de fes leçons & de
fa methode.

Il trouva auſſi de puiſſans enne- mis à *Erfort*, où il fut appellé au Miniſtere l'an 1690. Ses prédica- tions y attirerent trop de monde, & firent trop de bruit pour qu'on le laiſſàt long-temps en repos. On interrompit bientôt le cours de ſon miniſtere, & ſous pretexte qu'il troubloit le repos public, on le priva de ſa charge au mois de Sep- tembre 1691. avec ordre de ſortir de la Ville dans deux jours, ce qu'il exécuta le 27. de ce mois.

Aprés ſon départ d'*Erfort*, on lui adreſſa pluſieurs vocations, mais il leur préféra les offres de l'Electeur de *Brandebourg* qui lui avoient été faites à *Erfort* le jour même qu'il avoit reçu ordre d'en ſortir. Ce Prince lui donna une Chaire de Profeſſeur des Langues Orientales & de la Langue Grecque dans la nouvelle Univerſité de *Halle*, & le nomma Paſteur de *Glaucha* un des Fauxbourgs de cette Ville.

En 1698. il devint Profeſſeur ordinaire en Theologie, & quitta l'année ſuivante la Chaire des Lan- gues Orientales.

I iiij

Il avoit pour lors déja fondé une Ecole pour les enfans des Pauvres, & c'est cette école qui a produit la fameuse maison des Orphelins, dont je parlerai plus bas.

La multitude de ses occupations auxquelles il ne pouvoit suffire, l'engagea à se faire adjoindre *Jean Anastase Freylinghausen* pour le soulager dans la charge de Pasteur, & dans la direction de cette maison.

Sa santé ne laissoit pas de s'alterer, & ses forces s'épuisoient peu à peu par le travail pénible & la variété de ses fonctions; ce qui l'obligea deux fois à entreprendre des voyages en Hollande qui lui firent du bien.

Mais enfin une retention d'urine, une Paralysie, & une fievre pourprée qui l'attaquerent successivement en 1726. & 1727. le conduisirent au tombeau. Il mourut le 8. Juin 1727. âgé de 64. ans.

Il avoit épousé en 1694. *Anne-Madelaine de Wurm*, fille d'*Othon Henry de Wurm*, Seigneur de *Hopperode*, qui lui a survêcu, & dont il a eu trois enfans, *Gotthelff Au-*

gufte, Profeffeur en Théologie & Pafteur de l'Eglife de Notre-Dame à *Halle*, une fille mariée à M. *Freylinghaufen* Directeur de la Maifon des Orphelins, & un fils mort dans l'enfance.

Francke étoit d'une taille au-deffous de la médiocre; fon air avoit quelque chofe de vénerable, à quoi contribuoient les cheveux blancs qu'il portoit, & qu'il a confervez jufqu'à la fin de fa vie. Sa converfation étoit grave & douce. Il étoit naturellement éloquent, & il avoit cultivé fon efprit avec foin, de forte qu'au jugement de tous ceux qui l'ont connu, il étoit fçavant. Ses ennemis même qui l'ont accufé d'infpirer à fes Difciples des fentimens & des maximes ennemies de l'érudition, avouent qu'en fon particulier il n'en étoit rien moins que dépourvû. Tous conviennent de même qu'il avoit un efprit pénetrant & une grande prudence. Outre les Langues mortes qu'il n'eft pas permis à un Théologien, & particulierement à un Profeffeur d'ignorer, il fçavoit le François, l'Anglois & l'Italien.

A. H.
FRAN-
CKE.

Il a employé tous ces talens à l'utilité publique. Le deffein d'exciter la pieté dans le cœur des hommes a paru regner dans toute fa conduite, & lorfqu'on examiné avec attention ce que fes ennemis ont dit contre lui, on s'apperçoit aifément qu'il y a beaucoup de précipitation, & peu d'équité dans la plûpart de leurs jugemens. Le nom de *Pietifte* fi beau en lui-même, mais que tant de perfonnes confondent avec celui d'Hypocrite, & qui eft maintenant en Allemagne un nom de Parti dont on fe fert pour décrier ceux qu'on n'aime point, ne fuffit pas pour rendre *Augufte-Herman Francke*, à qui on l'a donné, & dont il eft paffé à fes Difciples, fufpect aux perfonnes impartiales.

Il fe peut faire qu'il y ait parmi ceux qu'on appelle de la forte plufieurs partifans de l'ignorance, qui déclament contre ce qui s'appelle érudition, quelques-uns qui condamnent l'ordre établi dans les Eglifes Proteftantes dont ils font membres, d'autres qui affectent de

former des Affemblées à part au A. H.
mépris des Affemblées ordinaires F R A N-
de dévotion ; enfin des Hypocri- c K E.
tes qui cachent fous le voile de la
pieté des vûes avares & ambitieu-
fes ; mais tout cela ne peut faire
tort à Francke qui n'a jamais paru
être dans des difpofitions femblables, & dont toutes les vûes au
contraire fe font rapportées à deux
points, la fanctification de ceux de
fa Communion, & l'avantage de
cette magnifique fondation faite
par fes foins, & fi connue fous le
nom de *Maifon des Orphelins de
Halle.* Comme cette fondation a
contribué plus que toute autre chofe à faire un nom à notre Auteur,
il eft bon d'en dire ici quelque
chofe, d'autant plus que le recit n'en
eft point étranger à l'hiftoire de la
République des Lettres.

C'eft la coutume en bien des
endroits que les perfonnes charitables affignent aux Pauvres un certain jour de la femaine, auquel ils
viennent aux maifons de leurs Bien-
faiteurs recevoir du pain ou d'autres aumônes. Lorfque *Francke* de-

A. H.
F R A N-
C K E. meuroit à *Halle*, quelques-uns de ses voisins observoient cette bonne coutume, & les Pauvres passoient ordinairement de leur maison à la sienne pour implorer son secours. Il lui vint dans l'esprit de contribuer tout à la fois à leur bien spirituel & à leur soulagement temporel, & il destina les Jeudis pour leur donner un quart d'heure d'instruction, après quoi il leur faisoit distribuer quelque chose. Ceci se passa en 1694.

L'ignorance de ces Pauvres, & particulierement des enfans, l'engagea à prendre des mesures encore plus efficaces pour leur instruction. Il avoit d'abord recueilli quelques contributions charitables par semaine, mais elles diminuerent bientôt jusqu'au point de n'être presque plus rien. Pour y suppléer il s'avisa de placer dans sa maison un Tronc dont le produit étoit destiné *pour l'Instruction de la Jeunesse pauvre.* Un jour qu'une personne y eut mis tout à la fois dix florins d'Allemagne, cette somme lui parut assez considerable pour fon-

der une Ecole. Il acheta des Livres
pour les enfans , & fit marché avec
un pauvre étudiant pour venir enfeigner les enfans deux heures par
jour. Cette Ecole commença à
Pafques l'an 1695. Il donna pour
cela une partie de fon cabinet.

A. H.
F R A N-
C K E.

Durant l'Eté de cette même année , quelques préfens confiderables qui lui furent envoyez , foit
pour diftribuer à de pauvres Etudians , foit pour l'entretien de fon
Ecole , l'encouragerent à continuer.
Le nombre des enfans augmenta
bientôt jufqu'à un tel point qu'on
fut obligé de loüer une chambre &
peu après une feconde.

Les enfans s'inftruifoient , mais
hors de l'Ecole ils fe diffipoient &
fe débauchoient. Cela fit naître à
Francke le defir de former une maifon d'Orphelins , dans un temps où
il n'avoit pas le moindre fond pour
cela. Une perfonne charitable def-
tina à cet ufage cinq cent écus ,
dont le revenu , fçavoir 25. écus ,
devoit être employé pour un Or-
phelin. On en préfenta quatre à
Francke pour en choifir un , mais

A. H.
FRAN-
CKE.

ne pouvant se résoudre à en ren-
voyer aucun, il les prit tous quatre & les plaça chez quelques personnes ausquelles il donnoit deux
écus par semaine pour leur nour-
riture & leur éducation. A ces quatre il en ajoûta cinq autres au bout
de quelques jours, & les plaça
chez differentes personnes, quoiqu'il n'eut alors d'autre ressource
que les 25. écus dont je viens de
parler, & avant la fin de l'année
1695. il confia l'inspection de tous
ces Orphelins à un Etudiant.

Quelque temps après une personne de considération lui envoya
mille écus qui le mirent en état
d'acheter une petite maison dans
son voisinage. Il y plaça ses Orphelins au nombre de douze sous la
conduite de leur Maître, & les
pourvût de ce qui leur étoit nécessaire. Cela fut reglé un peu avant
la Pentecôte de l'année 1696.

Bientôt après il établit deux tables pour donner à manger à de
pauvres étudians, ce qui facilitoit
l'instruction des Orphelins, & il
acheta une seconde maison à côté
de la premiere.

Telle fut le commencement de la célebre maifon des Orphelins de *Halle*, dont on commença le 13. Juillet 1698. le bâtiment qui fut achevé l'année fuivante , malgré toutes les difficultez de l'entreprife.

A. H. F R A N- C K E.

En 1707. on nourriffoit dans cette maifon plus de trois cens cinquante perfonnes , fans compter les gages des Précepteurs & des Domeftiques. En 1727. du temps de la mort de *Francke* , il y avoit deux mille cent quatre-vingt-feize jeunes gens tant dans cette maifon que dans les Ecoles qui font fous fa direction , outre cent trente Précepteurs , & on y donnoit à manger à environ fix cens perfonnes.

Francke a compofé plufieurs Ouvrages tant en Allemand qu'en Latin.

Ceux qui font en Allemand font principalement des Sermons ou des Livres de dévotion très-connus en Allemagne , mais dont l'énumération nous intereffe fort peu. Les autres font ;

1°. Une *Défenfe contre les accufations intentées contre lui dans un*

A. H. *Programe imprimé à Leipsic* 1691.
FRAN- *in-4°.*
CKE. 2°. *Vestiges pleins de bénédiction de la providence, de la charité & de la fidelité de Dieu, ou Relation de la Maison des Orphelins de Glaucha, Faubourg de Halle.* Halle 1701. It. *Nouv. Edition* 1708. It. *trad. en Anglois.* Londres 1706. *in-*12. On peut voir aussi un détail de cet établissement dans une Lettre du Baron de *Caustein*, inserée dans l'*Histoire des Ouvrages des Sçavans.* May 1706. *p.* 210.

Les Ouvrages écrits en Latin sont les suivans.

3. *Manuductio ad lectionem Scripturæ Sacræ.* Halæ 1693. *in-*12. It. Ibid. 1700. *in-*12. It. *studio Petri Allix.* Londini 1706. *in-*80.

4. *Observationes Biblicæ menstruæ in Versionem Germanicam Bibliorum Lutheri.* Halæ 1695. *in-*12.

5. *De Emphasibus Sacræ Scripturæ.* Halæ 1698. *in-*4°.

6. *Idea Studiosi Theologiæ.* Halæ 1712. *in-*12.

7. *Programmata.* Halæ 1712. *in-*8°.

&c.

8. *Pralectiones] Hermeneutica. Hala 1712. in-8°.*

9. *Monita Paſtoralia Theologica.
Hala 1717. in-12.*

10. *Methodus ſtudii Theologici.
Ibid. 1723. in-8°.*

11. *Introductio ad Lectionem Pro-
phetarum. Ibid. 1724. in-8°.*

12. *Commentatio de ſcopo Librorum veteris & novi Teſtamenti. Hala in 8°.*

13. Il a mis une longue & curieuſe Préface à la tête d'une édition du Texte Grec du Nouveau
Teſtament imprimé à *Leipſic* en
1702. *in-8°.*

V. ſon Elog. *Bibl. Germanique*,
tom. 18. p. 123.

A. H.
FRAN-
CKE.

JEAN LE LABOUREUR.

J. LE LA-
BOUREUR. *JEAN* le *Laboureur* naquit à *Montmorenci* l'an 1623. d'un Bailli de ce lieu, dont le pere & le grand-pere avoient occupé avant lui ce poste qui fut aussi après rempli par *Louis le Laboureur* son fils, & frere de celui dont je me propose de parler.

Il commença de bonne heure à être Auteur, car à peine avoit-il dix-huit ans qu'il publia son *Recueil des Tombeaux des Personnes Illustres dont les sépultures sont dans l'Eglise des Celestins de Paris.* Ce premier Ouvrage qu'il regarda depuis comme un fruit précoce, qu'il auroit dû supprimer, fut suivi de plusieurs autres dont je parlerai plus bas.

Il étoit à la Cour en 1644. en qualité de Gentilhomme servant du Roy, lorsqu'il fut choisi pour accompagner la Maréchale de *Guebriant* en Pologne, où elle alloit conduire la Princesse *Marie de Gon-*

zague, Ducheſſe de *Nevers*, mariée au Roy *Ladiſlas IV. Le La-*
boureur fit ce voyage avec cette
Reine, & accompagna la Maréchale
dans ſon retour. Ce voyage fut
d'un an, comme on peut le voir
dans la relation qu'il en a donnée.

Dès qu'il fut revenu en France,
il entra dans l'Etat Eccleſiaſtique,
& fut fait Aumônier du Roy. On
lui donna le Prieuré de *Juvigné*,
& c'eſt ſous ce titre qu'il eſt le
plus connu.

Les Ouvrages qu'il publia depuis
ce temps lui procurerent le titre de
Commandeur de l'Ordre de *S. Mi-*
chel que le Roy lui donna en 1664.
par une grace particuliere, quoiqu'il fût Eccleſiaſtique.

Son Hiſtoire de *Charles VI.* qu'il
publia en 1663. eſt le dernier Livre qu'il ait donné au Public, &
quoiqu'il ait vêcu encore douze ans
depuis, on ne vit plus rien paroître de ſa façon.

Il mourut au mois de Juin 1675.
dans ſa 53e. année. M. *Clairembaud*,
Généalogiſte de l'Ordre du S. Eſprit, qui par ſon conſeil s'étoit en-

K ij

J. LE LA-gagé dans les recherches Génealo-
BOUREUR. giques des Familles a eu ses dé-
pouilles Litteraires.

Catalogue de ses Ouvrages.

1. *Recueil des Tombeaux des Personnes illustres dont les sépultures sont
dans l'Eglise des Celestins de Paris,
avec leurs éloges, Génealogies, Armes, Blasons & Devises. Paris* 1641.
in-4°. It. *Paris* 1642. *in-fol.* Comme il acquit dans la suite de nouvelles connoissances dans l'Histoire
generale & dans celle des Familles
nobles, il regarda depuis ce premier essai comme une production
à laquelle il n'avoit pas donné le
temps de mûrir, & il en étoit si
peu content qu'il l'auroit volon-
tiers desavoué.

2. *Relation du Voyage de la Roy-
ne de Pologne, & du retour de Madame la Maréchale de Guebriant, Am-
bassadrice extraordinaire & Surinten-
dante de sa conduite par la Hongrie,
l'Autriche, Styrie, Carinthie, le
Frioul & l'Italie, avec un Discours
historique de toutes les Villes & Etats
par où elle a passé, & un Traité particulier du Royaume de Pologne, de*

ſon *Gouvernement ancien & moder-* J. LE LA-
ne , de ſes Provinces , & de ſes Prin- BOUREUR.
ces , avec pluſieurs Tables Génealogi-
ques de Souverains. Paris 1647. *in-*
4°. *Le Laboureur* qui prend dans
ce titre la qualité de ſieur de *Ble-*
ranval , témoigne à la fin de ſa Relation qu'il l'a écrite en moins de
cinq mois. Ce peu de temps qu'elle
lui a couté n'empêche point qu'elle
ne ſoit remplie de quantité de choſes
curieuſes & agréables , & qu'elle ne
lui ait fait beaucoup d'honneur.

3. *Hiſtoire du Comte de Gué-*
briant , Maréchal de France ; conte-
nant le recit de ce qui s'eſt paſſé en
Allemagne dans les guerres contre la
maiſon d'Autriche , depuis l'an 1635.
juſqu'à ſa mort , avec l'Hiſtoire Gé-
nealogique de la maiſon des Budes.
Paris 1656. *in-fol.* Les liaiſons que
le *Laboureur* forma avec la Maréchale de *Guebriant* pendant ſon voyage de Pologne , lui firent naître
ſans doute la penſée d'écrire cette
hiſtoire ; il l'a compoſée ſur les Memoires de *Jean-Baptiſte de Budes* ,
Maréchal de *Guebriant* dont il décrit la vie , & qui fut tué au mois

J. LE LA-
BOUREUR. de Novembre 1643. sur les instru-
ctions de la Cour, sur les Lettres
du Roy & des Ministres & autres
piéces d'Etat. Il y a joint l'Histoire Généalogie de la maison des *Bu-*
des, dont ce Maréchal étoit, & de
plusieurs autres Familles de Bretagne qui en sont issues. Cet Ouvrage est excellent, de même que tout
ce qui est sorti de la plume du
même Auteur.

4. *Les Memoires de Michel de*
Castelnau, Seigneur de Mauvissiere,
contenant les choses remarquables
qu'il a vûes & négociées en France,
en Angleterre, en Ecosse sous les Rois
François II. & Charles IX. depuis
l'an 1559. jusqu'au 8. Août 1570.
illustrez & augmentez de plusieurs
Commentaires manuscrits, & de Let-
tres, Négociations & autres pièces se-
crétes & originales, servant à donner
la verité des Regnes de François II.
Charles IX. & Henry III. & de la
Regence de Catherine de Medicis,
avec les Eloges des Rois, Princes &
Personnes illustres, & l'Histoire Gé-
nealogique de la maison de Castelnau.
Paris 1659. in-fol. 2. vol. Les Me-

moires de Caftelnau avoient déja été
imprimez à *Paris* en 1521. *in-*4°.
Le Laboureur en parle ainfi dans
la Préface de fon édition.

» Je dirai en faveur de ces Me-
» moires qu'il n'y en a point de
» plus véritables, & que perfonne
» ne s'eft mieux acquité d'un def-
» fein tel que le fien, de donner
» une connoiffance parfaite des af-
» faires de la France depuis l'an
» 1559. jufqu'en 1570. Son Dif-
» cours eft pur & fuccint, fes fen-
» timens font beaux & juftes ; on
» y voit la verité fans aucun arti-
» fice, un fçavoir fans affectation,
» & une experience fans fafte &
» fans vanité. Auffi (*Caftelnau*)
» eft-il le feul des Hiftoriens mo-
» dernes qu'on eftime avoir moins
» de paffions, & les Religionnai-
» res contre lefquels il a combattu
» & negocié, n'ont point eu de
» reproches à lui faire contre fes
» Commentaires. Il a fait part au
» Public de toutes fes connoiffan-
» ces, & il n'a rien ignoré de
» tous les fecrets du Gouvernement
» dont il a été dépofitaire avec

J. LE LA-
BOUREUR.

J. LE LA-» *Jean de Morvilliers*, Evêque d'Or-
BOUREUR. » *leans.*

» Leur beauté y a fait trouver
» un défaut, c'est qu'il les ait un
» peu trop abregé & qu'il ne les
» ait pas pourſuivi plus avant. Mais
» comme ſon deſſein n'étoit que
» de former le jugement de ſon fils,
» il s'eſt contenté de toucher les
» choſes pour lui en donner une
» connoiſſance certaine, malgré les
» differentes Hiſtoires qui les ra-
» content diverſément, & d'ail-
» leurs il a eu tant d'horreur du
» maſſacre de la *Saint Barthelemy*,
» que ne pouvant parler de cette
» barbarie, ſans en découvrir les
» véritables motifs, & ſans com-
» prendre dans la complicité d'une
» ſi cruelle conjuration des perſonnes
» vivantes de la premiere dignité,
» il aima mieux en demeurer au
» terme de ſa Décade qui finit à
» la paix le 8. Août 1570.

» J'ai choiſi cet abregé, conti-
nue *le Laboureur*, afin de donner
» ſous le nom de Commentaires &
» d'Additions la verité en original
» de trois Regnes fort embrouillez,
» &

" & encore plus confusément écrits
" selon la passion des Auteurs.

C'eft aussi en effet un des plus
excellens Livres pour l'Histoire de
ce temps-là. *Le Laboureur* l'entreprit
à la priere de *Jacques*, Marquis de
Caftelnau Marêchal de France, petit-
fils de *Michel de Caftelnau*, qui le pref-
fa fi fort, à ce qu'il dit, d'y travailler,
qu'il l'acheva en moins de deux ans,
mais qui n'eut pas cependant le plaifir de le voir achevé, étant mort le
15. Juillet 1659. & le Livre n'ayant
paru qu'à la fin de cette année.

Cette édition de *le Laboureur* qui
eft très-recherchée, eft devenue extrêmement rare, & elle fut pouffée à la vente de la Bibliotheque
de M. *Colbert* jufqu'à 180. livres.

5. On prétend, & le P. *le Long*
eft de ce fentiment, que les deux
derniers tomes des *Memoires de Sul-
ly* qui furent imprimez à *Paris* en
1662. *in-fol.* l'ont été par les foins
de M. *le Laboureur.*

6. *Hiftoire de Charles VI. Roy
de France, écrite par les ordres &
fur les Memoires & les avis de
Guy de Monceaux & de Philippe de*

Tome XIV. L

J. LE LA- *Villette , Abbez de Saint Denys , par*
BOUREUR. *un Auteur contemporain Religieux de*
leur Abbaye , contenant tous les secrets
de l'Etat & du Schisme de l'Eglise ,
avec les interêts & le caractere des
Princes de la Chretienté , des Papes ,
des Cardinaux , & des principaux
Seigneurs de France , traduite sur le
Manuscrit Latin tiré de la Bibliothe-
que de M. le Président de Thou par
M. J. le Laboureur , & par lui-
même illustrée de plusieurs Commen-
taires tirez des Originaux de ce Re-
gne , avec un Discours succint des vies
& mœurs , & de la Généalogie & des
Armes de toutes les personnes illustres
du temps mentionée en cette Histoire
& en celle de Jean le Fevre , Seigneur
de S. Remy , pareillement contempo-
rain qui y est ajoutée , & qui n'avoit
point encore été vûe. Paris 1663. in-
fol. 2. *vol. Le Laboureur* commença à travailler à la traduction de
l'Histoire de *Charles VI.* peu de
temps après qu'il a été fait Prieur
de *Juvigné* , & il l'entreprit par le
Conseil de *Pierre Dupuy* , Garde de
la Bibliotheque du Roy. Cette traduction étoit fort difficile à cause

de la latinité de l'Auteur qui est J. LE LA-
si rude & si peu réguliere qu'il BOUREUR.
n'auroit pû , dit-il , la traduire , s'il n'avoit été fort instruit
des affaires de ce regne. Il en fit
d'abord une traduction litterale ;
mais après l'avoir bien examinée,
il la travailla de nouveau. Il dé-
clare dans sa Préface qu'il s'est rendu plus sujet à l'esprit qu'aux paroles de son Historien , & proteste
en même temps qu'il ne lui a prê-
té que des termes pour ses pensées ,
afin de le faire parler à la mode,
& qu'il n'a rien ajoûté du sien que
les sommaires des Chapitres. Il croit
que cet Historien qui ne s'est pas
nommé , est *Benoît Gentien* ; il ne
trouve du moins personne à qui
on puisse donner cet Ouvrage avec
plus de vraisemblance. La traduction de *le Laboureur* devoit être *illustrée de plusieurs Commentaires tirés
des Originaux de ce Regne* , comme
il paroît par le titre qu'il lui a donnée ; il marque même dans son introduction à l'Histoire de *Charles
VI.* qu'ils devoient être en deux
volumes *in-fol.* & il en donne le

L ij

3. LE LA-plan au même endroit. Cependant
BOUREUR. il ne les a point publiez, & si l'on
en juge par ceux qu'il a faits sur
les *Mémoires de Castelnau*, on ne
sçauroit trop les regréter, puisqu'il
dit qu'il y faisoit entrer une bonne
partie d'un travail de plus de vingt
années en lectures & en Recueils
de Manuscrits. On a seulement de
lui à la tête du premier volume, des
*Mémoires pour servir d'introduction
à l'Histoire du Regne de Charles VI.*
& une *Histoire particuliere des quatre Princes Gouverneurs du Royaume*,
pendant la minorité de ce Prince,
qui sont *Louis de France*, Duc d'Anjou, depuis Roy de Sicile, *Jean*
Duc de *Berry*, *Philippe* Duc de
Bourgogne, & *Louis II.* Duc de
Bourbon, avec des *Tables Génea-
logiques de tous les descendans du Roy
Charles VI.*

L'Histoire de l'Anonyme qui est
excellente & très-exacte finit à l'an
1416. Pour suppléer à la fin du
regne de *Charles VI.* qui y manque,
le *Laboureur* y a joint celle de *Jean
le Fevre*, sieur de *S. Remy*, Roy
d'Armes de *Philippe* Duc de Bour-

gogne , Comte de Flandres qui s'é- J. LE LA-
tend depuis l'an 1408. juſqu'à la BOUREUR,
mort de *Charles VI.* en 1422. Comme elle paſſe légerement ſur les
premieres années , & qu'elle ne
commence à s'étendre davantage
qu'en 1411. elle peut être regardée
comme un ſupplément de la précedente.

Le Laboureur marque dans un
avis qui eſt à la fin de l'Hiſtoire
de *Jean le Fevre* , que quoique cet
Auteur l'ait continué juſqu'en
1435. il ne la donne pas néanmoins
toute entiere , parce qu'il en garde
la ſuite , pour un autre deſſein ,
où elle tiendra , dit-il , d'autant
mieux ſa place , qu'il y a quantité de choſes fort ſingulieres qui me
donneront lieu d'y ajouter diverſes
piéces très-curieuſes pour continuer
mes illuſtrations. C'étoit un nouvel engagement qu'il a contracté
envers le Public , mais auquel il
n'a pas ſatisfait.

7. *Tableaux Généalogiques des
ſeize quartiers de nos Rois depuis S.
Louis juſqu'à preſent , des Princes &
Princeſſes qui vivent,& de pluſieurs des*

L iij

J. LE LA-
BOUREUR *Seigneurs du Royaume. Paris 1683. in-fol.* Cet Ouvrage contient le nom, & les armes de près de huit cens Familles de ce Royaume. Le P. *Meneſtrer* qui l'a publié, y a joint pour le rendre plus utile, un *Traité de l'origine, de l'uſage & de la pratique des Lignes & des Quartiers.*

8. *Diſcours de l'origine des Armoiries. Paris 1684. in-4°.*

9. *Reponſe au Libelle intitulé: Bons Avis ſur pluſieurs mauvais. 1650. in-4°.* On fait dire à *Guy Patin* dans le *Patiniana* qu'il croit que l'Auteur de cette Reponſe eſt M. *le Laboureur*, que l'Auteur du Libelle intitulé *Bons avis ſur pluſieurs mauvais Avis 1650. in-4°.* eſt de *Matthieu de Morgues ſieur de S. Germain*, & que toutes ces deux piéces ne valent rien.

10. *Hiſtoire de la Pairie de France in-fol.* Le Manuſcrit original de cet Ouvrage qui n'eſt pas imprimé, ſe conſerve dans la Bibliotheque du Roy.

Louis le Laboureur frere aîné de *Jean*, dont je viens de parler, Bail-

ly de *Montmorency* , mort en ce J. LE LA-
lieu le 21. Juin 1679. a été aussi BOUREUR.
Auteur , mais d'un ordre bien inferieur. On a de lui quelques Poësies Françoises , & d'autres Ouvrages semblables qui sont peu connus
maintenant. Il ne sera pas inutile
d'en donner ici la liste.

1. *Les victoires du Duc d'Anguien
en trois divers Poëmes. Paris* 1647.
*in-*4°.

2. *Charle-Magne , Poëme Héroï-
que. Paris* 1664. *in-*8°. *It. Ibid.* 1666.
& 1687. *in-*12.

3. *La Promenade de S. Germain.
Paris* 1669. *in-*12. avec une vignette
de *S. le Clerc.*

4. *Avantages de la Langue Françoise sur la Latine. Paris* 1669. *in-*
12.

Claude le Laboureur , Prevôt de
l'Abbaye de l'*Isle-Barbe-lès-Lyon*
leur oncle, s'est aussi fait connoître par quelques Ouvrages qu'il a
publiez, tels sont :

1. *Notes & corrections faites sur
le Breviaire de Lyon. Lyon* 1643.
*in-*8°. Cet Ouvrage fut critiqué par
Besian Arroy , Théologal de l'E-

J. LE LA-BOUREUR glife de *Lyon* , dans fon *Apologie pour l'Eglife de Lyon contre les Notes & prétendues corrections fur le nouveau Breviaire de Lyon. Lyon* 1644. *in-8°.* Mais ce ne fut pas là la feule contradiction qu'il procura à fon Auteur, qui ayant parlé, en le préfentant à l'Archevêque de *Lyon*, affez indifcrétement du Chapitre de fon Eglife, fe vit en bute à fes perfécutions, dont il ne put fe mettre à couvert qu'en réfignant fa Prevôté.

2. *Les Mazures de l'Abbaye de l'Ifle-Barbe-lès-Lyon, ou Recueil hiftorique de tout ce qui s'eft fait de plus mémorable dans cette Eglife, avec le Catalogue de fes Abbez. Premiere partie contenant les Réguliers. Lyon* 1665. *in-4°. Seconde partie contenant les Abbez Séculiers. Paris* 1681. *in-4°. Suites des mêmes Mazures contenant les Généalogies & Preuves de la Nobleffe de ceux qui ont été reçus dans cette Abbaye. Paris* 1682. *in-4°.* Cet Ouvrage eft eftimé. *Befian Arroy* qui avoit déja écrit contre lui, femble n'avoir compofé une autre hiftoire de cette Abbaye que

pour le critiquer encore. Elle eft J. LE LA-
intitulée : *Brieve & devote Hiftoire* BOUREUR.
de l'Abbaye de l'Ifle-Barbe. Lyon
1668. *in-12.*

3. *Difcours de l'origine des Armes
& des termes ufitez pour l'explicration
de la Science Héraldique. Lyon* 1658.
in-4°.

4. *Epître Apologetique de C. L.
L. (Claude le Laboureur) pour le Difcours de l'origine des Armes , contre
les Lettres de C. F. Meneftrier. in-*
4°.

5. *Hiftoire Géneralogique de la
Maifon de Sainte Colombe , & autres Maifons alliées. Lyon* 1673. *in-*
8°.

Voyez le huitiéme Memoire du
P. *le Long* à la fin de la Bibliotheque *Hiftorique de la France.*

JEAN GERBAIS.

JEAN *Gerbais* naquit vers l'an 1629. à *Rupois*, Village du Diocese de *Reims*. Il vint faire ses études à Paris, & les fit avec beaucoup de succès par la seule vivacité de son esprit, ses dispositions naturelles suppléant aux secours que la modicité de sa fortune ne lui permettoit pas de tirer des autres.

Comme il se destinoit à l'Etat Ecclesiastique, il se mit sur les bancs & fit sa licence en Sorbonne; mais après l'avoir faite, il fut quelque temps sans prendre le bonnet de Docteur qu'il ne reçut qu'en 1661. à l'âge d'environ 32. ans.

Son mérite lui procura l'année suivante 1662. une Chaire de Professeur Royal en Eloquence dans le College Royal.

Le Clergé de France le choisit ensuite à la place de *Nicolas le Maître*, nommé à l'Evêché de *Lombez*, & mort en 1661. pour travailler à l'édition des Reglemens du Clergé touchant les Reguliers, avec les Commentaires de M. *Hallier*. Cet

Ouvrage qui parut en 1665. lui procura l'année d'après une pension de six cens livres que l'Assemblée generale du Clergé lui donna sur la représentiation de M. *Gondrin*, Président de cette Assemblée, qui remontra qu'ayant succedé au dessein de M. *Hallier*, il étoit juste qu'il succeda aussi à la pension que le Clergé lui faisoit. J. GER-BAIS.

Depuis ce temps-là M. *Gerbais* composa plusieurs Ouvrages, & tout le reste de sa vie s'est passée dans le travail & dans l'étude.

Il mourut le 14. Avril 1699. âgé de 70. ans ou environ. Il avoit l'esprit vif, le raisonnement fort, beaucoup de délicatesse & de pénétration. C'est le jugement que M. *du Pin* porte de cet Auteur.

Il a laissé par son Testament une somme pour entretenir deux Boursiers dans le College de *Reims*, dont il avoit été fait Principal.

Catalogue de ses Ouvrages.

1. *Ordinationes universi Cleri Gallicani circà Regulares conditæ, primum in Comitiis generalibus anni* 1625. *renovatæ & promulgatæ in Comitiis anni* 1645. *cum Commentariis Francisc-*

J. GER-
BAIS.

ci Hallier Doctoris Theologi & Professoris olim Regii apud Sorbonam, ac deinceps Episcopi Cabellicensis, edita in lucem jussu Cleri Gallicani opera Joannis Gerbais. Paris. 1665. in-4°. Ces Reglemens sur les Reguliers & les Commentaires qui les accompagnent ont été réimprimez dans le sixiéme volume des Actes du Clergé publiez en 1716. par les soins de MM. *d'Orsanne & le Merre.*

2. *Dissertatio de causis majoribus ad caput Concordatorum de causis cum appendice quatuor Monumentorum quibus Ecclesiæ Gallicanæ libertas in retinenda antiqua Episcopalium judiciorum forma confirmatur. Paris 1679. in-4°. It. Lugduni 1685. in-4°. It. Paris. 1691. in-4°. Gerbais* entreprit cet Ouvrage par ordre du Clergé à qui il le présenta manuscrit en 1670. On ne jugea pas cependant à propos de le publier alors, & on le conserva dans les Archives du Clergé jusqu'à l'an 1679. qu'il en sortit enfin pour paroître au jour. Le but de l'Auteur est de montrer que les Causes majeures ne doivent pas être portées en premiere instance au S. Siege, mais qu'elles doivent être aupara-

vant examinées & jugées par les J. GER-
Evêques de la Province. Ce Livre BAIS.
déplut à la Cour de *Rome* & le Pape *Innocent XI.* donna le 18. Decembre 1680. un Bref par lequel
il condamna la doctrine qui y est
contenue comme Schismatique ,
suspecte d'héresie , & injurieuse au
S. Siége. Les Commissaires de l'Assemblée du Clergé de 1681. donnerent ainsi leur avis sur ce Bref.
» Le profond respect que nous avons
» pour le S. Siége & pour la per-
» sonne de notre très S. P. le Pape
» nous ayant obligé à chercher ce
» qui a pû porter sa Sainteté à le
» faire expedier , nous avons crû
» que certaines expressions qui ont
» échappé à l'Auteur , occupé à re-
» futer les objections qu'on oppo-
» soit à une si sainte Police, ont
» donné lieu à cette censure. Ainsi
» nous sommes persuadez qu'après
» avoir loué l'application dudit sieur
» *Gerbais* & son zéle à défendre ces
» deux maximes qui sont si impor-
» tantes à l'Eglise de France , l'As-
» semblée doit lui ordonner de fai-
» re travailler à une seconde édi-

J. GER-
BAIS.

» tion de son Livre, dans laquelle
» il corrigera ce qui sera marqué
» par les Commissaires qui ont lû
» & examiné son Livre avec une
» grande application. Ces corrections se firent effectivement dans
les éditions suivantes, ainsi il faut
avoir la premiere, si on veut connoître les véritables sentimens de
l'Auteur. Au reste les Journalistes
des Sçavans firent de grands éloges
de cet Ouvrage, lorsqu'il parut. » Si
» nous ne nous étions pas, disent-ils,
» imposé la loy de ne louer aucun
» Auteur, nous pourrions dire sans
» flater celui-ci qu'il n'a pas seu-
» lement rendu considerable cet Ou-
» vrage par son sçavoir & par son
» zéle pour la conservation des Pri-
» vileges de l'Eglise Gallicane, mais
» encore par la méthode & l'arran-
» gement des Matieres, & par la
» clarté & la pureté du stile qui
» peuvent faire passer ce Livre pour
» un modéle de la belle & noble
» maniere de traiter les dogmes &
» les questions de Théologie & du
» Droit Canonique.

3. *Traité pacifique du pouvoir de*

l'Eglise & des Princes fur les empêchemens du mariage, avec la pratique des empêchemens qui fubfiftent aujourd'hui. *Paris* 1690. *in*-4°. It. 2.
édition. *Paris* 1696. *in*-4°. Les Traitez de M. de *Launoy* & de *Domi-*
nique Galefio, Evêque de *Ruvo* dans
le Royaume de *Naples* fur le Mariage, ont donné occafion à celui
de M. *Gerbais* fur le même fujet.
M. de *Launoy* foutenoit que les
Princes feuls ont droit d'établir des
empêchemens de mariage, & que
l'Eglife ne peut le faire que du confentement des Princes. *Dominique*
Galefio fuivoit un fentiment tout op-
pofé; il dépouilloit les Princes de
ce droit pour l'attribuer uniquement à l'Eglife. M. *Gerbais* prend
un milieu entre ces deux fentimens
en rendant le pouvoir d'établir des
empêchemens de mariage commun
à l'Eglife & aux Princes, mais il
lui eft arrivé ce qui arrive d'ordinaire aux Conciliateurs; les tem-
peramens dont il s'eft fervi n'ont pas
plû à tout le monde; M. *Boileau*
s'eft même propofé de le refuter
dans le Traité qu'il publia fur cette
matiere en 1691.

J. GER-
BAIS.

4. *Lettre d'un Docteur de Sorbonne à une Personne de qualité au sujet
de la Comedie. Paris* 1694. *in-*12.
Cettre Lettre est contre le P. *Caffaro*, Theatin, qui avoit fait un
écrit en faveur de la Comedie ; M.
Gerbais le refute ici avec beaucoup
de force.

5. *Lettre d'un Docteur de Sorbonne à un Benedictin de la Congré-
gation de S. Maur, touchant le Pecule
des Religieux faits Curez, ou Evêques.
Paris* 1695. *in-*12. Le P. *Gardeau*,
Chanoine Regulier de *Ste Geneviéve*,
Prieur-Curé de *S. Etienne du Mont*
à *Paris*, étant mort en 1694. il y
eut un procès entre les Marguilliers
de cette Eglise, & l'Abbé & les
Religieux de *Sainte Geneviéve* au
sujet de sa succession, que les uns
& les autres prétendoient leur
appartenir. M. *Gerbais* consulté sur
cette affaire prit le parti des Marguilliers, & écrivit cette Lettre où
il s'est proposé de prouver que le
pecule des Religieux faits Curez
appartient à la Fabrique & aux
Pauvres de la Paroisse où ils ont
fait les fonctions Curiales.

6.

6. *Seconde Lettre d'un Docteur de* J. GER-
Sorbonne à un Religieux Benedictin tou- BAIS.
*chant le pecule des Religieux faits Curez
ou Evêques. Paris* 1695. *in*-12. Un
Chanoine Regulier de *Sainte Geneviéve* ayant compoſé une Réponſe
à la premiere Lettre de M. *Gerbais*,
on la lut dans le Conſeil de l'Abbaye de *Sainte Geneviéve*, mais les
Superieurs la trouvant trop vive &
trop remplie de perſonnalitésne permirent pas à l'Auteur de la publier.
Il s'en répandit cependant des copies, dont une étant tombée entre
les mains de M. *Gerbais*, il crut devoir y repondre, comme il le fit
effectivement par cette ſeconde Lettre.

7. *Troiſiéme Lettre à un Benedictin touchant le pecule des Religieux
faits Curez ou Evêques. Paris* 1698.
in-12. Les deux Lettres précedentes ont été réimprimées avec cette
troiſiéme qui tend à refuter un Livre du P. *Louis-François du Vau*,
alors Profeſſeur en Theologie dans
l'Abbaye de *Sainte Geneviéve*, écrit
contre lui ſous le titre de *Diſſerta-
tion ſur le pecule des Religieux Cu-*
Tome XIV. M

J. GER- *vez*, *fur leur dépendance du Superieur* BAIS. *Regulier, & fur l'antiquité de leurs Cures Regulieres. Paris 1697. in-12. 2. tom.* Cette derniere Lettre fut refutée à fon tour dans deux Ouvrages qui parurent féparement, l'un intitulé : *Reflexions fur les Ouvrages de M. Gerbais, Docteur de Sorbonne, touchant l'état des Curez Chanoines Reguliers, Paris 1699. in-12.* attribué au P. *Chartonnet* Chanoine Regulier ; l'autre qui a pour titre : *Reponfe à la troisiéme Lettre de M. Gerbais fur le pecule des Religieux faits Curez ou Evêques par le P. du Vau, Chanoine Regulier. Paris 1699. in-in-12.* La mort de M. *Gerbais* arrivée cette année mit fin à cette difpute.

8. *Lettre d'un Docteur de Sorbonne à une Dame de qualité touchant les dorures des habits des femmes, où l'on examine fi la défenfe que S. Paul a faite aux femmes Chrétiennes de fe parer avec de l'or, ne doit paffer que pour un confeil. Paris 1696. in-12.* M. *Gerbais* prétend que cette défenfe n'eft pas feulement de confeil, mais de précepte.

9. *Traité du célebre Panorme tou-* J. GER chant le Concile de Baſle, mis en Fran-BAIS. çois par *M. Gerbais. Paris* 1697. *in-8°. Panorme* étant au Concile de *Baſle* y compoſa ce Traité qui tend à prouver que ce Concile avoit droit de dépoſer le Pape *Eugene IV.*

10. *Lettre de l'Egliſe de Liege au ſujet d'un Bref de Paſcal II. mis en François par M. Gerbais. Paris* 1697. *in-8°.* Le Bref contre lequel eſt écrite la Lettre de l'Egliſe de *Liege*, eſt adreſſé à *Robert* Comte de Flandres pour l'exhorter à pour-ſuivre à main armée les Liégeois fidéles à l'Empereur *Henry IV.* leur légitime Souverain, & les Ec-cleſiaſtiques de cette Ville y ſont traitez d'excommuniez & de faux Clercs.

Cet Article eſt extrait de la Bi-bliotheque des Hommes illuſtres de Bourgogne par le P. *le Pelletier*, Chanoine Regulier de l'Abbaye de S. *Jacques* de *Provins.*

V. *du Pin, Bibl. des Auteurs Ec-cleſiaſtiques.*

M ij

DANIEL SENNERT.

DANIEL *Sennert* naquit à *Bref-lau* le 25. Novembre 1572. de *Nicolas Sennert* Cordonnier de cette Ville & de *Catherine Helman*.

Ses parens n'oublierent rien pour le bien élever , & quoiqu'il eut eû le malheur de perdre fon pere à l'âge de treize ans , fa mere continua à le pouffer dans fes études , excitée à cela par les progrès qu'il y faifoit.

Il ne commença cependant fes études Académiques qu'à l'âge de plus de vingt ans , car ce fut en 1593. qu'on l'envoya à *Wittemberg* pour y faire fa Philofophie , à laquelle il s'appliqua pendant 4. ans. Au bout de ce temps il fut fait Maître-ès-Arts le 3. Avril 1597.

Il étudia enfuite en Medecine dans l'Univerfité de la même Ville , & parcourut pour s'y perfectionner celles de *Leipfic* , de *Jêne* & de *Francfort fur l'Oder*. Suffifamment inftruit dans la Théorie , il alla en

1601. à *Berlin* pour y apprendre la
pratique. Mais il ne demeura pas
longtemps dans cette Ville ; les
Lettres de fes amis le rappellerent
à *Wittemberg*, où il fut reçu Docteur en Medecine le 10. Septembre
de la même année.

Il fongeoit à retourner dans fa
patrie, lorfque *Jean Jeffen* Profeffeur en Medecine dans cette Ville,
voulant fe démettre de fon emploi,
engagea *Sennert* à le demander, &
le follicita même pour lui auprès
de l'Electeur de Saxe qui le lui
donna.

Il en prit poffeffion le 15. Septembre 1602. ayant été alors aggregé au nombre des Profeffeurs, &
l'a confervé jufqu'à fa mort pendant l'efpace de 35. ans.

Il fut le premier qui introduifit
dans l'Univerfité de *Wittemberg* l'é-
tude de la Chymie dont il connoiffoit l'utilité, quoiqu'il n'ignorât pas l'abus qu'on en pouvoit
faire.

Il s'aquit une grande réputation
par fes écrits & par fon habileté
dans la pratique. Les malades re-

couroient à lui de toutes parts, &
il ne refusoit à personne son assi-
stance ; il n'exigeoit jamais rien
pour ses peines, se contentant de
prendre ce qu'on lui présentoit,
encore rendoit-il aux pauvres ce
qu'ils lui donnoient. La peste fut
plus de sept fois à *Wittemberg* pendant qu'il y professa, mais jamais
il ne songea à en sortir, & ne refusa même de visiter les malades.

L'Electeur de Saxe qu'il guérit
d'une grande maladie l'an 1628. le
mit au nombre de ses Medecins ordinaires, & lui laissa cependant la
liberté de demeurer à *Wittemberg.*
Plusieurs personnes de la premiere
considération se servirent heureusement de ses remedes & de ses conseils dans leurs maladies. *Nicolas Sa-
pieha* grand Porte-Enseigne de Li-
thuanie ne sçachant que faire pour
rétablir sa santé, s'adressa aux Medecins de *Padoue*, qui, si l'on en
croit *Auguste Buchner*, lui conseil-
lerent de se mettre entre les mains
de *Sennert.* Suivant cet avis il fit un
voyage à *Wittemberg*; d'où il s'en
retourna guéri.

La peſte qu'il avoit ſi ſouvent évi- tée l'attaqua enfin , & il en mourut le 21. Juillet 1637. dans ſa 65. an- née.

Il avoit été pluſieurs fois Doyen du College de Medecine , & ſix fois Recteur de l'Univerſité , ce qui étoit ſans exemple.

Il a été marié trois fois. Il épouſa en premieres nôces le 25. Fevrier 1603. *Marguerite Sthaton*, fille d'*An-dré Schaton* , Docteur & Profeſſeur en Medecine à *Wittemberg* , qu'il perdit en 1624. Deux ans après , c'eſt-à-dire le 22. Août 1626. il ſe remaria à *Helene Baver* , fille de *Gregoire Baver* , Docteur en Mede-cine & veuve de *Jerôme Troſtius* , Bourgeois de *Dreſde* , & Hôte de l'Aigle noire. Il épouſa en troiſié-mes nôces en 1633. *Marguerite Cra-mer* qui étoit auſſi veuve.

Il n'a eû des enfans que de ſa premiere femme qui lui en a don-né ſept, cinq garçons & deux fil-les , dont trois ſeulement étoient vivans lorſqu'il mourut ; *André* qui a été Profeſſeur en Langues Orien-tales à *Wittemberg* ; *Michel* Mede-

D. Sen-cin, & *Marguerite* mariée à *Laurent Babts*, Medecin de l'Electeur de Saxe. *Daniel* son aîné étoit mort en 1631. âgé de 28. ans à *Padoue* où il pratiquoit la Medecine.

Catalogue de ses Ouvrages.

1. *Quæstionum Medicarum controversarum liber, cui accessit Tractatus de Pestilentia. Witteberga* 1609. & 1610. *in*-8°.

2. *Epitome naturalis scientiæ. Witteberga* 1618. 1624. 1633. *in*-8°. It. *Francofurti* 1650. *in*-8°. It. *Amstelodami* 1651. *in*-12.

3. *Auctuarium Epitomes Physicæ. Witteberga* 1635. *in*-8°.

4. *De Chymicorum cum Aristotelicis & Galenicis consensu & dissensu liber. Witteberga* 1619. *in* 8°. It. *Ibid.* 1629. *in* 4°. It. *Francofurti* 1655. *in*-4°. Il y a dans ces deux éditions *in*-4°. un *Appendix de constitutione Chymiæ.*

5. *Institutionum Medicinæ libri V. Witteberga* 1611. *in*-4°. *Editio secunda auctior. Ibid.* 1620. *in* 4°. *Tertia Editio. Ibid.* 1628. *in*-4°. It. *Ibid.* 1644. & 1667. *in* 4°. It. *Wittebergæ & Lugd. Bat.* 1633. *in* 8°. *Christophe*

ſtophe Winckelman a reduit cet Ou- D. SEN-
vrage de *Sennert* en Tables; *Tabu-* NERT.
la Inſtitutionum Medicinæ Dan. Sen-
nerti. Witteberga 1636. *in fol.* It.
Pariſ. 1637. *in-fol.*

6. *De Febribus libri IV. Witte-*
bergæ 1619. *in* 8°. It. *Ibid.* 1628.
& 1653. *in* 4°. On a joint à cette
derniere édition *Faſciculus Medica-*
mentorum contra peſtem. It. *Lugd.*
1627. *in* 8°. On trouve à la fin de
celle-ci le Traité de *Sennert de Dy-*
ſenteria. It. *Paris* 1633. *in* 4°. It.
Genevæ 1647. *in* 8°.

7. *Epitome inſtitutionum Medici-*
næ, & *librorum de Febribus. Witte-*
bergæ 1634. *in*-12. & 1647. *in*-8°.
It. *Lugduni* 1635. *in*-12. It. *Amſte-*
lodami 1644. *in*-12. Je ne ſçai ſi cet
Abregé des Inſtitutions de la Medecine eſt le même que celui qui a
paru ſous ce titre : *Compendium in-*
ſtitutionum Medicarum Danielis Sen-
nerti diſputationibus XVII. in illuſtri
Academia Lipſienſi propoſitum à Geor-
gio Mochingero Art. Med. D. Pata-
vii 1631. *in*-12. It. *multo quam an-*
tea emendatior & *Indice auctior. Pa-*
riſ. 1631. *in*-12.

Tome XIV. N

8. *De Scorbuto Tractatus, cui ac-
cesserunt ejusdem argumenti Tractatus
& Epistolæ Balduini Ronsei, Johannis
Echtii, Joannis Wierii, Johannis
Langii, Salomonis Alberti, Matthæi
Martini. Wittebergæ* 1624. *in-*8°.
It. *Francofurti* 1654. *in-*4°. It. *Jenæ*
1661. *in-*4°.

9. *Medicinæ practicæ liber primus.
Wittebergæ* 1628. 1631. 1636. *in-*
4°. It. *Lugduni* 1629. *in-*8°.

— *Liber secundus. Wittebergæ*
1629. & 1640. *in-*4°.

— *Liber tertius. Ibid.* 1631. &
1648. *in-*4°.

— *Liber quartus. Ibid.* 1632. &
1649. *in-*4°. avec un Traité *de In-
fantium curatione.*

— *Liber quintus. Ibid.* 1634.
*in-*4°.

— *Liber sextus. Ibid.* 1635.
*in-*4°.

10. *De Dysenteria Tractatus. Wittebergæ* 1629. *in-*8°.

11. *De Arthritide Tractatus, cui
accessit Tragopodagra Luciani, seu de
laudibus Podagra. Wittebergæ* 1631.
& 1653. *in-*4°.

12. *Hypomnemata Physica I. de*

rerum naturalium principiis. II. De D. SEN-
occultis qualitatibus. III. De Atomis NERT.
& Mistione. IV. De generatione vi-
ventium. V. De spontaneo viventium
ortu. Francofurti 1635. *&* 1636. *in-*
8°. La liberté que *Sennert* prit dans
cet Ouvrage & dans quelques autres de contredire les anciens, lui
suscita des adversaires ; mais rien
ne fut plus mal reçû que ce qu'il
avança sur l'origine des Ames. Il
croyoit que l'ame étoit dans la sé-
mence avant l'organisation, & que
c'est elle qui forme cette Machine
admirable que nous appellons corps
vivant. Quant à l'ame des bêtes,
il prétendoit qu'elle n'étoit point
matérielle, ni produite de la matiere, sans vouloir cependant qu'elle
fût immortelle comme celle de
l'homme. Il avoit aussi une opinion
assez singuliere sur la cause des Mé-
taux & des Mineraux dont il at-
tribuoit la formation à des Etres
intelligens & spirituels. *Jean Frei-*
tag Medecin, & Professeur en Philosophie à *Groningue*, attaqua avec
beaucoup de vivacité son sentiment
sur l'ame des Bêtes, qu'il traita de

blafphême & d'impieté dans un Livre qu'il publia fous ce titre : *De-
tectio & folida refutatio novæ fectæ
Sennerto-Paracelfica recens in Philofo-
phiam & Medicinam introductæ, quâ
antiqua veritatis oracula, & Arifto-
telica ac Galenica doctrinæ fundamen-
ta convellere & ftirpitus eruderare
moliuntur Novatores. Amftelodami
1636. & 1637. in-8°.* Mais *Freitag*
ne s'y borne pas à ce feul point,
il y attaque auffi *Sennert* fur plufieurs autres de fes fentimens, qui
trouverent un défenfeur en la perfonne de *Jean Sperlingen*, dont on
a plufieurs Ouvrages compofez en
fa faveur.

13. *Paralipomena cum præmiffa
methodo difcendi Medicinam, Tractatus pofthumus. Accefferunt in fine vita
Autoris, & judicia clarorum virorum
fuper eodem, ejufque fcriptis. Wittebergæ 1642. in-12.*

14. *Methodus difcendi Medicinam
publicè anno 1636. Wittebergæ prælecta, jam autem Johannis Magiri notis illuftrata. Marpurgi 1672. in-12.*

15. *De benè vivendi beatèque mo-
riendi ratione Meditationes. Wittebergæ 1636. in-12.*

16. *De Fungis laſarum partium* D. SEN-
corporis humani Obſervatio. Dans le NERT.
Livre intitulé : *Guilielmi Fabricii
Hildani Obſervationum & Curationum
Chirurgicarum Centuria ſecunda. Ge-
neva* 1611. *in-*8°. *pag.* 127.

17. *Epiſtola in qua dubia nonnulla
circa probationem Acidularum Schvval-
bacenſium moventur, ob laborem pro-
bationis nondum peritus finitum orta,*
inſerée dans un Livre d'*Helvicus
Dietericus* ſur cette matiere ; intitulé : *Reſponſa Medica &c. Francofurti* 1631. *in-*4°.

18. *Epiſtola de Fermentatione
Platonica,* inſerée dans le Livre qui
a pour titre : *Antonii Guntheri Bil-
lichii Theſſalus in Chymicis redivivus.
Francofurti* 1639. *&* 1643. *in-*8°. de
même que dans celui d'*Herman Con-
ringius de ſanguinis generatione &
motu naturali. Amſtelodami* 1646.
*in-*8°.

19. *Epiſtola ad Joannem Sperlingen* dans le Livre de cet Auteur
intitulé : *Defenſio Tractatus de origine formarum pro D. Daniele Sen-
nerto contra D. Johannem Freitagium.
Witteberga* 1638. *in-*8°.

N iij

20. *De Unguento Armario* dans le *Theatrum sympatheticum*. *Noriberga* 1662. *in*-4°.

Tous les Ouvrages de *Sennert* ont été imprimez plusieurs fois ensemble en trois volumes *in-fol.* à *Paris*, à *Lyon* & à *Venise*. La derniere édition & la plus ample est celle de *Lyon* de l'an 1676. en six volumes *in-fol.*

V. sa vie à la tête du Recueil de ses Œuvres. Son Oraison funebre prononcée le 25. Juillet 1638. à *Wittemberg* par *Auguste Buchnerus*, & inferée dans la premiere Decade des *Memoriæ Medicorum Hennengi Witten. Freher Theatrum Vir. Doct. Bayle Dictionnaire.*

GUILLAUME HOMBERG.

GUILLAUME *Homberg* naquit G. Hom le 8. Janvier 1652. à *Batavia* BERG. dans l'Isle de *Java*. Jean *Homberg* son pere étoit un Gentilhomme Saxon , originaire de *Quedlimbourg*, qui dès sa jeunesse avoit perdu tout son bien dans la guerre des Suedois en Allemagne. Quelques-uns de ses parens avoient eû soin de son éducation. Ce qu'il apprit de Mathematiques le mit en état d'aller chercher fortune au service de la Compagnie Hollandoise des Indes Orientales. Il parvint à avoir le commandement de l'Arsenal de *Batavia* & se maria avec la veuve d'un Officier, nommé *Barbe van-Hedemar*. De quatre enfans qui vinrent de ce mariage , M. *Homberg* fut le second.

Son pere pour l'avancer dans le service le fit Caporal d'une Compagnie dès l'âge de 4. ans. Il eut bien voulu le faire étudier , mais les chaleurs excessives & perpetuelles du climat

G. HOM-
BERG.

ne permettant pas beaucoup d'application ni aux enfans, ni même aux hommes faits, il ne put se satisfaire en ce point. Au reste il est bon de remarquer que le corps profite ordinairement de ce que perd l'esprit. M. *Homberg* avoit une sœur qui fut mariée à huit ans & mere à neuf.

Son pere ayant quitté les Indes, & le service de la Compagnie Hollandoise, alla à *Amsterdam* où il demeura pendant plusieurs années avec toute sa famille. M. *Homberg* parut être dans son véritable air natal, lorsqu'il fut dans un pays où il pouvoit étudier. La vivacité naturelle de son esprit lui fit regagner bien vîte le temps qu'il avoit perdu jusques-là.

Il étudia en Droit à *Jêne* & à *Leipsic*, & en 1674. il fut reçû Avocat à *Magdebourg*. Quoiqu'il se donnât sincerement à sa profession, les choses naturelles commencerent bientôt à attirer ses regards & à interesser sa curiosité. Il alloit chercher des plantes sur les montagnes, s'instruisoit de leurs noms

& de leurs proprietez, & la nuit G. Hom-
il obſervoit le cours des Aſtres, BERG.
& apprenoit les noms & la diſpoſition des differentes conſtella-
tions. Il devenoit ainſi Botaniſte &
Aſtronôme, ſans y penſer, & en
quelque maniere malgré lui, parce qu'il s'engageoit toujours dans
ces ſciences plus qu'il ne vouloit.

Il pouſſa aſſez loin ſon étude des
Plantes, & dans le même temps
il ſe fit un globe céleſte creux en
façon de grande lanterne, où à la
faveur d'une petite lumiere placée
au-dedans on voyoit les principa-
les étoiles fixes emportées du même mouvement dont elles paroiſſent l'être dans le Ciel.

Otto Guericke, Bourguemaître de
Magdebourg, étoit alors fameux par
ſes experiences du vuide & par
l'invention de la Machine Pneuma-
tique. M. *Homberg* s'attacha à lui
pour s'inſtruire dans ſa Phyſique
experimentale, & cet habile homme, quoique fort miſterieux, ou
lui révela ſes ſecrets en faveur de
ſon genie, ou ne put les dérober
à ſa pénetration.

Les amis de M. *Homberg* qui le voyoient s'éloigner du Barreau toujours de plus en plus, fongerent à le marier pour le fixer dans cette profeffion ; mais réfolu à être maître de lui-même, il fe mit à voyager & alla d'abord en Italie.

Il s'arrêta un an à *Padoue* où il s'appliqua à la Medecine & particulierement à l'Anatomie & à la Botanique. A *Boulogne* il travailla fur la pierre qui porte le nom de cette Ville, & lui rendit fa lumiere dont le fecret étoit prefque perdu. A *Rome* il fe lia particulierement avec *Marc-Antoine Celio*, Gentilhomme Romain, Mathématicien, Aftronôme & Machinifte qui réuffiffoit fort bien à faire de grands verres de Lunettes. Il s'y appliqua avec lui, & y trouva de quoi exercer les lumieres de fon efprit, & fon adreffe à operer. Il ne negligea pas la Peinture, la Sculpture, & la Mufique, dans lefquelles il fe rendit affez connoiffeur pour pouvoir s'en faire un mérite.

D'Italie il vint en France pour la premiere fois, & il ne manqua

pas d'y chercher la connoiffance
de s'y attirer l'eftime des Sçavans.
Il paffa enfuite en Angleterre où il
travailla quelque temps avec M.
Boyle dont le Laboratoire étoit une
des plus fçavantes Ecoles de Phy-
fique.

De-là il retourna en Hollande
où il fe perfectionna encore dans
l'Anatomie fous M. *Graaf*, après
quoi il alla rejoindre fa famille qui
demeuroit alors à *Quedlimbourg*.
Quelque temps après il alla prendre à *Wittemberg* le degré de Docteur en Medecine.

Ses parens vouloient qu'il fon-
geât à l'utile, & que puifqu'il étoit
Medecin, il fe mît en état de tirer du profit de cette qualité ; mais
fon goût particulier le portoit à acquerir de nouvelles connoiffances.
Il voulut voir encore les Sçavans
de l'Allemagne & du Nord, &
comme il avoit déja un fond confiderable de curiofitez Phyfiques,
il fongea à en faire commerce, &
à s'en procurer de nouvelles par
des échanges.

Les Phofphores faifoient alors

G. Hom-
berg.

du bruit. *Christian-Adolphe Balduinus* & *Kunkel*, Chimiste de l'Electeur de Saxe, en avoient trouvé un different & un nouveau chacun de leur côté, & M. *Homberg* les alla chercher. Il vit *Balduinus* le premier, & trouva son Phosphore fort beau & de la nature de la pierre de Boulogne, quoiqu'un peu plus foible en lumiere. Il l'acheta par quelqu'autre experience, mais il falloit avoir celui de *Kunkel* qui avoit beaucoup de réputation. Il trouva *Kunkel* à *Berlin*, & par bonheur celui-ci avoit fort envie d'avoir le petit homme d'*Otto Guericke* qui se cache dans un tuyau quand le temps doit être pluvieux, & qui en sort quand il doit faire beau. Le marché fut bientôt conclu entre les deux curieux, & M. *Homberg* donna le petit Homme pour le Phosphore. C'étoit le Phosphore d'urine présentement assez connu.

Les Metaux avoient touché particulierement la curiosité de M. *Homberg* qui alla voir ensuite les Mines de Saxe, de Bohême, de Hongrie & de Suede.

Le Roy de Suede alors regnant G. Hom-
venoit d'établir à *Stokolm* un La- berg.
boratoire de Chimie. M. *Homberg* y
travailla avec M. *Hierna*, premier
Medecin du Roy, & il eut le plaifir de contribuer beaucoup aux premiers fuccès de ce nouvel établif-
fement. On s'adreffoit fouvent à
lui, ou pour lui demander des décifions fur des difficultez qui parta-
geoient les plus habiles, ou pour
l'engager à des recherches qu'ils
n'ofoient entreprendre, & les Jour-
naux de *Hambourg* de ces temps-là,
imprimez en Allemand, font pleins
de Mémoires qui venoient de lui.

Son pere fouhaitoit avec paffion
qu'il terminât enfin fes courfes fçavantes, & qu'il revînt fe fixer dans
fon pays où il avoit deffein de le
marier pour l'y arrêter davantage.
Mais l'amour des fciences & de la
liberté l'emporta encore du fond
du Nord en Hollande, & de Hollande en France, où il vit les Provinces qu'il n'avoit pas vûes dans
fon premier voyage.

Ces retardemens impatientoient
fon pere qui lui faifoit tous les

jours de nouvelles inſtances pour hâter ſon retour. Enfin il étoit prêt à lui obéïr, & le jour de ſon départ de France étoit arrivé, lorſque M. *Colbert* l'envoya chercher de la part du Roy. Ce Miniſtre lui fit, pour l'arrêter, des offres ſi avantageuſes que M. *Homberg* demanda un peu de temps pour prendre ſon parti, & prit enfin celui de demeurer.

Sa plus forte raiſon étoit que la pratique familiere aux Proteſtants de lire tous les jours un Chapitre de l'Ecriture Sainte lui avoit rendu fort ſuſpecte l'Egliſe Proteſtante dans laquelle il étoit né, & qu'il ſe ſentoit fort ébranlé pour rentrer dans l'Egliſe Catholique, ce qu'il fit en 1682.

L'année ſuivante il perdit M. *Colbert*, & de plus il fut deshérité par ſon pere pour avoir changé de Religion.

Il entra en grande liaiſon avec M. l'Abbé de *Chalucet*, depuis Evêque de *Toulon*, fort curieux de Chimie. M. *Homberg* y étoit trop habile pour aſpirer à la pierre Phi-

loſophale , & trop ſincere pour en- G. Hom-
têter perſonne de cette vaine idée. BERG.
Mais un autre Chimiſte , avec qui
il travailloit chez le Prélat , voulant
convaincre l'incrédulité de ſon Aſſo-
cié , lui donna en pur don un lingot
d'or prétendu Philoſophique , mais
toujours de bon or qui valoit bien
quatre cens francs , tromperie qui ,
comme il l'avoüoit , lui vint alors
aſſez à propos.

Des raiſons particulieres l'engagerent quelque temps après , c'eſt-
à-dire en 1685. à aller pour la ſeconde fois à *Rome.* Il y porta toute
ſa recolte du Nord , & l'y mit à
profit par une pratique de Medecine peu connue en ce pays-là &
heureuſe.

Il revint à *Paris* au bout de quelques années , & tant de connoiſ-
ſances qu'il avoit acquiſes , ſes Phoſ-
phores , une Machine Pneumati-
que de ſon invention plus parfaite
que celle de *Guericke* & que celle
de *Boyle* qu'il avoit vûe à *Londres* ,
les nouveaux Phénomenes qu'elle
lui produiſoit tous les jours , des
Microſcopes de ſa façon très-ſim-

G. Hom-
berg.

ples, très-commodes & très-exacts, autre source inépuisable de Phénomenes , une infinité d'opérations rares ou de découvertes de Chimie, lui donnerent bientôt une des premieres places entre les premiers Sçavans.

M. l'Abbé *Bignon* ayant eû en 1691. la direction de l'Académie des Sciences y fit entrer M. *Homberg* , & lui donna le Laboratoire de l'Académie , & par là une entiere liberté de travailler en Chimie sans inquiétude.

M. le Duc d'*Orleans* qui se livroit au goût & au talent qu'il avoit pour les sciences , ayant voulu entrer dans les mysteres de la Chymie & de la Physique experimentale , prit en 1702. M. *Homberg* auprès de lui en qualité de son Physicien , & lui donna une pension & un Laboratoire le mieux fourni & le plus superbe que la Chymie eut jamais eû.

Ce Prince ayant aussi fait venir d'Allemagne la même année ce grand Miroir ardent convexe qui est si connu , M. *Homberg* s'en servit

vit pour faire un grand nombre
d'experiences entierement nouvelles.

G. Hom-
BERG.

L'an 1704. ce même Prince le
choifit pour fon premier Medecin.
Ce choix n'étoit point encore déclaré, lorfqu'on vint offrir à M.
Homberg de la part de l'Electeur
Palatin, & même d'une maniere
très-preffante, des avantages plus
confiderables que ceux même qui
l'attendoient. Mais fon attachement
pour M. le Duc d'*Orleans* ne lui
permit pas de les accepter. Un
autre attachement d'une efpece differente s'y joignit encore. Il fongeoit à fe marier, & y fongeoit
depuis fi long-temps, que l'amour
feul, fans une forte eftime, n'eût pas
produit tant de conftance.

En devenant premier Medecin
de M. le Duc d'*Orleans*, il tom-
boit dans le cas d'une des Loix de
l'Académie des Sciences, qui porte que toute charge, demandant ré-
fidence hors de *Paris*, eft incompa-
tible avec une place d'Académicien
penfionnaire. Il déclara nettement
que s'il étoit reduit à opter, il fe

Tome XIV.

G. Hom-
BERG.

détermineroit pour l'Académie, mais
le Roy le jugea digne d'exception;
ainsi il conserva les deux postes en
même temps.

En 1708. il se maria & épousa
Marguerite-Angelique Dodart, fille
de M. *Dodart* Medecin, pour qui
il avoit été si constant.

Quelques années après il devint
sujet à une petite dissenterie qu'il
se guérissoit, & qui revenoit de
temps en temps. Le mal s'augmenta toujours, & il en mourut le 24.
Septembre 1715. âgé de 63. ans.

Quoiqu'il fut d'une complexion
foible, il étoit fort laborieux, &
d'un courage qui lui tenoit lieu de
force. Outre une quantité prodigieuse de faits curieux de Physique
rassemblez dans sa tête & présens
à sa mémoire, il avoit de quoi
faire un sçavant ordinaire en Histoire & en Langues. Il sçavoit
même de l'Hebreu. Son caractere d'esprit est marqué dans tout
ce qu'on a de lui, une attention
ingénieuse surtout qui lui faisoit faire des observations où les
autres ne voyent rien, une adresse

extrême pour démêler les routes G. Hom-
qui menent aux découvertes, de la BERG.
ſingularité dans ſes expériences. Sa
maniere de s'expliquer étoit ſimple, mais méthodique & préciſe,
ſoit que le François fut toujours
pour lui une langue étrangere, ſoit
que naturellement il ne fut pas
abondant en paroles, il cherchoit ſon
mot preſque à chaque moment, mais
enfin il le trouvoit. Il n'a point publié de corps d'Ouvrage. On trouve ſeulement dans l'Hiſtoire de l'A-
cadémie des Sciences pluſieurs Mémoires de ſa façon qui ſont tous
ſinguliers, curieux & intereſſans,
& dont je vais donner la liſte.

1. *Maniere de faire le Phoſphore*
brûlant de Kunkel. Année 1692.

2. *Diverſes expériences du Phoſ-*
phore. Ibid.

3. *Réflexions ſur differentes Vége-*
tations Métalliques. Ibid.

4. *Maniere d'extraire un ſel vo-*
latile mineral en forme ſéche. Ibid.

5. *Reflexions ſur l'experience des*
larmes de verre qui ſe briſent dans le
vuide. Ibid.

G. HOM-
BERG.

6. *Experiences sur la glace dans le vuide.* An. 1693.

7. *Experiences du ressort de l'air dans le vuide.* Ibid.

8. *Experience de l'Evaporation de l'eau dans le vuide avec des réflexions.* Ibid.

9. *Experiences sur la germination des Plantes.* Ibid.

10. *Observations de la difference du poids de certains corps dans l'air libre & dans le vuide.* Ibid.

11. *Observation curieuse sur une infusion d'antimoine.* Ibid.

12. *Reflexions sur un fait extraordinaire arrivé dans une Coupelle d'or.* Ibid.

13. *Nouveau Phosphore.* Ibid.

14. *Observation sur la quantité exacte des sels volatiles acides, contenus dans les differens esprits acides.* An. 1699.

15. *Essais pour examiner les sels des Plantes.* Ibid.

16. *Observations sur cette sorte d'insectes qui s'appellent ordinairement Demoiselles.* Ibid.

17. *Essais sur les injections Anatomiques.* Ibid.

18. *Observations sur la quantité des* G. Hom-
Acides absorbez par les Alcalis terreux. BERG.
An. 1700.

19. *Observations sur les dissolvans*
du Mercure. Ibid.

20. *Observations sur les huiles des*
Plantes. Ibid.

21. *Sur l'Acide de l'Antimoine.*
Ibid.

22. *Observations sur le rafinage de*
l'argent. An. 1701.

23. *Observations sur quelques effets*
des fermentations. Ibid.

24. *Observations sur les Analyses*
des Plantes. Ibid.

25. *Observations sur les sels vola-*
tils des Plantes. Ibid.

26. *Essais de Chimie.* An. 1702.

27. *Observations faites par le moyen*
du verre ardent. Ibid.

28. *Essai de l'Analyse du souffre*
commun. An. 1703.

29. *Observations sur un battement*
de veines semblable au battement des
Arteres. An. 1704.

30. *Suite des Essais de Chimie*,
Article 3. *Du Souphre principe.* An.
1705.

G. HOM-
BERG.

31. *Observation sur une dissolution de l'Argent.* Année 1706.

32. *Observations sur le fer au verre ardent.* Ibid.

33. *Suite de l'Article 3. des Essais de Chimie, du Souphre principe.* Ibid.

34. *Eclaircissement touchant la vitrification de l'or au verre ardent.* An. 1707.

35. *Observations sur les Araignées.* Ibid.

36. *Memoire touchant les Acides & les Alcalis.* An. 1708.

37. *Suite des Essais de Chimie. Article 4. Du Mercure.* An. 1709.

38. *Observations touchant l'effet de certains Acides sur les Alcalis volatils.* Ibid.

39. *Observations sur les matieres sulphureuses & sur la facilité de les changer d'une espece de souffre en un autre.* An. 1710.

40. *Memoire touchant les Vegetations artificielles.* Ibid.

41. *Observations sur la matiere fecale.* An. 1711.

42. *Phosphore nouveau, ou suite*

des obſervations ſur la matiere fecale. G. Hom-
Ibid.   BERT.

43. *Obſervations ſur l'Acide qui ſe
trouve dans le ſang & dans les autres
parties des animaux.* Deux Memoires. An. 1712.

44. *Maniere de copier ſur le verre
coloré les Pierres gravées.* Ibid.

45. *Obſervation ſur une ſéparation
de l'or avec l'argent par la fonte.* An.
1713.

46. *Obſervation ſur une ſublimation
de Mercure.* Ibid.

47. *Obſervations ſur des matieres
qui penetrent & qui traverſent les Metaux ſans les fondre.* Ibid.

48. *Memoire touchant la volatili-
ſation des ſels fixes des Plantes.* An.
1714.

V. ſon Eloge dans l'*Hiſtoire de
l'Académie des Sciences.* An. 1715.

ELIZABETH-SOPHIE
CHERON.

E. S.
CHERON

ELIZABETH-*Sophie Cheron* naquit à *Paris* le 3. Octobre 1648. de *Henri Cheron*, Peintre originaire de la Ville de *Meaux*, qui s'étoit mis en réputation par quelques Portraits, & qui profelloit la Religion Calvinifte, & de *Marie le Febvre* qui étoit Catholique.

Son talent pour la Peinture fe déclara de fi bonne heure qu'à l'âge de fept ans elle enfeignoit déja le deffein à une Eleve de trente ans, & qu'elle fit à onze un Ouvrage qui furpaffoit ceux de fon pere.

Son pere lui avoit infpiré la Religion qu'il profelloit, mais un voyage qu'elle fit à l'Abbaye de *Joüarre* ne contribua pas peu à la lui faire abandonner. Elle n'avoit encore que quatorze ans, lorfque fa mere la mena à cette Abbaye pour y peindre l'Abbeffe & quelques Penfionnaires de confidération qui y demeuroient. M. de *la Ria-*
de,

&, Gentilhomme Anglois, qui s'y étoit retiré après la mort du Roy d'Angleterre *Charles I.* à qui il étoit attaché, & qui de zélé Proteſtant étoit devenu zélé Catholique, commença alors ſa converſion par les doutes qu'il lui fit naître ſur ſa Religion; lorſqu'elle fut de retour à *Paris*, M. *de Pouſſé*, Curé de *S. Sulpice*, acheva de la gagner, & après une année d'épreuve elle fit ſon abjuration chez Madame de *Miramion* où elle demeura quelque temps.

La fuite de ſon pere, & l'état où il laiſſa ſa mere & ſes ſœurs, accablées de dettes, la déterminerent enſuite à revenir auprès de ſa mere. Le gain qu'elle faiſoit changea bientôt la ſituation de ſa famille, les dettes furent payées, & ſa mere ſe fit un bien aſſez conſiderable. Mais elle le mit ſous ſon nom, & après s'être emparé du prix des travaux de ſa fille, elle eut la dureté de refuſer de lui en faire part & même de lui faire dans la ſuite payer le loyer d'une maiſon rebâtie à ſes dépens.

Tome XIV. P

E. S.
CHERON.

Mademoiselle *Cheron* malgré ce traitement injuste conserva pour sa mere les régards dûs à la meilleure & à la plus tendre mere. Aussi bonne sœur que fille, elle n'oublia rien pour l'éducation de ses sœurs & de son frere qui a été depuis Peintre célebre en Angleterre.

Sa sensibilité pour ses amis & pour ses Domestiques ne fut pas moindre que celle qu'elle eut pour sa famille. M. *Soleras* qui avoit été son maître de Luth étant tombé dans une indigence d'autant plus cruelle qu'elle étoit jointe à la vieillesse & à l'infirmité, elle le reçut dans sa maison, & eut soin de lui jusqu'à la mort. Elle a eu la même génerosité pour des Domestiques qui n'étoient plus en état de lui rendre service.

Son habileté dans la Peinture est assez connue ; elle réussissoit parfaitement bien, sur tout à peindre des femmes ; mais elle ne se bornoit pas à faire des Portraits, elle a fait voir dans des Tableaux d'Histoire un grand goût de dessein & une grande intelligence du clair-obscur. Au reste elle avoit E. S. embrassé toutes les manieres de CHERON. peindre, & elle réussissoit également bien en huile, en migniature & en émail; elle gravoit même & de bon goût. Son mérite en ce genre lui procura en 1672. une place d'Académicienne dans l'Académie de Peinture & de Sculpture établie à *Paris.*

La Musique à laquelle elle s'étoit beaucoup appliquée l'auroit distinguée dans le monde, si la réputation qu'elle s'étoit acquise par la Peinture n'eut fait oublier les heureuses dispositions qu'elle avoit pour cet Art.

J'y joins encore la Poësie qui est celui de tout ses talens que je dois le plus considerer ici. C'est par-là qu'elle s'est fait connoître dans la République des Lettres, & qu'elle a mérité une place dans l'Académie des *Ricovrati* de *Padoue* qui lui en envoya en 1699. les Patentes dans lesquelles cette Academie lui donne le surnom d'*Erato.*

Elle mourut le 3. Septembre 1711. avec tous les sentimens de

E. S.
Cheron.

piété qu'on pouvoit attendre d'u-ne personne qui comptoit pour rien tous les talens de l'esprit au prix des vertus chrétiennes. Elle étoit alors âgée de 63. ans.

Elle avoit épousé M. *le Hay*, dont elle n'a point eu d'enfans. Elle a laissé deux illustres Eleves, *Anne & Ursule de la Croix*, niéces de son mari.

Catalogue de ses Ouvrages.

1. *Essai des Pseaumes & Cantiques mis en vers & enrichis de figures. Paris 1693. in-8°. pp. 115.* Mlle *Cheron* prit la peine d'apprendre l'Hébreu pour mieux entrer dans le sens des piéces qu'elle vouloit traduire, & les Journalistes de *Trevoux* assurent qu'elle a fait plus qu'elle ne prétendoit, qu'elle est encore entrée dans l'esprit de ceux qui en font les Auteurs, & que nulle traduction n'a mieux conservé le sublime des Pseaumes. Les figures qui l'accompagnent ont été dessinées & gravées par *Louis Cheron* son frere.

2. *Le Cantique d'Habacuc & le Pseaume* 103. *traduits en vers Fran-*

çois avec des Eſtampes qui en repré-
ſentent le ſujet. Paris 1717. *in-*4°.
Lés applaudiſſemens que Mlle *Che-*
ron reçut de toutes parts à l'occaſion de ſon *Eſſai des Pſeaumes* &c.
l'engagerent à pouſſer plus loin un
travail ſi édifiant ; c'eſt ce qui a
produit cette nouvelle traduction
que M. *le Hay* ſon mari a donnée
au public.

3. *Traduction d'une Ode Latine ,*
ou Deſcription de Trianon. Paris 1696.
*in-*8°. L'Auteur de l'Ode Latine
eſt M. l'Abbé *Boutard* ; c'eſt une
des plus excellentes piéces qui ſoit
ſortie de ſa plume, & c'eſt pour
cette raiſon que Mlle *Cheron* a cru
devoir la mettre en vers François.

4. *Les Ceriſes renverſées , Poëme*
Héroïque en trois Chants avec la
Batrachomyomachie d'Homere en *vers*
François par M. *Boivin. Paris* 1717.
*in-*8°. Le talent de Mlle *Cheron* pour
la Poëſie , & la beauté de ſon imagination ſe font ſentir dans ce badinage ingénieux dont la Fable eſt
réguliere, & les deſcriptions naturelles & vives.

5. *Livre à deſſiner compoſé de tê-*

E. S.
Cheron. *tes tirées des plus beaux Ouvrages de Ra-*
phaël, gravé par M. le Hay. Paris 1706.
in-fol. Je ne cite cet Ouvrage, qui
n'est pas proprement de mon ressort, qu'à cause d'une Préface qui
est à la tête, & où Me *le Hay* s'exprime avec une simplicité pleine de
noblesse.

Il ne sera pas hors de propos de
rapporter ici quatre vers de M.
l'Abbé *Bosquillon*, destinez à mettre sous le portrait de notre Sçavante.

De deux talens exquis l'assemblage
　　nouveau
Rendra toujours Cheron *l'ornement*
　　de la France,
Rien ne peut de sa plume égaler l'ex-
　　cellence
Que les graces de son pinceau.

V. son *Eloge par M. Fermelhuis,*
Docteur en Medecine. Paris 1712.
in-8°. & l'Abregé de la Vie des
Peintres de M. *de Piles*, 2. édition.

※

JEAN BUGENHAGEN.

JEAN *Bugenhagen* naquit à *Wol-lin*, ville de Poméranie, nommée autrefois *Julin* le 24. Juin 1485. d'une des premieres familles du lieu.

Il commença ses études dans sa patrie, & alla les continuer à *Grypsvvald* où il fit sa Philosophie.

A l'âge de 20. ans il se trouva en état d'enseigner les autres, & fut chargé du soin d'une Ecole à *Treptovv*. Sa bonne méthode dans l'instruction de ses Disciples & l'attention qu'il avoit de les former à la piété lui en attirerent un grand nombre, & rendirent son Ecole célebre.

Ses amis lui trouvant du talent pour la prédication, le solliciterent d'entrer dans l'état Ecclesiastique; il suivit leur conseil & se fit ordonner Prêtre. Depuis ce temps il se donna avec beaucoup d'ardeur à la Prédication, & y réussit. Il entreprit aussi alors son Histoire de la Poméranie dont je parlerai plus bas.

J. BUGEN-HAGEN.

P iiij

J. Bugen-
hagen.

En 1520. *Othon Slutovius*, Ins-
pecteur de l'Eglise de *Treptovv*,
chez qui logeoit *Bugenhagen*, ayant
reçu de *Leipsic* le Livre de *Luther
de captivitate Babylonica*, le lui donna à lire; mais à peine en eut-il
parcouru quelques pages, qu'il s'é-
cria qu'il y avoit eú jusques-là bien
des hérétiques, mais qu'il n'y en
avoit jamais eû de plus dangereux
que l'Auteur de ce Livre. Cela auroit dû lui en faire abandonner entiérement la lecture, il ne laissa
pas cependant de le lire, il y prit
goût, l'erreur s'insinua peu-à-peu
dans son esprit, & passant d'une
extrémité à une autre, il en vint
jusqu'à dire que tous les hommes
étoient aveugles, & qu'il n'y avoit
que *Luther* qui vît clair & qui con-
nût la vérité.

Ainsi il fut bientôt séduit & contribua à en séduire d'autres. Plusieurs embrasserent à *Treptovv* les
nouveaux dogmes, & les troubles
que ce changement commença à
causer, engagerent *Erasme Mand-
vvel*, Evêque de *Camin*, dont dé-
pendoit *Treptovv*, à y mettre or-

dre pour empêcher le mal d'aller J. Bugen-
plus loin. HAGEN.

Bugenhagen appréhendant alors de
fe voir inquiété, fortit en 1521.
de la Poméranie pour aller à *Wit-*
temberg trouver *Luther* qu'il défi-
roit fort de voir, & qu'il vit effectivement, étant arrivé en cette
Ville peu de temps avant que *Lu-*
ther en partit pour aller à la Diéte
de *Vormes*.

L'année fuivante 1522. il fut fait
Miniftre de l'Eglife de *Wittemberg*,
emploi dont il s'eft acquitté avec
beaucoup d'application & de zéle
pendant l'efpace de trente-fix ans,
c'eft-à-dire jufqu'à fa mort.

Son zéle ardent pour la propa-
gation du Luthéranifme le fit choifir en differentes occafions pour le
porter en divers Royaumes. Peu de
temps après fa promotion au Mi-
niftere, il fut appellé à *Hambourg*
où il fit des reglemens fur la dif-
cipline & fur l'ordre qui devoit
s'obferver dans la vocation des Miniftres. Il alla faire la même chofe
à *Lubec* en 1530.

En 1537. *Chriftiern III.* Roy de

J. BUGEN-HAGEN. Dannemarc le fit venir pour reformer les Eglises Danoises suivant la confession d'*Augsbourg*. Ce fut lui qui récita toutes les prieres au Couronnement de ce Prince qui se fit le 12. Août de cette année ; quelques jours après il établit sept Surintendans à la place des sept Evêques de ce Royaume, & mit par-tout des Ministres.

Il contribua aussi au retablissement de l'Université de *Copenhague* dont il fut Recteur en 1538. & où il fut quelque temps Professeur en Théologie. Après un séjour de quatre ans en Dannemarc, il retourna en 1541. à *Wittemberg*.

En 1542. il fut un des Commissaires nommez pour établir la reforme dans le Duché de *Brunsvic*.

Il avoit été reçu Docteur en Théologie le 18. Juin 1533. avec *Gaspard Cruciger* & *Jean Æpin* en présence de *Jean Frederic* Electeur de Saxe, qui avoit voulu le voir revêtu de ce titre, & qui fit les frais de sa promotion.

Les troubles dont *Bugenhagen* fut témoin sur la fin de sa vie, ne l'em-

pêcherent point de s'appliquer aux
devoirs de sa charge qu'il ne voulut jamais abandonner, pas même
pour être élevé à des emplois plus
considérables.

En 1544. les Etats de Pomera-
nie lui envoyerent des Députez
pour lui offrir l'Evêché de *Camin.*
Il le refusa d'abord, cependant
l'Electeur de Saxe l'ayant pressé de
l'accepter, il y consentit à de certaines conditions ; mais après le
départ des Députez, il fut saisi
d'une tristesse extrême de ce qu'il
étoit entré dans cet engagement ;
cependant les conditions qu'il avoit
proposées n'ayant point été accep-
tées, il eut une joye très-sensible
de se voir dégagé de sa parole.

Dans les dernieres années de sa
vie son corps & son esprit s'affoi-
blirent tellement que *Melancthon* le
voyant en ce triste état, ne put
s'empêcher de prier le Seigneur de
ne lui point donner une semblable
vieillesse. Cette particularité, qui
est rapportée par *Seckendorf* dans
son *Histoire du Luthéranisme*, ne
s'accorde guéres avec ce que *Me-*

lanchton dit dans son Eloge, qu'il
conserva tout son jugement & sa
présence d'esprit jusqu'à la mort,
& que quoique la derniere année
de sa vie, il n'eut plus la force de
prêcher, il alloit cependant tous
les jours à l'Eglise.

Melchior Adam qui rapporte en
differens endroits de la vie de *Bugenhagen* ces deux particularitez
opposées, ne s'est pas mis en peine
de le concilier & de marquer celle
à laquelle on doit s'arrêter.

Il mourut le 20. Avril 1558.
dans sa 73. année.

C'étoit un homme fort zélé pour
la Religion qu'il avoit embrassé,
& qui prêchoit avec tant d'ardeur,
que s'oubliant quelquefois lui-même, il faisoit durer ses Sermons
pendant plusieurs heures. Au reste
son zéle ne doit pas surprendre,
si l'on considere la prévention étran-
ge où il étoit en faveur de *Luther*
dont il approuvoit jusqu'aux actions
les moins raisonnables. Il avoit d'a-
bord blâmé l'emportement avec lequel ce Réformateur avoit écrit
contre le Roy d'Angleterre, mais

il changea de ſentimens , quand J. BUGEN-
Luther lui eut dit qu'il imitoit HAGEN.
l'exemple de Jeſus-Chriſt & des
Apôtres qui avoient appellé les *en-*
nemis de Dieu , engeance de Vipe-
res , Larrons , enfans du Diable , traî-
tres, chiens, &c. Cette raiſon ſeule lui
ſuffit pour déclarer qu'il croyoit que
le S. Eſprit avoit inſpiré à *Luther*
les paroles dont il s'étoit ſervi.
Raiſon cependant pitoyable , & qui
lui auroit paru telle , s'il avoit fait
attention que le caractere propre
& diſtinctif de l'Evangile eſt non
ſeulement la modération & la douceur , mais encore la patience &
l'humilité ; que les exemples particuliers de l'Evangile qui ſemblent
s'éloigner de cette regle génerale
n'y ſont point écrits pour notre
inſtruction , ni pour nous avertir
de notre devoir , & que ce ſont
bien moins des modéles dont l'i-
mitation nous ſoit propoſée , que
des marques de l'autorité divine
dont Jeſus-Chriſt & ſes Apôtres
étoient revêtus , ou des preuves du
pouvoir qu'ils étoient en droit
d'exercer envers ceux dont ils con-
noiſſoient les crimes.

J. BUGEN-
HAGEN.
Bugenhagen avoit suivi l'exemple des Prêtres & des Moines qui en quittant l'Eglise Catholique s'étoient mariez. Il avoit pris une femme dont il eut un fils, nommé comme lui, qui lui survêcut; & *Melchior Adam* raconte à son sujet une action de *Bugenhagen* qui ne paroît guéres répondre à la gravité d'un Ministre Luthérien tel qu'il étoit. Je la rapporterai ici dans ses propres termes, & l'on en portera le jugement qu'on voudra. *Aliquoties ei uxor fuerat conquesta, butyrum sibi è vase, in quo liquatur, veneficio surripi. Itaque ipse in contemptum Diaboli, in vas illud alvum dejecit, additis hisce:* Egregium verò te Angelum præstas, qui Amasiæ tuæ veneficæ famularis! en tibi, hoc affer tuæ veneficæ. *Factum deindè ut nihil fuerit ablatum.*

Catalogue de ses Ouvrages.

1. *Pomerania in quatuor libros divisa, quorum primus agit de Pomeranorum antiquitate: secundus refert Pomeranorum & Rugianorum conversionem: tertius Principum Pomeraniæ gesta, veramque tradit sanguinis pro-*

paginem : quartus continet Miſcella- J. Bugen-
nea. Ex Manuſcripto edidit Jac. Hen- hagen.
ricus Balthaſar , Theologiæ Doctor &
Profeſſor ordinarius , Conſiſtorii Regii
Aſſeſſor & ad Ædem S. Jacobi Pa-
ſtor. Gryphiſvvaldiæ 1728. *in-*4°. Cet
Ouvrage eſt le premier que *Bugen-*
hagen ait fait , lorſqu'il étoit encore Catholique , & voici ce qui
y a donné naiſſance. *Frederic* ſur-
nommé le Sage , Electeur de Saxe ,
ayant réſolu de faire écrire l'Hiſtoire de ſon Electorat, & ſentant
le beſoin qu'il avoit de celle de ſes
voiſins pour accomplir ſon projet,
pria *Bugſlas X.* du nom , Duc de
Poméranie , de lui envoyer ſa gé-
nealogie , & un détail des princi-
pales actions de ſes Prédeceſſeurs.
Pour ſatisfaire ce Prince , *Bugſlas*
chargea *Bugenhagen* de viſiter toutes les Bibliotheques , & de ra-
maſſer tous les Livres qui pouroient
inſtruire *Frederic* de ce qu'il déſi-
roit ſçavoir. *Bugenhagen* accepta
la commiſſion , quoiqu'il en connut la difficulté , & parcourut toute
la Poméranie ; mais après des travaux immenſes il ne ſe vit char-

J. BUGEN-HAGEN. gé que d'un petit nombre de Livres qu'il ne jugea pas même dignes d'être envoyez à l'Electeur de Saxe. Il avoit prévû cela, & pour ne pas tromper entiérement l'esperance que son Prince avoit fondée sur ses voyages, il avoit recueilli sur les lieux mêmes où il s'étoit trouvé une infinité de Remarques comme des matériaux dont il feroit usage, si on le jugeoit à propos. De retour avec ce butin il se mit au travail avec tant d'ardeur qu'à la fin mois de May 1518. il le présenta à son Prince, comme on l'apprend de son Epître dédicatoire par laquelle on voit qu'il lui envoya sa premiere copie. Depuis ce temps on a gardé cette Histoire manuscrite dans la Bibliotheque des Ducs de Poméranie, & elle y est demeurée jusqu'en 1728. que *Jean-Henry Balthasar* l'en a tirée pour la donner au public; ce Sçavant y a joint des Supplemens qu'il a trouvez dans un Abregé Manuscrit qu'un Anonyme en avoit fait en 1580. & une longue Preface où il avouë que la plus grande partie de

ce

ce qu'on trouve dans l'Hiſtoire de *Bugenhagen* eſt rapporté plus au long & ſouvent beaucoup mieux dans les Chroniques de *Daniel Cramer*, de *Paul Friedeborn*, de *Jean Micræ-lius* & de pluſieurs autres ; quoi-qu'il croye qu'elle peut être utile au public, parce qu'il y a beau-coup de choſes capables d'éclair-cir ce que les autres ont dit.

J. Bugen-HAGEN.

2. *Annotationes in Deuteronomium & 2. Libros Samuelis, cum Hiſtoria Chriſti Paſſionis & glorificationis. Ba-ſilea 1524. in-8°.*

3. *Breviſſima in Jobum ſcholia qui-bus veteris Tralationis nubila diſpel-luntur. Argentorati. 1526. in-8°.* Cet Ouvrage eſt, ſuivant *Crenius*, rare & peu connu, mais très-ſçavant ; *Bugenhagen* s'eſt cependant plaint de ce qu'on l'a publié à ſon inſçu, & dans un état moins parfait que celui où il l'avoit mis.

4. *Annotationes in Pſalmos. Ar-gentorati, Francofurti & Baſilea 1524. in 4°. It. Baſilea 1535. in-8°.* im-primé encore pluſieurs fois depuis.

5. *Commentarius in Jeremiam Pro-*

Tome XIV. Q

J. BUGEN-*phetam & in Threnos. Wittebergæ*
HAGEN.   1546. *& 1555. in-4°.*

6. *Jonas Propheta expositus. Wit-*
tebergæ. 1550. & 1561. in-8°.

7. *In quinque priora capita Mat-*
thæi. Wittebergæ 1543. in-8°.

8. *Commentarius in Acta Aposto-*
lorum. Wittebergæ 1524. in-8°.

9. *Interpretatio Epistolæ S. Pauli*
ad Romanos, Haganoa 1527. in-8°.
Ce n'est pas lui qui a fait imprimer
cette Ouvrage , mais Ambroise
Maïobanus , qui s'étoit donné la
peine de copier les discours qu'il
avoit fait à ce sujet, pendant qu'il
les récitoit.

10. *Expositio in IV. priora capita*
Epistolæ I. ad Corinthios. Wittembergæ
1530. *in-8°.*

11. *Annotationes in Epistolas ad*
Galatas , Ephesios , Philippenses, Co-
lossenses, Thessalonicenses, Timotheum,
Titum , Philemonem & Hebræos. Ar-
gentorati 1524. in-8°. It. *ab Autore*
recognita. Basileæ 1525. in 8o.

12. *Psalmus 29. explicatus , & de*
Pædobaptismo contra Anabaptistas,
Hafniæ 1532. in-8°.

13. *Publica confeſſio ex Chriſti in-* J. BUGEN-
ſtitutione de Sacramento Corporis & HAGEN.
Sanguinis Chriſti, quâ ſuæ fidei de
Cœna Domini reddit rationem. Au-
guſtæ Vindelicorum 1529. *in-*8°.

14. *Contra novum errorem de Sa-*
cramento Corporis & Sanguinis Do-
mini noſtri Jeſu Chriſti Epiſtola. W*it-*
tebergæ 1525. *in-*8°.

15. *Ordinatio Eccleſiaſtica Regno-*
rum Daniæ & Norvegiæ ac Ducatuum
Sleſvici & Holſatiæ. Hafniæ. 1537.
*in-*8°. Ce fut *Bugenhagen* qui dreſſa
ce Reglement & qui le fit imprimer avec une Ordonnance du Roy
de Dannemarc à la tête, après
que *Luther*, à qui on l'envoya, &
les Grands du Royaume l'eurent approuvé. Il fut traduit en Langue
Danoiſe en 1539. & publié le 11.
Juin de cette année dans tout le
Royaume.

16. *Inſtructio viſitationis Eccleſia-*
ſtica in Dania. Hafniæ 1538. *in-*
8°. It. W*ittebergæ* 1539. *in-*8°.

17. Il aida à *Luther* à traduire la
Bible en Allemand, & il avoit coutume tous les ans de traiter ſes amis
le jour que cette traduction avoit

J. BUGEN-
HAGEN.

été achevée, appellant cette jour-
née la *Fête de la version de la Bible.*

18. On trouve parmi les expli-
cations des Evangiles des Fêtes de
l'année faites par *Luther*, des Abre-
gez de ces Evangiles qui sont de
Bugenhagen.

19. *Epistola ad Fideles in Angliâ.*
Je ne sçai pas quand a paru cet
Ouvrage non plus que le suivant.

20. *Epistola Christiana ad Annam
Ducissam Stetinensem.*

21. *Histoire de la résignation de Luther à la volonté de Dieu dans les
tentations tant corporelles que spiri-
tuelles, soit pour la vie soit pour la
mort.* (en Allemand) inferée dans
le 3. tome des Œuvres de *Luther*,
édition de *Iêne* 1576.

22. *Jugement sur la replique du
Landgrave touchant la conféderation
de Mayence.* Cet écrit qui est de
l'an 1526. se trouve en Allemand
dans le second tome des Œuvres
de *Luther*, de l'édition de *Leipsic*
1603.

23. *Préface de l'explication du Pseau-
tier*, (en Allemand) inferée dans
le même Livre.

V. *Oratio de vita Joannis Bugen-* J. Bugen-
hagii Pomerani à Petro Vincentio HAGEN.
Uratiſlavienſi, Decano Collegii Phi-
loſophici habi a. Dans le 3. tome des
Déclamations choiſies de *Melan-*
chton. Argentorati 1559. *in-*8°. *Mel-*
chior Adam Vitæ Germanorum Theo-
logorum. Freher Theatrum virorum
Doctorum, p. 175. *Eloges de* M.
de Thou avec les additions de *Teiſ-*
ſier. Henry *Pantaléon* Part. 3. *Pro-*
ſopog. p. 293. *Jacques Veerheyden*
Elogia Theolog. Proteſtantium, p. 34.
Vindingii Academia Haunienſis, p.
66. *Joh. Molleri Hypomnemata ad*
Librum Bartholini de ſcriptis Dano-
rum. Epitome Bibliothecæ Geſneri per
Joſiam Simlerum.

CHARLES-ALPHONSE
DU FRESNOY.

C. A. DU
FRESNOY

CHARLES Alphonse du Fresnoy naquit à Paris en 1611. Son pere, célebre Apotiquaire de cette Ville, le fit élever avec tout le foin possible, dans la vûe d'en faire un Medecin.

Les premieres années qu'il passa dans le College seconderent heureusement ses desseins par les grands progrez qu'il y fit ; mais si-tôt qu'il fut dans les hautes Classes, & qu'il commença à goûter la Poësie, le génie qu'il avoit pour elle se développa, & il remporta en ce genre-là les prix dans toutes les Classes où il se trouva. Son inclination se fortifia par l'exercice ; & à en juger par ces commencemens, il devoit devenir un jour un des plus grands Poëtes de son siécle, si l'amour de la Peinture, dont il fut également épris, n'avoit partagé son temps.

Enfin il ne fut plus question de

Medecine, il ſe déclara tout à fait
pour la Peinture, malgré la réſiſtance de ſes parens, qui, ſans avoir
égard à l'inclination violente de
leur fils, ſe ſervirent de tous les
mauvais traitemens dont ils purent
s'aviſer pour le détourner de la ré-
ſolution qu'il avoit priſe, parce
qu'ils n'avoient qu'une idée baſſe
de la peinture, & qu'ils ne la regardoient que comme un vil métier.

C. A. DU
FRESNOY

Cependant toute la réſiſtance que
l'on mit en uſage ne fit qu'accroî-
tre en lui cette paſſion naiſſante,
& ſans perdre le temps à déliberer, il s'y abandonna entiérement.

Il avoit environ vingt ans lorſqu'il commença à prendre le crayon,
& qu'il alla deſſiner chez *Perier* &
chez *Vouet*. Mais à peine eut-il été
deux ans dans cet exercice qu'il
partit pour aller en Italie. Il y arriva en 1634. & *Mignard* l'y étant
allé trouver en 1636. ils lierent
enſemble une amitié qui dura juſqu'à la mort.

Pendant les deux premieres an-

C. A. du nées que *du Fresnoy* passa à *Rome*,
Fresnoy il n'etoit pas en état de gagner de
quoi subsister. Ses parens d'ailleurs,
dont il avoit meprisé les avis,
l'avoient abandonné, & le fond
dont il s'étoit pourvû avant que
de partir, fut à peine suffisant
pour faire son voyage. Ainsi n'ayant
dans *Rome* ni amis, ni connoissances, il se vit réduit à une telle
extrémité qu'il ne se nourrissoit la
plûpart du temps que de pain, &
d'un peu de fromage. Cependant il
étoit bien moins inquiet de cet état
fâcheux qu'occupé de ses études
de Peinture qu'il continuoit avec
chaleur, lorsque l'arrivée de *Mignard* le mit un peu plus au large.

Comme l'esprit de *du Fresnoy*
étoit d'une trempe à ne se pas con-
tenter d'une connoissance médiocre, il voulut foüiller son art jusqu'à la racine, il étudia avec application *Raphael* & l'Antique, &
dessinoit tous les soirs aux Acadé-
mies avec une avidité extraordinaire, & à mesure qu'il pénétroit
dans les secrets de son art, il en
faisoit des remarques qu'il écrivoit
en

en vers Latins. Son esprit s'étant C. A. DU
peu à peu rempli de toutes les con- FRESNOY
noissances nécessaires à sa profession, il forma le dessein d'en composer un Poëme. Ce Poëme lui
coûta beaucoup de veilles & de réflexions, & il le communiqua à
tous les habiles gens dont il pouvoit tirer quelques lumieres. Aussi
étoit-ce celui de tous ses Ouvrages
qu'il aimoit le plus.

Quelqu'envie qu'il eut de le faire
imprimer, comme il sçavoit bien
qu'il étoit inutile de lui faire voir
le jour sans une Version Françoise, & que sa longue absence de
son pays lui avoit en quelque maniere fait oublier sa langue, il dif-
fera toujours de le rendre public.
M. *de Piles* persuadé du mérite de
l'Ouvrage, entreprit à sa priere de
le mettre en François, & *du Fresnoy* eut soin de revoir sa traduction. Il alloit, disoit-il, travailler
à un Commentaire pour éclaircir
davantage ses pensées, quand il fut
surpris d'une paralysie dont il mourut chez un de ses freres à quatre

Tome XIV. R

C. A. DU
FRESNOY

lieues de *Paris* en 1665. âgé de 54. ans.

L'Art de la Peinture de du Fres-noy a paru pour la premiere fois à *Paris* en 1658. *in*-12. avec la tra-duction & les Remarques de M. *de Piles*, & cette édition a été suivie de quelques autres, comme on peut le voir dans l'article de ce dernier, tome 12. p. 254. Le Poëme Latin a mérité l'approba-tion des Sçavans, & tout ce qui a rapport à la Peinture y est ex-pliqué avec d'élegance & de net-teté.

V. son Eloge dans les Vies des Peintres de M. *de Piles*.

MARTIN POLONUS.

LES Auteurs s'accordent peu entr'eux ſur le véritable nom & ſur la patrie de *Martin Polonus*. Il étoit de la noble famille des *Strepori*, ſelon *Simon Starovolſoius*, mais il quitta ſuivant l'uſage de ſon temps, le nom de cette famille pour porter ſeulement ſon nom de Baptême, auquel on a joint differens ſurnoms qui ne cauſent pas un leger embarras.

Les uns l'ont appellé *Martin Scotus*, tels ſont *Jacques-Philippe de Bergame* dans ſon *Supplément des Chroniques* ; *Hartmanus Schedelius* dans ſa Chronique imprimée en 1493. *Paul Langius* dans ſon *Chronicon Liticenſe* ; *Henry Oræus* dans ſon *Nomenclator præcipuorum Doctorum*. Hanoviæ 1619. *in-12.* & pluſieurs autres. Mais ils l'ont confondu avec *Marianus Scotus* qui a fait auſſi une Chronique.

D'autres lui ont donné le nom de *Martin Carſulanus*. Tel eſt en-

R ij

M. Po-　tr'autres *Raphael Volaterran* qui
LONUS.　veut que cet Auteur ſoit né à *Car-*
ſigliano en Ombrie, ce qui eſt entierement éloigné de la vérité ; en
quoi il a été cependant ſuivi par
Jean Balæus, *Aubert le Mire* & *Guil-*
laume Cave.

Quelques-uns l'ont nommé *Car-*
tulanus ; de ce nombre eſt *Louis*
Jacob dans ſa *Bibliotheca Pontificia*,
& *Hippolite Maracci* dans ſa *Biblio-*
theca Mariana ; c'eſt une faute vi-
ſible.

Quelques-autres comme le P.
Labbe & *Jean Godefroy Olearius*
l'ont appellé *Corſulanus* ; autre faute
de même eſpece.

Jean Aventin dans ſes Annales de
Baviere, & les Centuriateurs de
Magdebourg le nomment *Martinus*
Bohemus, & avec aſſez de raiſon,
puiſqu'il dit lui-même dans ſa Chronique, ſuivant deux Manuſcrits ci-
tez par *Lambecius*, qu'il étoit natif de Boheme, *de regno Bohemia*
oriundus.

Dans l'un de ces Manuſcrits il
ſe dit *Patria Oppimenſis*, & dans
l'autre, dont la leçon eſt meilleure,

Patria Oppaviensis. Il étoit donc né M. Po-
fuivant son propre témoignage à LONUS.
Oppavu, ou comme disent les Al-
lemans, *Troppavu*, Ville de Silesie, & Capitale d'un Duché dont
Venceslas Roy de Bohéme s'empara
après la mort de *Mieslas II.* qui le
possedoit, arrivée en 1246. Ainsi
il pouvoit bien pour cette raison
être appellé Bohémien.

Cependant le plus grand nombre
des Auteurs l'a appellé *Polonus*,
& c'est le nom qui lui est demeuré, & qu'il porte à la tête de sa
Chronique. Deux raisons ont contribué à le lui faire donner plûtôt
que celui de *Bohemus*. 1°. La Pologne étoit alors plus connue en
Italie, où *Martin* vivoit, que la
Bohéme; ainsi il suffisoit à la plûpart, qui ne s'amusent point aux
détails Géographiques, qu'il fût né
dans quelque pays voisin de la Pologne pour le croire Polonois; outre que la Silesie appartenoit alors
à la Pologne, quoique le Duché
de *Troppavu* qui en fait partie ap-
partint au Roy de Bohéme. 2°. Les
Maisons de Dominicains, qui

R iij

M. Po-
LONUS.

étoient alors en Bohéme, étoient toutes de la Province de Pologne; ainsi *Martin* qui étoit de celles de Bohéme, pouvoit aisément passer pour Polonois.

Car il est sûr qu'il a été de cet ordre, quand on n'auroit pas le témoignage d'un grand nombre d'Auteurs pour l'assurer, le sien seul suffiroit pour en convaincre. A la tête de sa Chronique & de sa *Margarita Decreti*, il se nomme *Frater Martinus Ordinis Prædicatorum*; ainsi ceux qui le font de l'Ordre de Citeaux, comme *Jacques-Philippe de Bergame, Onuphre Panvini, Chrisostome Henriquez*, & *Charles de Visch*, Bibliothécaires de cet Ordre, *Jean Hallervord* & d'autres encore se trompent incontestablement.

Ce qu'on sçait de sa vie se reduit à fort peu de choses. On voit par sa Chronique qu'il a été Confesseur & Chapelain du Pape *Clement IV.* qui mourut en 1268. Il eut les mêmes emplois sous les Papes suivans, *Gregoire X. Innocent V. Jean XXI.* & *Nicolas III.* Ce dernier

étant à *Viterbe*, le nomma le 22. M. Po-
Juin 1278. à l'Archevêché de LONUS,
Gnefne en Pologne.

Martin après avoir été ordonné
à *Rome*, fe mit en chemin pour fe
rendre à fon Archevêché ; mais en
paffant à *Boulogne*, il y tomba malade, & y mourut la même année,
felon quelques-uns, ou l'année
fuivante 1279. comme le prétend
le Bibliothécaire de Pologne *Simon*
Starovolfcius, qui eft fuivi par plufieurs Auteurs. Ceux qui l'ont fait
mourir plus tard l'ont fait fans aucun fondement.

Il fut enterré dans l'Eglife des
Dominicains avec cette Epitaphe
rapportée par *Ughelli*.

S. Fratris Martini, Archiepifcopi
Provincia Polonia.

Quelques-uns ont prétendu qu'il
avoit été Archevêque de *Cofence*,
mais une pure méprife a produit
cette prétention. *Barthelemy de Luc-*
ques, Dominicain, dans le Prologue
de fon Hiftoire Ecclefiaftique manuf-
crite parle ainfi: *Sunt etiam alii Auto-*
res Hiftoriarum hic introducti, ut eft Oro-

M. Po *sius in libro contra Paganos*, *Paulus*
LONUS.   *Diaconus &c.* F. *Vincentius Belva-*
censis, *Frater Martinus Polonus Or-*
dinis Pradicatorum, *Archiepiscopus*
Cusentinus, *Sicardus Episcopus Cre-*
monensis &c. Une Virgule omise
dans ce passage a fait faire un seul
homme de *Martin Polonus* & de
l'Archevêque de *Cosence*. Mais d'autres endroits de l'Histoire de *Bar-*
thelemi de Lucques montrent suffi-
samment que ce sont deux personnes differentes. Ainsi dans le ch.
1. du 6. Livre il dit parlant de
cet Archevêque, *Archiepiscopus Cu-*
sentinus cujus nomen ignotum, &
dans le ch. 1. du 7. Livre, *aliter*
Martinus, *aliter Cusentinus*.

D'autres l'ont fait aussi Archevêque de *Benevent*, mais avec encore moins de fondement.

Catalogue de ses Ouvrages.

1. *Sermones de tempore & de San-*
Ais super Epistolas & Evangelia cum
promptuario exemplorum. *Argentina*
1484. *in-*4°. L'Auteur y combat
la Conception immaculée de la
Vierge ; mais l'Editeur a eu soin de
marquer que l'Eglise enseignoit

alors une doctrine contraire à la
fienne.

2. *Margarita Decreti. Argentinæ*
1486. 1489. & 1493. *in fol.* It. *Pa-*
rif. 1504. *in-4°.* It. à la tête du
Decret. *Venetiis* 1584. *in-8°.* It.
Lugduni 1543. & 1560 *in fol.* It.
Parif. 1561. *in fol.* à la tête des
Décretales de *Gregoire IX.* It. *Pa-*
rif. 1612. à la fin du Décret. C'eſt
une Table Alphabétique du Décret.

3. Sa Chronique eſt l'Ouvrage le
plus confiderable que l'on ait de lui,
ainſi il eſt à propos d'en parler ici au
long. Je remarque d'abord qu'il l'a
publiée deux fois. La premiere il ne
l'a conduite que juſqu'au Pape *Cle-*
ment IV. du vivant duquel il l'a
achevée, comme il paroît aſſez par
ces paroles qui ſe trouvent dans
les Manuſcrits de cette édition,
où on lit ſeulement de ce Pape.
Clemens IV. natione Provincialis de
Villa S. Ægidii ſedit annis . . . ſans
que le nombre de ces années y ſoit
marqué; ce qui fait voir qu'il n'é-
toit pas encore mort, lorſque notre Auteur publia ſon Ouvrage. La

M. Po-
LONUS.

feconde fois il le pouffa jufqu'au Pape *Nicolas III.* & on voit les Manufcrits de cette édition termi- nez par ces mots: *Nicolaus III. na- tione Romanus cœpit anno Domini* 1277. *fedit annis* ... qui marquent qu'il étoit encore vivant. Il n'alla pas plus loin , étant mort peu de temps après ; c'eft pour cela que *Bernard Guidonis* qui a continué fa Chronique , parle ainfi après le Pontificat de *Jean XXI.* & avant celui de *Nicolas III. Huc ufque Chro- nica F. Martini Poloni protenditur & finitur.*

Cette Chronique a été imprimée pour la premiere fois par les foins de *Jean Herold* à *Bafle* en 1559. *in fol.* après la Chronique de *Ma- rianus Scotus.* Elle finit dans cette édition à l'élection du Pape *Nico- las III.* conformément au Manuf- crit dont l'Editeur s'étoit fervi. Il y a ajoûté feulement un Appendix de *Thomas d'Erford* qui va jufqu'à la cinquiéme année du Pape *Jean XXII.* On voit à la tête le préam- bule *de quatuor Regnis* , qui fe trou- ve dans quelques Manufcrits , mais

qui paroît n'être pas de *Martin* M. Po-
Polonus , & dans le corps le fameux LONUS.
paſſage de la Papeſſe.

La ſeconde édition s'eſt faite par
les ſoins de *Suffridus Petri* , elle
eſt intitulée : *Martini Poloni* , *Ar-
chiepiſcopi Conſentini* , *ac ſummi Pon-
tificis Pœnitentiarii Chronicon expedi-
tiſſimum* , *ad fidem veterum Manuſ-
criptorum Codicum emendatum & auc-
tum. Antuerpiæ Chriſtop. Plantin* 1574.
in-8°. L'Editeur dit que les additions qui paroiſſent dans ſon édition vont à un tiers , qu'il a rempli les lacunes & a corrigé les fautes de la premiere. Du reſte, on y
trouve le préambule & l'*Appendix*
de celle-ci , de même que le paſſage
de la Papeſſe.

La 3. édition a parù par les ſoins
de *Jean Fabricius Cæſar* , Prémon-
tré , à Cologne en 1616. *in-fol.*
L'Editeur y a ſuivi un Manuſcrit
conforme à la premiere édition de
Martin ; ainſi on n'y trouve ni le
préambule ni le paſſage de la Papeſſe , & elle ne va pas plus loin
que *Clement IV.* Cette édition eſt
préferable à toutes les autres , com-

M. Po- me étant plus conforme au texte
LONUS. même de l'Auteur.

La 4. conforme à la troisiéme
a paru à *Strasbourg* en 1685. in-
fol. à la suite d'*Ænex Sylvii Historia Friderici tertii Imperatoris.*

On a un Ouvrage intitulé : *Martini Poloni Chronicon summorum Pontificum & Imperatorum ac de septem
ætatibus mundi. Taurini* 1477. *in-*
4°. Cet Ouvrage n'est pas de notre Auteur, mais d'un autre plus
récent, dont le stile est tout different & dont la narration est plus
étendue.

Il y a une ancienne traduction
de la Chronique de *Martin Polonus* qui est ainsi intitulée, suivant
la coutume du temps. *Ci commen-
cent les Chroniques Martinianes extrai-
tes de plusieurs anciennes histoires com-
mencées dès le commencement du monde jusqu'aux nôces du Roy d'Angleterre nommé Edouard, & de la fille
du Roy de France nommée Isabeau.
Paris* 1603. *Antoine Verard in-fol.*
en Lettres Gothiques. Ces Chroniques ne portent le nom de Martinianes que parce que le Tradu-

teur y a fait entrer l'Ouvrage de M. Po-
Martin Polonus ; mais il n'en fait LONUS.
qu'une petite partie, le reſte étant
tiré de divers Auteurs.

Verneron , Chanoine de *Liege* ,
a traduit auſſi en François la Chronique de *Martin* qu'il a continuée
juſqu'à *Clement VII.* & à laquelle
il a ajouté pluſieurs choſes ſur le
ſchiſme de ſon temps , & ſur les
affaires de Flandres & de Bourgogne ; cette traduction ſe trouve
en manuſcrit dans la Bibliotheque
du Roy. *Sebaſtien de Mamerot* de
Soiſſons y fit dans la ſuite pluſieurs
additions à la priere de *Louis de
Laval* Seigneur de *Châtillon* & de
Frivondour , Gouverneur du Dauphiné , & la continua depuis l'an
1458. juſqu'en 1503. ſe ſervant
pour cela des Chroniques de *Ca-
ſtel* , de *Gaguin* & d'autres , & elle
fut imprimée en cet état ſous le
nom de *la Chronique Martinienne.
Paris Antoine Verard. in-fol.* en Lettres Gothiques. L'année n'eſt pas
marquée , mais c'eſt apparemment
en 1504. Le préambule des quatre
Regnes y eſt traduit. L'Ouvrage

M. Po- LONUS. commence enſuite à la Naiſſance de Jeſus-Chriſt ; mais il y a en divers endroits des interpellations au texte de *Martin*. Après la mort du Pape *Jean XXI*. on lit tant dans l'imprimé que dans le manuſcrit ces mots : *ſi faillent les Chroniques de Frere Martinien de Pouille*. C'eſt ainſi que le Traducteur a tourné le nom de *Martinus Polonus*.

Pour venir maintenant au fameux paſſage de la Papeſſe , voici ce qu'on en trouve dans quelques manuſcrits & dans quelques imprimez de la Chronique de notre Auteur.

Joannes 855.

Poſt hunc Leonem , Joannes Anglus, natione Margantinus , qui alibi legitur fuiſſe Benedictus tertius , ſedit annis duobus , menſibus quinque , diebus quatuor , & ceſſavit Pontificatus menſe uno. Mortuus eſt Romæ.

Hic , ut aſſeritur , fœmina fuit , & cum in puellari ætate , à quodam ſuo Amaſio , in habitu virili Athenis ducta fuit : in diverſis ſicentiis ita profecit ut nullus ſibi par inveniretur ,

adeo ut poft Romæ trivium legens M. Po-
magnos magiftros, difcipulos & audi- LONUS.
tores haberet. Et cum in urbe vita &
fcientia magnæ opinionis effet, in Pa-
pam concorditer eligitur; fed in Pa-
patu per fuum familiarem imprægna-
tur. Verum tempus partus ignorans,
quem de Sancto Petro in Lateranum
tenderet, anguftiata, inter Colifeum
& S. Clementis Ecclefiam peperit. Et
poftea mortua, ibidem, ut dicitur,
fepulta fuit. Et propterea quod Do-
minus Papa eandem viam femper obli-
quat, creditur omninò à quibufdam
quod ob deteftationem facti hoc faciat.
Nec ideò ponitur in Catalogum San-
ctorum Pontificum, tam propter mu-
liebris fexus, quam propter deformita-
tem facti. Je n'entreprendrai point
ici de faire voir la fuppofition de
ce paffage Les Bibliothecaires des
Dominicains, & *Bayle* dans fon
Dictionnaire. V. *Polonus & Papeffe*
l'ont fait avec beaucoup d'étendue
& d'une maniere entiérement con-
vainquante. Je me contenterai de
dire qu'il ne fe trouva point dans
les plus anciens Manufcrits, &
même qu'il trouble l'ordre & la

M. Po-
LONUS.

methode que *Martin* s'étoit proposé dans sa Chronique.

Il a fait encore quelques Ouvrages qui n'ont jamais été imprimez,
tels font : *De mirabilibus Romæ* ; *De*
diversis miraculis ; *De schismate Græ-*
corum & Historia de Guelphis ; *Des-*
criptio Terra Sancta.

V. *Scriptores Ordinis Prædicatorum*
PP. *Queif & Echard. Martinus*
Hankius * *de Silesis indigenis eruditis.*
Lipsia 1707. *p.* 34. On trouve dans
ces deux Ouvrages un détail fort
étendu de tout ce qui regarde notre Auteur. *Simon Starovolscius elo-*
gia centum Polonorum. Bayle Diction-
naire. Je ne cite point plusieurs
autres qui ont parlé de lui, parce
que tout ce qu'ils en disent n'est
qu'une suite de fautes.

* Se trou-
ve à Paris
chez Bria-
son.

BERNARD

BERNARD DE GIRARD
DU HAILLAN.

BERNARD *de Girard*, Seigneur B. DU
du *Haillan*, naquit à *Bourdeaux* HAIL-
vers l'an 1535. de *Louis de Girard*, LAN.
qui fut plus de 45. ans Lieutenant
en l'Amirauté de Guyenne.

Après avoir fait ſes études dans
ſa patrie, il vint à la Cour à l'â-
ge de vingt ans. Car dans une de
ſes Préfaces écrite en 1584. il dit
qu'il y a vingt-neuf ans qu'il eſt
Courtiſan, & il remercie dans une
de ſes Lettres écrite en 1557. M.
de Noailles de la penſion dont lui
& ſes freres le gratifioient.

Cette penſion lui avoit été donnée, parce qu'il avoit accompagné,
en qualité de Secretaire, *François
de Noailles* Evêque d'*Acqs* dans ſes
Ambaſſades d'Angleterre en 1556.
& de *Veniſe* en 1557.

Dupleix (*a*) remarque que du *Haillan* quitta ſa premiere Religion,

(a) *Inventaire des Erreurs de Jean de Ser-*
res, p. 10.

Tome XIV. S

qui étoit la Calviniste, pour être reçu plus favorablement à la Cour.

Il commença à s'y faire connoître en qualité de Poëte & ensuite en celle de Traducteur, mais ces deux qualitez furent depuis effacées par celle d'Historien.

La premiere édition de son Li-vre *de l'Etat & succès des affaires de France* parut en 1570. Il le dédia au Duc d'Anjou qui l'en récompensa en le faisant Sécretaire de ses Finances.

Le Roy *Charles IX.* ayant vû quelques-uns de ses Ouvrages, lui ordonna d'écrire l'Histoire des Rois ses Prédecesseurs, & pour l'encourager à ce travail, lui donna en 1571. la charge d'Historiographe de France, comme il marque lui-même au commencement de son Histoire qu'il publia en 1576. *Hen-ry III.* à qui il la dédia, non seulement le confirma dans la charge d'Historiographe de France dont son frere l'avoit gratifié, mais y ajouta encore une pension de douze cens écus.

Il ne fut cependant nommé Génealogiſte de l'Ordre du S. Eſprit qu'en 1595. comme il paroît par les Lettres de création de cèt Office qui ſont du 9. Janvier de cette année.

B. DE GIRARD.

Il mourut à *Paris* le 23. Novembre 1610. dans ſa 76. année, & fut enterré dans l'Egliſe de S. Euſtache.

Catalogue de ſes Ouvrages.

1. *L'Union des Princes par les mariages de Philippe Roy d'Eſpagne, & Madame Elizabeth de France, & encore de Philibert Emmanuel Duc de Savoye, & de Madame Marguerite de France. Paris* 1559. *in-8°.* Ce Poëme eſt le premier Ouvrage de *du Haillan.*

2. *Le Tombeau du Roy très-Chrétien Henry II. de ce nom. Paris* 1559. *in-8°.* Ce ſont encore des Poëſies.

3. *Regum Gallorum Icones à Faramundo uſque ad Franciſcum II. Item Ducum Lotharingorum à Carolo primo uſque ad Carolum tertium verſibus Latinis expreſſa. Pariſ.* 1559. *in-4°.*

4. *Les devoirs des hommes recueillies en forme d'Epitome des Offices de*

Ciceron. Blois, *l'Angellier* 1560. *in-*
8°.

5. *L'Histoire Romaine d'Eutropius*
comprenant en dix Livres tout ce qui
s'est fait tant en paix qu'en guerre,
depuis le commencement de Rome juf-
qu'à l'an 1119. *de ladite Ville*, *tra-*
duite du Latin. Paris Frederic Mo-
rel 1560. *in-*4°.

6. *Les Vies des plus grands*, *plus*
vertueux & plus excellens Capitaines
& personnages Grecs & Barbares fai-
tes par Æmilius Probus & traduites
du Latin. Paris 1568. *in-*4°.

7. *De l'état & succès des affaires*
de France en quatre Livres. Paris
1570. *in-*8°. C'est la premiere édition de cet Ouvrage qui commença à faire un nom à son Auteur,
& qui fut réimprimé l'année suivante à *Paris* en la même forme.
Le succès qu'il eut, engagea *du Haillan* à y faire des augmentations
avec lesquelles il parut à *Paris* en
1572. *in-*4°. Il avoit dédié la premiere édition au Duc d'Anjou qui
fut depuis le Roy *Henry III.* Mais
ce Prince voulut qu'il dédia cette
seconde au Roy *Charles IX.* son

frere. Celle-ci a été suivie dans celles qui se font faites depuis à *Paris* en 1573. 1577. 1580. toutes *in*-8°. Du Haillan retoucha son Ouvrage en 1584. sur les Memoires de *Jean du Tillet*, & cette édition retouchée parut cette année à *Paris in*-8°. Il y fit encore des augmentations dix ans après, & cette nouvelle édition, qui est dédiée au Roy *Henry IV.* se fit à *Paris* en 1594. *in*-8°. & fut imitée dans une autre d'*Anvers* de l'an 1596. *in*-8°. La derniere révision se fit en 1609. que cet Ouvrage parut *augmenté de plusieurs belles recherches. Paris in*-8°. It. *Paris* 1613. *in*-8°. Il y en a aussi une édition de *Geneve* faite en 1609. *in*-8°. & une de *Roüen* 1611. *in* 8°. Ce Livre est curieux & contient un détail assez exact de ce qui regarde l'Etat & le Gouvernement du Royaume. On y trouve des choses hardies & singulieres. Les éditions de 1609. & de 1613. sont les meilleures. Il est cependant à remarquer que dans la premiere édition de l'an 1570. *in* 8°. & dans celle de 1571. il y a une *Histoire*

*sommaire des Seigneurs , Comtes &
Ducs d'Anjou* qu'on a retranché dans
les suivantes , parce que *du Haillan*
a fait depuis un Ouvrage plus étendu sur cette matiere.

8. *Histoire sommaire des Comtes &
Ducs d'Anjou , de Bourbonnois , &
d'Auvergne depuis Geoffroy Grisegon-
nelle jusqu'à Monseigneur fils & frere
de Roy de France. Paris* 1571. *in-*8°.
It. 1572. *in-*4°. It. 1573. *in-*16. It.
1580. *in-*8°.

9. *Promesse & dessein de l'Histoire de
France. Paris* 1671. *in-*8°. Il composa
cet Ouvrage pour répondre à l'honneur que le Roy *Charles IX.* lui avoit
fait de lui donner la charge d'Historiographe de France , & pour
faire connoître ce qu'on devoit attendre de lui. Je ne sçai ce que
c'est qu'un Livre cité par *la Croix du
Maine* sous le titre de *la Fortune &
vertu de France avec un sommaire Discours sur le dessein de l'Histoire de
France* , & publié, selon lui, par
du Haillan en 1570. Il peut y avoir
de la méprise dans la citation de
cet Auteur , ordinairement peu
exact ; aussi *du Verdier* , qui l'est

beaucoup plus que lui, n'en fait-il B. DE Gɪ-
pas mention. RARD.

10. *Diſcours ſur les cauſes de l'extrême cherté qui eſt aujourd'hui en France, & ſur les moyens d'y remedier. Paris* 1574. *in-*8°.

11. *Hiſtoire génerale des Rois de France contenant les choſes mémorables advenues tant au Royaume de France, qu'ès Provinces étrangeres ſous la domination des François depuis Pharamond juſqu'à Charles VII. incluſivement. Paris* 1576. *in-fol.* It. (*Geneve*) 1577. 1580. *in-*8°. 2. *vol.* It. *corrigée & augmentée avec une nouvelle Epître dédicatoire au Roy Henry III. Paris* 1584. *in-fol.* It. *Paris* 1585. *in-*8°. 2. *tom.* It. *augmentée & continuée juſqu'à Louis XI. par un Auteur du temps, & juſqu'à la fin du regne de François I. par Arnoul du Ferron, & depuis par pluſieurs autres juſqu'en* 1615. *Paris* 1615. *in-fol.* 2. *vol.* L'Hiſtoire de *Louis XI.* n'eſt autre que la *Chronique ſcandaleuſe.* It. *continuée juſqu'à Louis XI. & augmentée de pluſieurs Auteurs, tant de Paul Emile, Philippe de Comines, Arnoul du Ferron, le ſieur du Bellai ;*

B. DU
H A I L-
L A N.

qu'autres jusqu'à present. Paris 1627.
in-fol. 2. *vol.* Ces deux dernieres
éditions sont les plus recherchées
cause des continuations qu'on y
a jointes. On n'avoit point vû,
avant que cet Ouvrage parut, de
corps d'Histoire de France en notre langue. Les Chroniques de *S.*
Denys , & celles de *Nicole Gilles*
rapportent à la vérité par année
les évenemens arrivez en ce Royaume , mais elles le font d'une maniere si seche qu'on n'y trouve ni
l'origine des entreprises, ni les succès & les dénouemens des affaires.
Bayle approuve fort les raisons qui
porterent *du Haillan* à terminer son
Histoire de France à la mort de
Charles VII. » On s'expose , dit-il, à
» une fâcheuse alternative, quand on
» travaille à l'Histoire des Monar-
» ques qui sont morts depuis peu
» de temps , il faut dissimuler la
» vérité , ou irriter les personnes
» de qui on a tout à craindre. Le
» premier de ces inconveniens cho-
» que l'honneur & la conscience
» de l'Historien ; l'autre choque sa
» prudence. Il vaut donc mieux ne
» rien

» rien dire : voilà une des raiſons de
» *du Haillan* par rapport aux Regnes
» qui ont ſuivi celui de *Louis XII.* Il
» ajoute une raiſon génerale qui eſt
» de grand poids, c'eſt que l'on
» avoit déja des Hiſtoires parti-
» culieres de tous les regnes poſté-
» rieurs à *Charles VII.* & que, ſe-
» lon l'opinion commune, il étoit
» preſque impoſſible d'égaler les
» Ecrivains qui avoient fait quel-
» ques-uns de ces Ouvrages.

La réflexion de *Bayle* ſur ceux
qui écrivent l'Hiſtoire des Rois
morts depuis peu eſt excellente,
mais mal placée. Car outre qu'il
y avoit un temps conſiderable que
les Rois *Louis XI. Charles VIII.* &
Louis XII. étoient morts, lorſque
du Haillan publia ſon Hiſtoire,
elle devient inutile par rapport à
cet Auteur, qui changea bientôt
après de penſée.

En effet il promit dans l'Epître dédicatoire de ſon Livre de
l'état & ſuccès des affaires de France,
de l'édition de 1594. à *Henry IV.*
de continuer ſon Ouvrage juſqu'à
ſon temps, & s'engagea même à

Tome XIV. T

B. DU le publier s'il vouloit bien qu'il fût
HAIL- vû. Mais il n'avoit pas attendu fi
LAN. tard à former ce nouveau deſſein,
puiſque dans la dédicace de ſon
Hiſtoire de France de l'édition de
1584. au Roy *Henry III.* il témoigne, que quoiqu'il eut déclaré qu'il
ne vouloit pas écrire l'Hiſtoire de
Louis XI. parce que *Philippe de
Comines* l'avoit écrite, il avoit cependant depuis changé d'avis; qu'il
avoit commencé celle de ce Roy,
& qu'il vouloit faire celle de *Charles VIII.* & de *Louis XII.* & que
même il écriroit quelques jours
celle de *François I.* Mais toutes ces
promeſſes furent vaines, ſi ce n'eſt
à l'égard de l'Hiſtoire de *Louis XI.*
qu'on a trouvée après ſa mort parmi ſes papiers, & qui ſe conſerve
entre les Manuſcrits de M. le Chancelier *Seguier.*

Sorel porte un jugement fort juſte & fort équitable de l'Hiſtoire
de *du Haillan* dans ſa *Bibliotheque
Françoiſe*; c'eſt pourquoi je rapporterai ici ce qu'il en dit. » *Du Hail-
» lan*, dit-il, ayant été honoré
» par le Roy *Charles IX.* de la

» charge d'Historiographe de Fran-

» ce, entreprit d'écrire l'Histoire

» avec plus de méthode qu'elle n'a-

» voit été auparavant. Il a voulu

» même imiter l'élegance des meil-

» leurs Historiens ; mais pour y

» avoir moins de peine, il a presque

» traduit mot à mot toutes les haran-

» gues de *Paul Emile*, & il l'a encore

» suivi dans ses narrations ; il est

» vrai qu'il y a ajoûté des remar-

» ques curieuses qu'il a tirées d'ail-

» leurs. On lui peut reprocher d'a-

» voir donné un commencement

» fabuleux à son Histoire qui est

» entiérement de son invention,

» ayant fait tenir un conseil entre

» *Pharamond* & ses plus fidéles Con-

» seillers pour sçavoir, si ayant la

» puissance en main, il devoit ré-

» duire les François au Gouverne-

» ment Aristocratique ou Monar-

» chique, & faisant faire une Ha-

» rangue à chacun d'eux pour sou-

» tenir son opinion. On y voit les

» noms de *Charamond* & de *Qua-*

» *drek*, personnages imaginaires.

» C'est une chose fort surprenante ;

» on est fort peu assuré si *Phara-*

B. DU
HAIL-
LAN.

T ij

B. DU
HAIL-
LAN.

» mond fut jamais au monde, &
» quoiqu'on sçache qu'il y ait été,
» c'est une terrible hardiesse d'en
» raconter des choses qui n'ont
» aucun appui. *Du Haillan* en est
» repris par le sieur *Dupleix* qui lui
» reproche qu'il a tiré ses haran-
» gues d'*Amadis de Gaule* ; mais
» l'*Amadis* ne contient point de ces
» sortes de Discours politiques. Il
» faut croire que *Dupleix* ne l'a
» allegué en cette rencontre qu'a-
» fin de faire entendre que *du Hail-*
» *lan* avoit inventé cela comme pour
» composer une maniere de Ro-
» man. Il est vrai que si cela ne
» se trouve point dans l'*Amadis*,
» cela se trouve en beaucoup d'au-
» tres endroits ; ce sont des lieux
» communs qu'on voit ordinaire-
» ment dans les Livres qui parlent
» d'un sujet si trivial, comme sont
» les diverses formes de Gouverne-
» ment. *Du Haillan* est accusé d'un
» autre côté d'avoir eu des Dis-
» cours un peu libres touchant
» quelques Ecclesiastiques, mais il
» l'a fait possible pour se montrer
» bon serviteur de nos Rois, &

» soutenir leur autorité. Cela n'em-
» pêche pas que ses écrits ne soient
» plus judicieux & plus méthodi-
» ques que ceux qu'on avoit vûs
» auparavant. On s'instruit dans son
» Histoire de plusieurs particulari-
» tez du Gouvernement François
» qu'il entendoit assez bien com-
» me il a fait connoître dans son
» Livre *de l'état & succès des affai-*
» *res de France.* Enfin il est loua-
» ble d'avoir entrepris le premier
» de mettre notre Histoire en une
» belle & agréable forme, de quoi
» il s'est acquitté selon les connois-
» sances qu'on avoit de son temps.

Du Haillan fut beaucoup critiqué de son vivant, & l'on peut
dire que la maniere fiére & hau-
taine dont il parla de ses Ouvrages
y contribua en partie ; ainsi il mit
au revers du titre de son *Histoire*
de France un Sonnet qui finit par
ces vers.

Mille & mille ignorans , superbes ,
  curieux ,
Médisans , étourdis , vains , & pré-
  somptueux

B. DU
HAIL-
LAN.

T iij

B. DU
HAIL-
LAN.

Te voudront attaquer une indigne
*   querelle,*

Mais ne crains tout cela, ains passe
*   hardiment,*

Car leur présomption, ni leur sot ju-
*   gement,*

Ne pourront empêcher ta carriere im-
*   mortelle.*

De semblables Discours ne pouvoient manquer de lui procurer des
Critiques dans la personne de ceux
qui avoient des sentimens differens
des siens dans plusieurs points de
notre Histoire.

D'ailleurs il paroît dans toutes
ses Préfaces trop interressé ; on l'y
voit sans cesse vanter son travail &
ses peines , & se plaindre de ce
qu'on ne le récompense pas suivant
ses mérites.

12. *Recueils d'Avis & Conseils*
sur les affaires d'Etat, tirez des Vies
de Plutarque. Paris 1578. *in-*4°.

13. On trouve à la page 856.
du second volume des *Mémoires du*
Duc de Nevers une Lettre de *du*
Haillan au Maréchal de *Biron*, écrite le 12. May 1602. où il fait pa-

roître avec bien de la vivacité fon B. DU
reffentiment contre le Roy *Henry* HAIL-
III. de ce qu'il ne l'avoit pas même LAN.
remercié, lorfqu'il eut l'honneur
de lui préfenter fon Hiftoire de
France, *quoique ce fut*, dit-il, *le*
plus beau préfent de Livre qui lui fut
jamais fait. Il voyoit, ajoûte-t-il,
il lifoit & récompenfoit bien de peti-
tes Oeuvres, pleines de vilainies, qu'on
lui préfentoit; il donnoit des Abbayes
& de grands biens à leurs Auteurs,
& ne fit cas de ce qui fervoit à la
gloire des fiens & à la fienne. Autre
preuve de fon efprit mercenaire,
qui avoit moins la gloire en vûe
que fon propre interêt.

V. *Les Mémoires Hiftoriques fur*
quelques *Hiftoriens modernes de Fran-*
ce, à la fin de la *Bibliotheque Hif-*
torique de la France du P. le Long.
Bayle Dictionnaire. La Croix du
Maine & Verdier.

JEAN-JEROME SBARAGLIA.

J.J. SBA-RAGLIA. *JEAN-Jerôme Sbaraglia* naquit à *Boulogne* en Italie le 28. Octobre 1641. de *Jerôme Sbaraglia* & de *Bartholomea Giuliani*, tous deux de familles honnêtes & aisées.

Après avoir fait ses humanitez & sa Rhétorique il étudia en Philosophie sous *Fulvio Magnani*, & ensuite en Medecine sous *Jean-Augustin Cucchi*, tous deux Docteurs & Professeurs dans l'Université de *Boulogne.* Il fut reçu lui-même Docteur le 27. Fevrier 1663. & le six Mars suivant il fut aggregé au College de Philosophie & de Medecine.

Le 2. Octobre de l'année suivante 1664. il fut fait Professeur en Philosophie, & eut ensuite une Chaire de Medecine & d'Anatomie. Il a enseigné pendant quarante ans, après lesquels il fut déclaré Emérite.

On lui offrit en 1688. une Chaire à *Padoue*, mais la continuité de son application à l'étude avoit ſi fort affoibli ſon temperament, qu'il ne crut pas devoir l'accepter. Il fut longtemps ſujet à des étourdiſſe-mens & à des vertiges. Enfin le 8. Juin 1710. en ſortant de l'Egliſe de S. Petrone, où il avoit fait ſes dévotions, il eut une attaque vio-lente d'apoplexie dont il mourut la nuit ſuivante âgé de 68. ans.

J. J. SBA-RAGLIA.

Il avoit une riche Bibliotheque qu'il avoit deſſein de laiſſer pour l'uſage du Public avec des fonds pour l'augmenter ; mais la mort ne lui a pas permis de l'exécuter, & elle eſt demeurée à ſa ſœur qui a été héritiere des grands biens qu'il a laiſſez.

Catalogue de ſes Ouvrages.

1. *De recentiorum Medicorum ſtu-dio Diſſertatio Epiſtolaris ad amicum. Gottingæ* (c'eſt-à-dire *Bononiæ*)1687. *in*-8°. It. *Parmæ* 1690. *in*-8°. Cette édition de *Parme* s'eſt faite par les ſoins de *Marcel Malpighi.* It. avec la 2. Lettre 1693. It. parmi les Œu-vres poſthumes de *Malpighi. Londres* 1697. It. *Bononiæ* 1701. *in*-8°. avec quelques autres Ouvrages de *Sba-*

J. J. SBA-
RAGLIA.

raglia. Cet Ouvrage a toujours été imprimé fans nom d'Auteur juſ-qu'à la mort de *Malpighi* que *Sba-raglia* le reconnut pour le ſien. Il prétend y montrer que ceux qui étudient en Medecine s'y prennent fort mal pour en apprendre la pra-tique, puiſque l'anatomie des hom-mes , des animaux & des plantes à laquelle ils s'appliquent ſi fort , n'eſt pas d'un grand uſage pour cette pratique. Cette Lettre fut attaquée par trois perſonnes. 1°. Par *Jean-Paul Ferrari* , Medecin de *Parme* , qui publia en 1690. un Livre intitulé : *Zelotypia veritatis in veterum fallaciis & dogmatibus* , où il ſe propoſoit de faire voir que *Sbaraglia* vouloit faire des fainéans de tous les Medecins. *Sba-raglia* ne fit aucun cas de cette Critique & ne daigna pas y ré-pondre. Le ſecond adverſaire qui s'éleva contre lui fut *Jean Bohn* , fameux Profeſſeur de *Leipſic* , qui mit en 1691. à la tête de ſes *Prœ-lectiones Therapeuticœ* une Diſſerta-tion où il fait voir l'utilité de l'a-natomie du corps humain pour la

pratique de la Medecine , & com- J. J. Sba-
bat les raisons de *Sbaraglia*. Le raglia,
troisiéme qui attaqua son syftême
fut *Malpighi* que *Sbaraglia* avoit
principalement eu en vûe de com-
battre , quoiqu'il ne soit pas nommé dans sa Lettre , & il le fit par
l'écrit suivant qui se trouve parmi
ses Œuvres Pofthumes imprimées
à *Londres* en 1697. & dans les éditions suivantes. *Rifpofta del Dot-
tor Marcello Malpighi alla Lettera
intitolata* : De recentiorum Medicorum ftudio.

2. *De recentiorum Medicorum Studio differtatio Epiftolaris fecunda ad
amicum. Neapoli* (ou plûtôt *Vienna
Auftria*) 1693. *in-*8°. It. *Bononia*
1701. *in-*8°. avec une partie de ses
Œuvres. Cette feconde Lettre eft
deftinée à répondre à la Critique
de *Jean Bohn.* Il s'applique à y
montrer qu'on n'a encore rien trouvé dans l'Anatomie du corps humain , qui foit fort utile pour la
pratique , & que celle des fluides
eft d'une bien plus grande utilité ,
puifque c'eft principalement d'eux
que viennent les maladies.

J. J. Sba-
raglia.
3. *Ad Physico-Anatomicas Episto-*
lares Dissertationes Appendix, inseré
dans le recueil de ses Œuvres. *Bo-*
noniæ 1701. Ce n'est qu'une réponse
fort courte à *Malpighi* & à ceux qui
avoient approuvé son écrit.

4. *De vivipara generatione scepsis*,
sive dubia contra viviparam generatio-
nem ex ovo per tubas ex ovariis ad
uterum delato. Vienna Austriæ 1696.
in-8°. L'Auteur dédia cet Ouvrage
à l'Empereur *Leopold*, qui l'en récompensa libéralement.

5. *De vivipara generatione altera*
scepsis, *novis argumentis & observa-*
tionibus confirmata & propugnata; ce
second écrit est inseré dans le Recueil que *Sbaraglia* donna en 1701.
de tous les Ouvrages précedens
sous ce titre : *Exercitationes Physico-*
Anatomicæ, *quibus in nova hac edi-*
tione accesserunt ad Epistolares de
recentiorum Medicorum studio disser-
tationes Appendix, & *de vivipara*
generatione. Bononiæ 1701. *in-4°.*

6. *Oculorum & mentis Vigiliæ*, *ad*
distinguendum studium Anatomicum
& *ad praxim Medicam dirigendam.*
Accedit Mantissa subsidiaria de vi In-

Dicationis à parte, & de usu Micros- J. J. SBA-
copii. Bononiæ 1704. *in*-4°. La pre- RAGLIA.
miere & la plus longue des trois
parties contenuës dans ce Livre,
est contre *Marcel Malpighi*, de même que les deux autres qui ne font
qu'accessoires à la dispute qui étoit
entr'eux. Cet Ouvrage, qui est le
plus étendu que *Sbaraglia* ait publié, a donné occasion à plusieurs
autres composez tant pour l'attaquer que pour le défendre. Le premier qui parut contre lui est intitulé :

Horatii de Florianis M. E. P.
Epistola, qua plus centum & quin-
quaginta errores ostenduntur in recenti
libro inscripto. Oculorum & mentis
Vigiliæ, &c. *Nec non inclyti Viri,*
Philosophi, Medici, & Anatomico-
rum nostræ ætatis facile Principis Mar-
celli Malpighii innumeri loci propu-
gnantur & exponuntur. In eadem
plures alii Recentiores obiter defendun-
tur & emendantur. Huic præfixa est
quasi vice Præfationis altera Epistola
in illud idem Argumentum à Luca
Terranova M. S. Inveniet in utraque
lector multa ad ejusdem Celeb. Mal-

J. J. SBA-
RAGLIA.

pighii vitam atque opera attinentia, nunquam antea edita. Roma 1705. in-4°. Sbaraglia eft traité dans ces deux Lettres, dont on ne connoît pas l'Auteur, de plagiaire, de fauſ-faire, de préſomptueux, d'igno-rant. On y a fait une réponſe Ano-nyme ſous ce titre.

De Moralibus Critica Regulis compendioſa monita, ad quorum nor-mam veluti obiter exiguntur tum con-troverſia prius agitata inter Celeb. Vi-ros Marcel. Malpighium & Joan. Hier. Sbaraleam, tum quædam Epi-ſtola nuper à quibuſdam illius Affeclis adverſus hunc evulgata. Colonia 1706. in-4°. pp. 168. Tout ce qu'on fçait de l'Auteur de cet Ouvrage, eſt qu'il étoit ami d'un certain Pere Servite, nommé *Laurenti*, qui a fait l'Epître dedicatoire. Quelques mois après qu'il eut paru, on vit courir dans le public un Manuſcrit *in-4°.* intitulé.

Diſputatio Critico-Moralis per Epi-ſtolam expoſita admodum R. P. Ala-mano Laurenti circa libellum quem-dam inſcriptum De Moralibus cri-ticæ Regulis compendioſa Monita,

nuper ab eodem Fratre contra virum J. J. Sba-
incomparabilem Marcellum Malpi- raglia.
ghium, hujufque Clarifmos Propu-
gnatores evulgatum. Cet Ouvrage
eft fort bien écrit, & l'Auteur y
raille fon adverfaire avec efprit,
fuivant les Journaliftes de Venife.
On publia l'Ouvrage fuivant deux
ans après.

Theophili Aletini Epiftola, quæ
ex doctrina ferè fola allata in recenti
libro, cui titulus de Moralibus cri-
ticæ Regulis, &c. *Oftenditur, in*
Celebri controverfia inter Clar. Med.
Marcellum Malpighium, & Joan.
Hier. Sbaraleam, non illum, fed hunc
fuiffe provocantem injurium, contra
fententiam in libro prædicto affertam.
In fol. Cet écrit eft daté du 30.
Juin 1707. il n'a été cependant
publié qu'en 1709. On en ignore
l'Auteur.

7. *Rifpofta à Teofilo Aletino. In*
Bologna. 1711. *in*-4°. Cette réponfe pofthume à l'Ouvrage précedent
eft mife au nombre des Ouvrages
de *Sbaraglia* dans les *fcrittori Bolo-*
gnefi d'*Orlandi.*

J. J. SBA-
RAGLIA.

8. *Entelechia, seu anima sensitiva Brutorum demonstrata contra Cartesium. Opus Postumum. Bononiæ* 1716. *in-*4°. *pp.* 588. Cet Ouvrage a été trouvé parmi les papiers de *Sbaraglia* en forme de Remarques détachées ; & un de ses disciples nommé *Fantini* a eu soin de les mettre en ordre.

Il a laissé outre cela les Manuscrits suivans : *De Glandulis. De Nervis. De comparatione Medicorum recentiorum cum veteribus. Consultationes Medicæ.*

V. le *Journ. de Venise*, tom. 4. p. 263. *Orlandi scrittori Bolognesi.*

JEROME

JEROME CARDAN.

L ES Auteurs varient fort fur le
jour & l'année de la naiffance
de Cardan. Les paroles dont il fe
fert pour les exprimer dans fa vie
font très-équivoques , & les deux
fens differens qu'on peut leur donner ne peuvent s'accorder avec ce
qu'il dit ailleurs. *Ortus fum* , dit-il,
an. M. D. VIII. Calend. Octobris.
Cela peut fignifier qu'il eft né ou
le 24. Septembre 1500. ou le 1.
Octobre 1508. Or ces deux dattes
ne peuvent fe concilier avec ce qu'il
dit en un autre endroit, (*a*) qu'il
eut en commençant fa huitiéme
année une maladie dont il penfa
mourir , & qu'il étoit convalefcent ,
lorfque les François firent des ré-
joüiffances pour la victoire qu'ils
remporterent fur les Venitiens près
de l'*Adda* : Il eft fûr que cette victoire fut remportée le 14. May
1509. & il eft probable que *Cardan*
tomba malade vers le mois d'Août,

(a) *De vita propria, cap.* 4.

**J. CAR-
DAN.**

Tome XIV.   V

J. CAR- ou de Septembre de l'année précé-
DAN. dente ; or s'il commençoit alors sa
huitiéme année, il a dû naître en
1501. D'ailleurs il fait encore tomber autre part (a) sa 35. année à
l'an 1536.

Tomasini le fait naître le 24.
Août 1501. *Ghilini* retarde sa naissance d'un jour & la met au 25.
Août de cette année, en quoi il a
été suivi par *Barthelmi Corte* dans
les Vies des Médecins de *Milan* ;
d'autres enfin sont pour le 24. Septembre 1601. Je panche assez à
suivre cette datte, qui paroît la
plus plausible, puisqu'elle est conforme au texte de *Cardan* même,
quant au jour, & qu'il peut se faire ;
que soit faute d'impression, soit
inadvertance dans *Cardan*, l'année
1500. ait été mise dans sa vie au
lieu de 1501.

Quoiqu'une foule d'Auteurs ait
assuré qu'il étoit né à *Milan*, &
qu'il ait lui-même appellé *Milan*
sa patrie ; il est sûr cependant qu'il
naquit à Pavie, car il le dit expressément dans le chapitre 4. de sa vie :
Il marque outre cela, au commen-

(a) *Ibid.*

cement de son 3. Livre *de propris* *Libris*, que sa mere voulant cacher son enfantement à sa famille, alla de *Milan* à *Pavie*, pour y accoucher.

Facio *Cardan* son pere étoit Docteur en Médecine & en Droit civil & canonique. Comme il s'est fait aussi connoître dans la République des Lettres il est bon d'en dire ici quelque chose. Il naquit à Milan l'an 1444. d'*Antoine Cardan*, fut associé au College des Jurisconsultes de cette ville où il fût Professeur des Instituts. Il fut aussi bon Mathematicien, & on a de lui en ce genre un Ouvrage intitulé:

Prospectiva communis D. Johannis Archiepiscopi Cantuariensis F. Ordinis Minorum, ad unguem castigata per eximium artium, & Medicinæ, & juris utriusque Doctorem ac Mathematicum peritissimum D. Facium Cardanum Mediolanensem in venerabili Collegio Jurisperitorum Mediolani residentem. Barthelemi *Corte*, qui dit que cet Ouvrage a été imprimé, ne marque ni l'année ni la forme de l'édition.

Il mourut le 29. Août 1524. agé

V ij

J. CAR-
DAN.

de 80. ans, & fut enterré dans l'E-
glife de S. Marc, où on lit cette
Epitaphe.

Facius Cardanus Jurecon.

Mors fuit id quod vixi, vitam mors
    dedit ipfa :
Mens æterna manet, glória, tuta
    quies.
Obii anno 1524. IV. Cal. Septem-
    bris ætatis 80.
Hieronimus Cardanus Medicus
Parenti Pofterifque
    V. P.

La mere de *Jerome Cardan* s'appelloit *Claire Micheria* ; quoiqu'il
ne traite nulle part expreffement fa
naiffance d'illegitime, il paroît cependant affez qu'il n'y a jamais eu
de mariage entre fon pere & fa
mere, parce qu'il dit qu'ils ne demeuroient point enfemble, & que
fa mere étant devenuë groffe de lui,
fit tout ce qu'elle put pour perdre
fon fruit. Mais les breuvages qu'elle prit pour cela n'eurent point la
vertu qu'elle fouhaitoit : ils eurent
feulement celle de la faire accou-

ther plus difficilement ; car elle fut J. CAR-
trois jours en travail , & il fallut DAN.
lui arracher du corps ſon enfant ,
qui n'eut d'autre mal , que de recevoir une bleſſure qui le rendit juſqu'à l'âge de 31 ans incapable du
commerce des femmes ; ce que
l'eſprit de débauche qui l'animoit
lui fit mettre dans la ſuite au nombre de ſes plus grands malheurs.
Au reſte il remarque comme une
choſe ſinguliere , qu'en naiſſant il
avoit déja la tête garnie de cheveux
noirs & friſez.

Il étoit dans ſon premier mois ,
lorſque ſa nourrice mourut de la
peſte , dont il fut lui-même attaqué. Une autre qu'on lui donna
étant devenue groſſe , il paſſa entre les mains d'une troiſiéme qui
acheva de le nourrir.

A l'âge de quatre ans on le mena à *Milan* , où il demeura chez
ſa mere. Il eut alors à eſſuyer les
mauvais traitemens de ſon pere &
de ſa mere , qui étant l'un & l'autre naturellement emportez & co-
leres , le battoient ſans ceſſe juſqu'à
le rendre malade.

Il avoit sept ans lorsque son
pere le prit chez lui avec sa mere,
& commença à l'instruire dans les
Sciences. Il commençoit sa huitiéme année, lorsqu'il fut attaqué
d'une dyssenterie & d'une fiévre
qui le mit à deux doigts de la mort ;
son pere fit dans cette occasion un
vœu pour lui à *S. Jerôme*, aimant
mieux recourir à l'intercession de
ce Saint qu'à celle de son démon familier ; car il se vantoit d'en avoir
un, comme le rapporte son fils, qui
ajoute qu'il ne s'avisa jamais de lui
demander la raison d'une telle pré-
férence.

A peine étoit-il échappé de ce
danger qu'il en courut un autre ;
car étant un jour tombé du haut
d'une échelle un marteau qu'il tenoit à la main lui tomba sur le
front & lui fit une blessure dont il
a toujours porté la marque.

Lorsqu'il eut vingt ans il alla
étudier à *Pavie*, où il demeura deux
années ; les connoissances qu'il y
acquit le mirent en état d'enseigner
lui-même les autres au bout de ce
temps. Il y expliqua *Euclide* à la

place du P. *Romolo* Servite , & la
Dialectique & la Métaphyſique à
celle d'un certain Medecin , nommé *Pandolfe.*

 Les guerres qui rendoient le pays
peu ſûr , l'obligerent à ſe retirer à
Milan , où il demeura juſqu'au
commencement de l'année 1524.
qu'il alla à *Padoue.* Au mois d'Août
ſuivant une maladie fâcheuſe qui
attaqua ſon pere l'engagea à faire
un tour à *Milan* , où il le trouva
à l'extrémité. Cependant il retourna auſſitôt après à *Padoue* par l'ordre de ſon pere , dont il apprit la
mort peu après ſon arrivée. Il s'é-
toit laiſſé lui-même mourir , en
renonçant à tout aliment , & en re-
fuſant de prendre aucune nourri-
ture ; cette abſtinence totale, qu'il
ſoutint pendant neuf jours , le con-
duiſit enfin au tombeau.

 Jerôme Cardan , qui cette année
s'étoit fait recevoir Maître-ès-Arts
à *Veniſe* , fut fait quelque temps
après Recteur de l'Univerſité de
Padoue , & y reçut à la fin de l'année ſuivante 1525. le bonnet de
Docteur en Medecine.

La peste & ensuite la famine qui regnerent alors à *Milan* ne lui permirent pas de songer à y retourner; ainsi il prit le parti de se retirer à *Sacco*, petite Ville entre *Padoue* & *Venise*. Il y alla au commencement de l'année 1526. & y demeura plus de trois ans, occupé apparemment de la pratique de la Medecine.

Voyant en 1529. que les maux qui avoient affligé la Ville de *Milan* étoient dissipez, il y alla; mais il n'y fit pas grand séjour. Le refus que le College des Medecins lui fit de le recevoir dans son Corps, apparemment parce que sa naissance n'étoit pas légitime, & la mauvaise reception de sa mere, le déterminerent à retourner à *Sacco*, mais il y retourna malade, & tomba dans un état qui fit désesperer de sa vie. Quoiqu'il ne fut pas trop chargé de dévotion, il assûre cependant dans sa vie qu'un vœu qu'il fit à la Vierge lui procura le retour de sa santé.

Il se maria en 1531. & épousa *Luce Bandarini* native de *Sacco*, qui
étoit

étoit, auſſi pauvre que lui , & J. Car-
dont il eut deux garçons & une DAN.
fille.

Sa ſanté toujours chancelante
l'obligea à chercher un autre air
que celui de *Succo* , & il alla ſur
la fin du mois d'Avril de l'année
ſuivante 1531. à *Gallarato* , Bourg
à huit lieues de *Milan* , ou un ſéjour de dix-neuf mois lui rétablit
entiérement la ſanté.

Il avoit trente-trois ans accom-
plis , lorſqu'il fut choiſi par l'en-
tremiſe des Adminiſtrateurs du
Grand Hôpital de *Milan* , & par
celle de *Philippe Archinto* , pour en-
ſeigner les Mathématiques dans
cette Ville.

Deux ans après on lui offrit
une Chaire de Medecine à *Pavie* ,
mais il la refuſa , ne voyant point
d'où il tireroit le payement de ſes
gages.

En 1537. il fit encore des dé-
marches pour être admis dans le
College des Medecins de *Milan* ,
mais il fut refuſé comme la premiere fois. Cependant étant revenu pour la troiſiéme à la charge

Tome XIV. X

en 1539. il fut enfin admis vers la fin du mois d'Août par le crédit de *François Croce* fameux Jurifconfulte de *Milan*, & du Sénateur *François Sfondrate* qui fut enfuite Cardinal.

Quatre ans après, c'eft-à dire en 1543. il enfeigna la Médecine à *Milan*; emploi qu'il ne garda qu'une année, car il paffa la fuivante à *Pavie* pour en remplir un femblable dans cette Ville. Il ne conferva pas davantage celui-ci; car voyant qu'on ne lui payoit point fes gages, il le quitta au bout de l'année pour retourner à *Milan*.

En 1546. le Cardinal *Moron* lui offrit des conditions avantageufes pour l'engager à aller s'établir à *Rome*; mais le grand âge du Pape, dont apparemment on vouloit le faire Medecin, l'empêcha de les accepter.

André Vefal fon ami voulut l'attirer en Dannemarc, & lui offrit de la part du Roy huit cens écus d'appointemens & bouche à Cour; mais il refufa encore ces avantages, parce que l'air du Pays ne lui

convenoit point, & parce qu'il ſe-
roit peut-être obligé d'abandonner
la Religion Catholique. Ce ſcrupule dans un homme tel que *Cardan* , ſurprendra ceux qui ne le con-
noiſſent que par ce qu'on en dit
communément ; mais la lecture de
ſa vie écrite par lui-même fait connoître ſans peine que ſon caractere
étoit celui d'un homme ſuperſti-
tieux , & non point d'un eſprit
fort , & qu'ainſi ſon ſcrupule a pu
être réel & ſincere.

Il fit en 1552. un voyage en
Ecoſſe à la ſollicitation de *Jean
Hamilton* , Archevêque de *S. André* ,
& frere du Regent du Royaume ;
qui quoiqu'âgé alors ſeulement de
42. ans, étoit incommodé depuis
dix années d'une difficulté de reſ-
pirer , dont les intervalles avoient
d'abord été aſſez longs , mais qui
depuis deux ans revenoit tous les
huit jours. Il avoit eû recours inu-
tilement aux Medecins du Roy de
France & enſuite à ceux de l'Empereur , & il crut trouver plus de
reſſource dans l'habileté de *Cardan*. Il ne ſe trompa pas , car

X ij

J. CAR-
DAN.

il se porta mieux dès qu'il se fut
mis entre ses mains. *Cardan* demeura auprès de lui soixante-quinze
jours, & lui laissa des Ordonnances qui le guérirent en deux ans.
C'est tout ce qu'il raconte de ce
voyage. Ainsi ce qu'on en trouve
dans l'*Histoire d'Angleterre* de *Lar-
rey* est un conte fait à plaisir. Voici ce qu'il dit à ce sujet. (a) » Cet
» Archevêque (*Jean Hamilton*)
» languissoit d'une hydropisie que
» les Medecins jugeoient incura-
» ble, mais il en fut guéri par
» *Cardan*. . . S'il en faut croire ce
» que l'Histoire nous dit de ce fa-
» meux Astrologue, il donna une
» terrible preuve de sa science à
» l'Archevêque qu'il avoit guéri,
» lorsque prenant congé de lui, il
» lui tint ce discours : *Qu'il avoit*
» *bien pû le guérir de sa maladie,*
» *mais qu'il n'étoit pas en son pou-*
» *voir de changer sa destinée, ni d'em-*
» *pêcher qu'il ne fût pendu.* Sa pré-
» diction fut vérifiée par l'évene-
» ment, & dix-huit ans après ce
» Prélat fut condamné par les Com-

(a) *Tom.* I. *pag.* 711.

» miffaires que lui donna la Reine J. Car-
» *Marie*, Régente d'Ecoffe, à être dan-
» pendu, ce qui fut exécuté. Il ne
» faut pas s'étonner après cela fi
» quelques Hiftoriens, les Ecoffois
» principalement, traitent *Cardan*
» de Magicien.

Premiérement la maladie d'*Hamilton* n'étoit pas une hydropifie,
mais une difficulté de refpirer. Secondement quant à la prédiction,
Cardan étoit un homme trop inter-
reffé pour en aller faire une femblable à un Seigneur dont il attendoit des grandes récompenfes ;
d'ailleurs s'il l'avoit faite, il n'auroit pas manqué de s'en vanter
dans fa vie, où il raconte la gué-
rifon de ce Prélat, puifque dans
le temps qu'il l'écrivit, il y avoit
déja quelques années que fa prédiction prétendue étoit accomplie.
Ne l'ayant pas fait, c'eft une marque de la fauffeté de ce qu'on raconte fur ce fujet.

Au refte *Cardan* vit dans fon
voyage d'Ecoffe beaucoup de Pays;
il traverfa la France en y allant,
s'en revint par les Pays-Bas & par

X iij

J. CAR-
DAN.

l'Allemagne, & ne fut de retour à *Milan* qu'au bout de dix mois.

En paffant à fon retour par l'Angleterre, il eut l'honneur de faluer le jeune Roy *Edouard VI.* & en demeura fi charmé qu'il en parloit par tout comme d'un prodige. On prétend qu'il tira fon horofcope, & qu'il lui prédit une longue vie avec de grandes profperitez. Mais il fe trompa fort dans cette prédiction, ce Prince étant mort l'année fuivante. Il fe retrancha alors, pour fe tirer d'affaire, fur une erreur de calcul, & après avoir calculé une feconde fois, il trouva que ce Prince avoit eû raifon de mourir, comme il avoit fait, & qu'un moment plus tôt ou plus tard fa mort n'auroit pas été dans les regles.

Après fon retour à *Milan*, il demeura dans cette Ville jufqu'au commencement d'Octobre 1559. qu'il alla à *Pavie*, d'où il fut appellé en 1562. à *Boulogne* par l'entremife de *S. Charles Borromée*, & du Cardinal *François Alciat*.

Il y profeffa pendant huit ans,

& y fut honoré du droit de Bour- J. CAR-
geoiſie. Mais le 6. Octobre 1570. DAN.
on le mit en priſon pour une pro-
meſſe de dix-huit cens écus qu'il
ne pouvoit payer, & il y demeura
deux mois & demi aſſez bien traité. Enfin le 22. Decembre ſuivant
on l'en tira pour le ramener chez
lui. Ce ne fut point là cependant
un plein retour de ſa liberté, car
on lui donna ſa maiſon pour priſon. Il demeura dans cet état juſqu'au 28. Mars de l'année ſuivante qu'il fut mis entiérement en liberté.

Cette diſgrace le fit ſortir de
Boulogne au mois de Septembre
1571. & il alla à *Rome* où il arriva le 7. Octobre ſuivant. Il y
vêcut ſans aucun emploi public. Il
fut ſeulement aggregé le 13. Septembre 1574. au College des Medecins de cette Ville, & eut une
penſion du Pape. Quelques-uns di-
ſent qu'il étoit ſon Medecin, mais
c'eſt une choſe ſans fondement, dont
il ne dit pas le moindre mot.

Il mourut à *Rome* le 21. Septembre 1576. âgé de 75. ans moins

J. CAR-
DAN.

trois jours , selon M. *de Thou.* Bayle croit que M. *de Thou* n'a pas été juste dans son calcul , parce qu'il suppose qu'il a mis la mort de *Cardan* en 1575. auquel cas il n'auroit eû alors que 74. ans moins trois jours, mais il s'est trompé en cela , car il est sûr que M. *de Thou* l'a mise en 1576. ainsi tout s'accorde bien dans sa supputation.

La datte qu'il donne de sa mort ne peut cependant subsister , s'il n'y a point d'erreur de chiffres dans ces paroles qu'on lit dans le chapitre 36. de la vie de *Cardan. Testamenta plura condidi ad hanc usque diem quæ est Calendarum mensis Octobris anni M. D. LXXVI.* Mais il est visible qu'il y en a , & qu'il faut lire 1575. En voici la preuve. *Cardan* a écrit sa vie de suite, & il lui a fallu un temps assez considérable pour cela. Or dans le chapitre 40. il marque qu'il l'écrivoit le 16. Novembre 1575. Plus bas dans le chapitre 49. il témoigne qu'il étoit ce jour-là le 28. Avril 1576. Comment donc le chapitre 36. qui précede ces deux-

là a-t-il pu être écrit le 1. Octobre 1576. il eſt plus raiſonnable
de mettre 1575. & alors tout garde
un ordre naturel.

On prétend qu'il avoit prédit le
jour de ſa mort, & qu'il s'abſtint
pendant quelque temps de prendre
de la nouriture, afin d'empêcher que
ſa prédiction ne ſe trouvât fauſſe.

J'ai déja dit qu'il avoit eu trois
enfans, deux garçons, & une fille;
mais il fut malheureux de ce côté-
là.

Jean-Baptiſte Cardan, qui fut
l'aîné, naquit le 14. May 1534. Il
étudia en Médecine & s'y fit recevoir Docteur. Etant enſuite devenu amoureux d'une fille qui n'a-
voit rien, il l'épouſa; mais il s'en
repentit dans la ſuite, & crut trouver un reméde à ſa faute en l'em-
poiſonnant. Il fut arrêté pour ce
crime le 17. Fevrier 1560. (*a*) On
le condamna à avoir la tête tran-

_____

(a) *Barthelemy Corte* ſe trompe en mettant ſa mort en 1563. puiſque *Jerôme Car-*
dan fit à ſon occaſion ſon Livre *de utili-*
tate ex adverſis capienda, & que cet Ouvrage eſt de l'an 1560.

J. CAR-
DAN.

chée, & cette Sentence fut execu-
tée dans la prison le 13. Avril suivant. (*a*) On a de lui deux Ouvrages.

1. *De Fulgure.* A la fin du second
tome des Ouvrages de son pere.
Lugduni 1663. *in-fol.* Et dans une
édition de quelques Ouvrages du
même fait auparavant à *Basle* en
1570. *in-fol.*

2. *De abstinentia ab usu ciborum fœ-
tidorum libellus.* Inseré à la fin d'un
Livre de son pere. *De Utilitate
ex adversis capienda. Basilea.* 1581.
in-8°.

Son second fils fut un fripon &
un scelerat, qu'il fut obligé de faire
mettre en prison plus d'une fois,
de chasser, & enfin de desheriter.

Sa fille mariée à *Barthelemi Sacco,*
Gentilhomme de *Milan,* ne lui
causa que deux chagrins ; le premier, de ce qu'il fallut lui donner
une dot ; le second, de ce qu'elle
n'eut point d'enfans.

Quand on ne connoîtroit *Cardan*

_____

(a) *Cardan* qui marque cette datte dans
sa vie, dit dans son Livre *de utilitate ex
adversis capienda* que ce fut le 7. Avril.

que par ce que j'en viens de dire, J. CAR-
on verroit fans peine que c'étoit un DAN.
efprit inconftant & bizarre; mais
on s'en convaincra encore davantage, en examinant ce qu'il rapporte lui-même de fes bonnes & de fes
mauvaifes qualitez.

A le voir, on ne pouvoit guéres
s'empêcher de le prendre pour un
fou; quelquefois il marchoit fort
lentement, & en homme qui étoit
dans une profonde Méditation, &
puis tout d'un coup il doubloit le
pas, en faifant mille poftures ex-
traordinaires. Il fe plaifoit dans
Boulogne à fe produire dans un ca-
roffe à trois roües. M. *de Thou* qui
le vit à *Rome* peu de temps avant fa
mort, remarque qu'il étoit habillé
tout differemment du refte du
monde.

Si la nature ne lui faifoit point
fentir quelque douleur, il s'en procuroit à lui-même, en fe mordant
les lévres, & en fe tiraillant les
doigts & les bras, jufqu'à fe faire
pleurer. Il en ufoit ainfi, à ce qu'il
dit, pour éviter un plus grand mal,
& parce que s'il lui arrivoit d'être

J. CAR-
DAN.

longtemps sans douleur, il ressen-
toit des saillies ou des impétuosi-
tez d'esprit si violentes & si fâcheu-
ses, qu'elles lui étoient plus insu-
portables que la douleur même.

Il faisoit la même chose dans ses
chagrins ; il se donnoit de bons
coups de fouet ; il se mordoit vivement le bras, il étoit longtemps
sans manger, & trouvoit dans tout
cela du soulagement à ses peines.

Il avoüe qu'il a voulu quelquefois
se tuer lui-même, & il donne à
cette fureur le nom d'amour héroïque.

Dans les conversations, son plaisir étoit de dire des choses désobli-
geantes & choquantes pour les personnes avec qui il étoit, & de débiter hors de propos tout ce qui
lui venoit dans l'esprit.

Il s'abandonnoit sans mesure à la
passion du jeu : Il y employoit les
journées entieres, & y sacrifioit ses
meubles-mêmes, & les bijoux de
sa femme. Ayant un jour perdu à
Venise tout son argent, ses bagues,
& ses habits chez un homme qui
l'avoit filouté, il lui donna au vi-

fage un coup de poignard, reprit J. CAR-
fon argent & fes habits, y joignit DAN.
celui de l'hôte bleffé, fe fit ouvrir
les portes & s'enfuit.

Il croyoit qu'il étoit fous la direction d'un genie particulier,
comme il paroît par le 47. chapitre
de fa vie. Il n'avoit pas cependant
fur cet article des fentimens bien
fixes, non plus que fur bien d'autres
chofes ; car quoiqu'il marque dans
fon Dialogue intitulé : *Tetim*, qu'il
en avoit un qui étoit Venerien,
mêlé de Saturne & de Mercure, &
dans fon Livre *de libris propriis*, qu'il
fe communiquoit à lui par les fonges ; il doute dans ce dernier Livre,
s'il en avoit veritablement un, ou
fi ce qu'il prenoit pour un genie
étoit l'excellence de fa nature ; &
décide même dans fon Ouvrage *de
rerum Varietate*, qu'il n'en avoit
point : *Ego certe nullum Dæmonem
aut Genium mihi adeffe cognofco.*

Les quatre prérogatives qu'il
prétendoit avoir recuës de la nature
ne font apparemment pas mieux
fondées que ce qu'il difoit de fon
genie. Ces prérogatives étoient :

1°. De tomber en extase quand il
vouloit. 2°. De voir tout ce qu'il
souhaitoit, non seulement par imagination, mais des yeux du corps,
& comme si les choses étoient réellement presentes. 3°. De voir en
songe tout ce qui devoit lui arriver.
4°. De connoître la même chose
par certaines marques qui se formoient sur ses ongles. Pendant ses
extases, il ne sentoit point, à ce
qu'il dit, les douleurs de la goute,
qui le tourmentoient souvent, & si
l'on parloit proche de lui, il entendoit un peu le son des paroles, mais
non point leur signification.

Au reste il n'avoit jamais voulu
se vanter de ces quatre singularitez;
mais enfin ce grand secret lui pesa
trop, & il le revela au public dans
son Livre *de rerum Varietate.*

Plusieurs l'ont traité d'Athée;
mais il est facile de voir qu'il y
avoit plus de Fanatisme que d'A-
theisme dans son fait. On ne peut
nier qu'il n'y ait dans ses Ouvrages
plusieurs choses mauvaises & dan-
gereuses; mais on y en trouve bien
davantage, qui sont conformes à la

ſaine Doctrine, que la Religion J. CAR‑
nous enſeigne. Il paroît par tout DAN.
attaché aux exercices de la pieté,
qu'il pouſſoit quelquefois juſqu'à
la ſuperſtition. Ainſi il rapporte
qu'ayant trouvé dans les Recueils
de ſon pere, que les prieres faites
à la ſainte Vierge le premier jour
du mois d'Avril, à huit heures du
matin, étoient d'une merveilleuſe
efficace, en y joignant un *Pater* &
un *Ave* ; il s'étoit ſervi de cette
pratique de dévotion dans des be‑
ſoins très‑preſſans, & s'en étoit
parfaitement bien trouvé. *Delrio*
aſſure dans ſes *Diſquiſitions Magiques* que *Cardan* avoit compoſé un
Livre de la Mortalité de l'ame,
qu'il montroit à ſes bons amis ; mais
ce Livre n'a jamais été imprimé,
au contraire le public a un Ou‑
vrage de ſa façon touchant l'im‑
mortalité de l'ame.

Son plus grand foible fut pour
l'Aſtrologie, dont il avoüe cepen‑
dant que les Regles s'étoient trou‑
vées fauſſes en pluſieurs occaſions ;
mais cela ne fut point capable de
l'en deſabuſer, comme on le voit

J. CAR
DAN.

suffifamment par fes Ouvrages. On a cenfuré avec raifon la hardieffe qu'il a eu de faire l'Horofcope de *Jefus-Chrift*, & de prétendre que tout ce qui lui étoit arrivé étoit conforme aux regles de l'aftrologie; mais il n'eft pas le premier qui ait eut cette témérité ; quatre Auteurs l'avoient eu avant lui : *Abulmafar*, *Albert le Grand*, *Pierre d'Ailli*, & *Tibere Ruffilianus Sextus* de Calabre, qui vivoit fous le Pontificat de *Leon X*. Il n'a pas cependant voulu s'autorifer de leur exemple, & fe juftifier en quelque maniere par-là, aimant mieux paffer pour l'inventeur de cette profane entreprife.

C'étoit un effet de fa vanité qui paroît dans tous fes Ouvrages; où il dit, qu'il eft né pour délivrer le monde d'une infinité d'erreurs; que ce qu'il avoit inventé n'avoit pû être trouvé par aucun de fon fiécle, ni par ceux qui avoient vécu avant lui, & que c'eft pour cela que ceux qui écrivent quelque chofe qui mérite de paffer à la poftérité, n'ont pas honte de confeffer qu'ils le tiennent de lui; qu'il a écrit un Livre
touchant

touchant la Dialectique, où il n'y J. CAR-
a pas une lettre qui foit fuperfluë, DAN.
& où il n'en manque pas une feule,
quoiqu'il l'ait achevé en fept jours;
ce qui eft un prodige ; qu'à peine fe
trouvera-t'il quelqu'un qui puiffe
fe vanter de l'avoir bien étendu
dans un an, & que celui qui l'aura
compris femblera avoir été inftruit
par un démon familier ; que la
nature s'eft épuifée pour lui, &
qu'elle ne peut rien former de plus
parfait que fa perfonne; qu'il avoit
fçu les langues Gréque, Latine,
Françoife, & Efpagnole, fans les
apprendre, & fans fçavoir comment cela s'étoit fait. Il dément
cette derniere circonftance dans un
autre endroit, où il dit qu'il étu-
dioit ces langues.

Sa pauvreté, à laquelle il con-
tribuoit lui-même par fon peu de
conduite, & par fa paffion pour le
jeu, lui a fait produire une multitude extraordinaire d'Ouvrages,
dont les digreffions & l'obfcurité
embaraffent fouvent les lecteurs. Ses
digreffions étoient faites à deffein ;
car étant convenu avec les Librai-

J. CAR- res qu'ils lui donneroient une cer-
DAN. taine fomme par feuille, il y four-
roit tout ce qui lui venoit dans l'efprit, afin de la remplir plus vîte.
Pour ce qui eft de l'obfcurité, elle
vient de la vivacité de fon efprit,
qui allant plus vîte que fa plume,
le faifoit paffer promptement d'une
chofe à une autre, fans s'arrêter à ce
qui devoit les unir, & en montrer
la liaifon.

Je ne fçai où l'Auteur du *Mecha-
nifme de l'Efprit*, imprimé à *Londres*
en 1703. *in-*12. a pris ce qu'il rapporte; que *Cardan* dans fa vieilleffe
pleuroit de déplaifir de ne pouvoir
entendre fes propres Ouvrages. Il
paroît qu'il s'eft trompé en attri-
buant à *Cardan* ce qui avoit été dit
de quelques autres Auteurs; ce
qu'il y a de fûr, c'eft que cela ne peut
convenir à *Cardan*, puifqu'il écrivit fur la fin de fes jours fa vie, où
il y a des chofes auffi difficiles à
entendre que dans fes autres Livres.

Tous fes Ouvrages ont été ramaffez par les foins de *Charles Spon*,
& imprimez à *Lyon* en 1663. en

10. vol. *in-fol.* * Il faut marquer
en détail ce qu'ils contiennent
après en avoir rapporté le titre.

J. CAR-
DAN.

*Se trou-
ve à Paris
chez Briaſ-
ſon,

Hieronymi Cardani Opera omnia,
tam hactenus excuſa, hic tamen aucta
& emendata; quam numquam aliàs
viſa, ac primum ex Autoris ipſius
Autographo eruta; cura Caroli Sponii
tom. I. quo continentur Philologica,
Logica, Moralia. On voit d'abord
à la tête.

Vita Cardani ac de eodem judi-
cium per Gabrielem Naudæum. Cette
piece eſt mal appellée la Vie de
Cardan, ce n'eſt qu'un diſcours ſur
ſon caractere.

Teſtimonia præcipua de Cardano à
Gabriele Naudao collecta.

Enſuite ſont les Ouvrages de
Cardan.

1. *De propria vita liber.* C'eſt le
dernier Ouvrage qu'il ait fait. L'in-
genuité avec laquelle il y parle de
lui-même fait aſſez connoître que
c'étoit un homme bien ſingulier.
Gabriel Naudé l'a publiée le premier
à *Paris* en 1643. *in-12.*

2. *Libellus de libris Propriis, cuì*
titulus eſt Ephemerus, ad Hierony-

J. CAR-
DAN.

mum Cardanum Medicum affinem suum, p. 55. Ce Livre est datté de *Milan* le 19. Septembre 1543. Il avoit déja été imprimé à la suite des Livres de *Cardan de sapientia & de consolatione. Norimbergæ* 1544. & avec le Traité d'*Alcyonius de Exilio. Genevæ* 1624. *in*-4°.

3. *De libris propriis eorumque ordine & usu ac de mirabilibus operibus in arte Medica factis. Ad Nicolaum Siccum Mediolani Justitiæ Principem*, p. 60. Cet Ouvrage qui est plus ample que le précedent est datté du 4. Septembre 1554. Il a été imprimé séparément à *Lyon* en 1557. *in*-8°.

4. *De libris propriis eorumque usu liber recognitus*, p. 96. Ce troisiéme Ouvrage est de l'an 1560. Il est encore plus ample que le précedent. On le trouve avec quelques autres Ouvrages de *Cardan* à la suite de ses 4. Livres *Somniorum Synesiorum* de l'édition de *Basle* 1583. *in*-4°.

5. *De Socratis studio*, p. 151. Cette piece qui avoit déja paru dans ses *Opuscula Medica & Philosophica*.

Basilea 1566. *in-8°.* eſt une Satyre ⎫ J. CAR-
aſſez fade contre *Socrate.* ⎭ DAN.

6. *Oratio ad Ill. Juriſc. Alciatum Cardinalem*, *ſive tricipitis Geryonis aut cerberi canis*, p. 159. Ce diſcours eſt ainſi intitulé, parce qu'il y atta-que les Médecins en trois points. Il avoit été imprimé avec ſes *Commentarii in Hippocratis libros de Aëre, locis, & Aquis. Basilea* 1570. *in-fol.*

7. *In Theſſalicum Medicum actio ſecunda*, p. 168. Avec les *Somniorum Syneſiorum libri IV. Basilea* 1583. *in-4°.*

8. *Neronis Encomium*, p. 179. Cette piece, qui eſt un jeu d'eſprit, ſe trouve dans le même Livre, dans l'*Amphitheatrum Dornavii* tom. 2. p. 65. & dans quelques recueils ſemblables.

9. *Podagra Encomium*, p. 221. inſeré dans les *Opuſcula Medica & Philoſophica. Basilea* 1566. *in-8°.* à la ſuite des *Somniorum Syneſiorum libri IV. Basilea* 1583. *in-4°.* dans l'*Amphitheatrum Dornavii.* tom. 2. p. 215. & ailleurs.

10. *Mnemoſynon*, p. 226. Cet Ouvrage, qui eſt un pur fatras, où

il prétend marquer l'ordre qu'on
doit obferver dans fes études, n'a-
voit pas été encore imprimé, nous
plus que les deux fuivans.

11. *Liber de Ortographia*, p. 246.

12. *Liber de Ludo Aleæ*, p. 262.

13. *Liber de Uno*, p. 277. Celui-
ci avoit déja paru à la fuite des
*Somniorum Synefiorum libri IV. Bafi-
leæ* 1583. *in*-4°.

14. *Hyperchen*, p. 284; inferé
dans les *Opufcula Medica & Philofophica. Bafileæ* 1566. *in*-8°.

15. *Dialectica*, p. 293. Dans les
Opufcula Medica & Philofophica. Le
P. *Rapin* dit (*a*) que *Cardan* a
compofé cette Logique fur celles
d'*Ariftote*, d'*Hippocrate*, d'*Euclide*,
de *Ptolemée*, & de *Galien*, mais
qu'elle n'a de bon que la Methode
d'*Ariftote*, qu'il a fuivie.

16. *Contradictiones Logicæ*, p. 309.
Elles ont été imprimées pour la
premiere fois dans ce Recueil, de
même que la piéce fuivante.

17. *Norma vitæ confarcinata, fa-
cra vocata*, p. 339. rapfodie toure
pure.

(a) *Reflexions fur la Logique.*

18. *Proxeneta , feu de Prudentia* J. CAR
civili liber , *p.* 355. Ce Livre eft DAN,
excellent & très-utile à ceux qui
veulent vivre fuivant les regles de
la prudence , au jugement de *Mor-*
hof, qui l'appelle un Livre tout
d'or. Il a été imprimé pour la premiere fois à *Leyde* chez *Elzevir* en
1627. *in-*12. enfuite à *Geneve* en
1630. & pour la feconde fois à
Leyde chez *Elzevir* en 1635. *in* 12.
fous cet autre titre. *Cardani Arca-*
na Politica , five de Prudentia civili
Liber fingularis.

19. *Praceptorum ad filios Libellus ,*
p. 474. imprimé à *Paris* par les
foins de *Gabriel Naudé* 1635. *in-*8°.

20. *De optimo vita genere* , *p.*
482. Cet Ouvrage paroît ici pour
la premiere fois.

21. *De Sapientia Libri V. quibus*
omnis humana vita curfus vivendique
ratio explicatur, *p.* 492. Le P. *Rapin*
trouve que ce Livre n'apprend rien
moins que les mœurs , que ce font
des idées vagues qui ne vont à rien
de reglé pour la conduite de la
vie , & que cette fcience du monde
qu'il promet n'eft qu'une morale

J. CAR-
DAN.

d'oftentation & nullement de pratique. Il a été imprimé d'abord à *Nuremberg* en 1544. *in-4°.* & enfuite à *Geneve* en 1624. *in-8°.* On en a une traduction Françoife intitulée : *La fcience du monde ou fageffe civile de Cardan, traduite & augmentée. Paris* 1661. *in-12.*

22. *De fummo bono Liber*, p. 583. imprimé à la fuite des *Somniorum Synefiorum Libri IV. Bafilea.* 1583. *in-4°.*

23. *De confolatione Libri tres*, p. 588. avec les 5. Livres *de Sapientia. Norimberga* 1544. *in-4°.* & *Geneva* 1624. *in-8°.*

24. *Dialogus Hieronymi Cardani & Facii Cardani ipfius Patris*, p. 637. Il n'avoit pas encore été publié.

25. *Anti-Gorgias*, *Dialogus, feu de recta vivendi ratione*, p. 641. Dans le fecond tome des *Opufcula Medica & Philofophica. Bafilea* 1566. *in-8°.* Cardan s'y propofe de défendre *Gorgias* contre ce que *Platon* a dit à fon fujet dans le Dialogue qui porte fon nom, quoique le titre de fon Ouvrage femble dire le contraire. 26.

26. *Dialogus qui dicitur Tetim*, *feu de humanis confiliis*, p. 666. imprimé à la fuite des *Somniorum Synefiorum Libri IV. Bafileæ* 1583. *in-4°.* **J. CAR-DAN.**

27 *Dialogus de morte cui titulus eft Guglielmus*, p. 673. dans le même recueil que le précedent.

28. *De Minimis & Propinquis Liber unus*, p. 690. dans le même recueil que les deux précedens.

29. *Hymnus feu Canticum ad Deum*, p. 695. piéce en profe qui paroît ici pour la premiere fois. Quiconque la lira avec attention ne s'avifera pas d'accufer *Cardan* d'Athéifme.

Tomus fecundus quo continentur moralia quædam & Phyfica.

30. *De utilitate ex adverfis capienda Libri quatuor*, p. 1. Il fit cet Ouvrage pour fe confoler de la mort de fon fils aîné. L'Epître dédicatoire adreffé au Jurifconfulte *Ottavio Cufani* eft dattée de Pavie le 17. Novembre 1560. *Naudé* en fait de grands éloges. Il avoit été imprimé à *Bafle* en 1561. *in-8°.* & à *Franequer* en 1648. *in-4°.*

31. *De natura Liber unicus*, p.

Tome XIV. Z

J. CAR-
DAN.

283. imprimé ici pour la premiere fois, de même que le suivant.

32. *Theonoston Liber primus , seu de Tranquillitate , p.* 299.

33. *Theonoston Liber secundus , seu de vita producenda , atque incolumitate corporis conservanda , p.* 372. imprimé *studio & opera Fabricii Coccanarii Tyburtis. Roma* 1617. *in-*4°. Les trois Livres suivans ne l'avoient pas été.

34. *Theonoston Liber tertius , seu de animi immortalitate , p.* 403.

35. *Theonoston liber quartus , seu de contemplatione , p.* 433.

36. *Theonoston seu Hyperboræorum Liber quintus de vitâ & felicitate animorum post obitum , p.* 448.

37. *De immortalitate animorum Liber , p.* 455. *Lugduni* 1545. *in-*8°.

38. *Liber de secretis , p.* 537. A la suite des *Somniorum Synesiorum Libri IV. Basilea* 1583. *in-*4°.

39. *Liber unus de gemmis & coloribus , p.* 552. imprimé avec le précédent.

40. *De Aqua , p.* 570. Il y recherche les vertus Médicinales de

l'eau. Inféré dans le second volume J. CAR-
des *Opuscula Medica & Philosophi-* DAN.
ca. Basilea 1566. *in-8°.*

41. *Liber de Vitali aqua, seu de*
Æthere, p. 601. inféré au même endroit que le précedent.

42. *De Aceti Natura juxta Mate-*
riam liber, p. 615. Il n'avoit pas
encore été publié, non plus que les
trois Ouvrages suivans.

43. *Problematum Naturalium,*
Medicorum, Moralium, Flagitiorum,
Mathematicorum, Casuum, Misto-
rum sectiones Septem. p. 621.

44. *Se la qualita puo trapassare di*
subbietto in subbietto. Dialogo, p.
668.

45. *Discorro del Vacuo,* p. 713.
De fulgure, p. 720. Cet Ouvrage
est de *Jean B. Cardan.*

Tomus 3. quo continentur Physica.

46. *De rerum Varietate libri XVII.*
p. 1. Cet Ouvrage a été imprimé à
Basle en 1557. & 1581. *in-fol.* &
plusieurs autres fois *in-8°.*

47. *De Subtilitate libri XXI.* p. 353.
Celui-ci est le plus considérable &
le meilleur de tous ceux de *Cardan,*
qui n'employa cependant que huit

mois à le faire. Il fut imprimé pour
la premiere fois en 1550. *in-fol.* à
Nuremberg avec une Epître dédicatoire à *Ferdinand de Gonzague* Gouverneur du Milanez, *Cardan* ayant
enfuite employé trois ans entiers à
le revoir & à l'augmenter en donna
une nouvelle édition dédiée au même *Ferdinand de Gonzague* à *Basle*
en 1554. *in fol.* Il en fit dans la fuite
une feconde revifion, & y ajoûta
encore de nouvelles chofes, & cette troifiéme édition fut faite à *Basle*
en 1560. *in-fol.* Comme *Ferdinand
de Gonzague* étoit mort alors, il
fubftitua à l'Epître dédicatoire qui
lui étoit adreffée, une nouvelle à
Gonzales Ferrand de Cordoue Duc de
Suessa ; & c'eft cette derniere qu'on
a mife dans le recueil de toutes fes
Œuvres. Il y joignit auffi une Réponfe à *Scaliger* dont je parlerai
tout à l'heure. Il ne paroît pas que
Cardan ait touché depuis ce temps
à fon Ouvrage ; car on ne trouve
aucun veftige de nouvelle revifion
dans l'Edition de *Basle* de l'an 1582.
in-8°. qui fuivit immédiatemment
celle de 1560. Il s'eft fait plufieurs

autres éditions de cet Ouvrage. On en a une de *Lyon* de l'an 1580. *in* 8°. *apud Bartholomæum Honoratum*, qui eſt ſelon la premiere reviſion, & où la Réponſe à *Scaliger* ne ſe trouve point. Le Libraire qui l'a faite, ne ſçavoit pas apparemment que cette Réponſe exiſtât, & qu'il y eut depuis vingt ans une édition beaucoup meilleure que celle qu'il contrefaiſoit. On a une traduction Françoiſe de cet Ouvrage, ſous ce titre : *Les Livres de Jerôme Cardan, intitulés* : de la Subtilité, *ou Traitez de Phyſique traduits par Richard le Blanc. Paris* 1556. *in-*4°.

J. Car-
dan.

48. *Actio prima in Calumniatorem librorum de Subtilitate*, p. 673. imprimée auparavant en 1560. avec les Livres *de Subtilitate*, & en 1569. dans le Recueil intitulé : *Opuſcula quædam. Baſileæ in* 4°.

Jules Ceſar Scaliger ayant lû l'Ouvrage de *Cardan de Subtilitate*, ſongea à écrire contre lui, moins par amour pour la verité, comme le remarque *Naudé*, que pour ſatisfaire la paſſion qu'il avoit de ſe battre contre tous ceux qui fai-

J. CAR-
DAN.

foient quelque figure dans la République des Lettres, & d'acquerir un nom par-là. Sa Critique ne parut cependant que fept ans après que l'Ouvrage de *Cardan* eut été imprimé. Elle eft intitulée : *Julii Cæfaris Scaligeri Exotericarum Exercitationum liber Quintus-Decimus de Subtilitate ad Hieronymum Cardanum. Lutetiæ. Michael Vafcofan* 1557. *in-*4°. *pp.* 952. Ce qu'il y a de fingulier, c'eft que *Scaliger* pour refuter *Cardan*, ne voulut jamais lire la feconde édition de fon Livre, où il avoit corrigé plufieurs chofes qui étoient dans la premiere ; il apprehendoit d'y trouver moins de matiere à fa critique, & de voir diminuer par-là le mérite de la victoire qu'il prétendoit remporter fur lui. Au refte les Sçavans n'ont pas jugé auffi favorablement du Livre de *Scaliger* qu'il le faifoit lui même. M. de la Monnoye trouve fon ftyle inégal, barbare en beaucoup d'endroits, affecté & bouffi en d'autres, & *Naudé* affure qu'il a fait plus de fautes qu'il n'en a repris dans *Cardan*, & que la réponfe de

ce dernier a coulé à fond tóute fa J. CAR-
Critique. Malgré tout cela, *Scali-* DAN.
ger rempli de cet amour propre fi
ordinaire aux Sçavans d'un certain
caractere, & qui dominoit en lui
particulierement, s'imagina, je ne
fçai fur quel fondement, que fon
Ouvrage avoit tué le pauvre *Car-*
dan, qui ne pouvant refifter à la
honte de fe voir refuté, s'étoit
laiffé mourir de chagrin. Il voulut
alors fe faire un nouveau mérite de
fa compaffion. Il écrivit une Préface remplie de réflexions étudiées,
où il combla *Cardan* de loüanges,
& témoigna un regret extrême,
d'avoir remporté une victoire qui
coûtoit à la République des Lettres
la perte d'un fi grand homme. Mais
fon regret n'avoit aucun fondement, puifque *Cardan* ne mourut
qu'après lui, & même lui furvêcut
dix-huit ans, *Scaliger* étant mort en
1558. & *Cardan* en 1576.

Tomus quartus quo continentur
Arithmetica, Geometrica, Mufica.

49. *De Numerorum proprietatibus*
Liber, p. 1. Cet Ouvrage n'avoit
pas éte encore imprimé.

J. CAR-
DAN.

50. *Practica Arithmetica genera-*
lis, p. 13. *Mediolani* 1539. *in-*8°.

51. *Computus minor*, p. 216. imprimé avec l'Ouvrage précedent.

52. *Artis magna, sive de Regu-*
lis Algebraicis Liber unus, p. 221.
It. *Norimbergæ* 1545. *in-fol.* It. *Ba-*
sileæ 1570. *in-fol.* avec *Opus de pro-*
portionibus numerorum,

53. *Ars magna Arithmetica*, p.
303. Ce traité a paru ici pour la
premiere fois.

54. *De Regula Aliza Libellus*,
p. 377. It. *Basileæ* 1570. *in-fol.* avec
Opus de proportionibus Numerorum.

55. *Sermo de plus & minus*, p.
435. Anecdote.

56. *Encomium Geometriæ recita-*
tum anno 1535. *in Academia Plati-*
na. Mediolani, p. 440. It. à la suite
des *Somniorum Synesiorum Libri IV.*
Basileæ 1583. *in-*4°.

57. *Exareton Mathematicorum*,
p. 446. Anecdote.

58. *Opus novum de proportionibus*
numerorum, *motuum, ponderum, so-*
norum, *aliarumque rerum mensuran-*
darum, *non solùm Geometrico more*
stabilitum, *sed etiam variis experi-*

mentis & obfervationibus rerum in na-
turâ, *folerti demonftratione illuftra-*
tum, *p.* 463. La premiere édition
eft de *Bafle* 1570. *in-fol.*

59. *Operazione della Linea*, *p.*
602. Anecdote.

60. *Della Natura de' Principii &*
Regole Muficali, *p.* 621. Anecdote.

Tomus 5. *quo continentur Aftrono-*
mica, *Aftrologica*, *Onirocritica.*

61. *De temporum & motuum er-*
raticarum reftitutione, *p.* 1. Cet Ouvrage fe trouve auffi avec fes autres Ouvrages Aftronomiques imprimez à *Nuremberg* 1547. *in-4°.*

62. *Liber de providentia ex anni*
conftitutione, *p.* 15. It. avec l'Ouvrage intitulé : *in feptem Aphorif-*
morum Hippocratis particulas Com-
mentaria. Bafileæ 1564. *in-fol.*

63. *Aphorifmorum Aftronomico-*
rum fegmenta feptem, *p.* 29. It.. *No-*
rimbergæ 1547. *in-4°.* avec fes autres Ouvrages Aftronomiques.

64. *Claudii Ptolemai Pelufienfis Li-*
bri quatuor de Aftrorum judiciis cum
expofitione Hieronymi Cardani, *p.* 93.
La premiere édition eft de *Bafle*
1554. *in-fol.* elle a été fuivie de

J. CAR-
DAN.

deux autres, l'une de Lyon 1555.
in-8°. & l'autre de *Basle* 1578. *in-fol.* L'Horoscope de Jesus-Christ
ne se trouve que dans les éditions
de 1554. & 1555. On l'a retranché des suivantes.

65. *De septem erraticis stellis Liber,*
p. 369. It. à la suite de l'Ouvrage
précedent.

66. *Liber de judiciis geniturarum,*
p. 433. It. *Norimberga* 1547. avec
ses Traitez Astronomiques.

67. *Liber de exemplis centum geniturarum,* *p.* 458. It. avec le précedent. Cet Ouvrage n'est propre
qu'à faire connoître quelques dattes
de la vie de plusieurs Sçavans ; encore n'est-il pas toujours sûr de s'y
fier.

68. *Liber XII. Geniturarum,* *p.*
503. It. avec l'exposition de *Ptolomée.*

69. *De Interrogationibus Libellus,*
p. 553. It. avec le précedent. C'est
encore un Ouvrage d'Astrologie.

70. *De revolutione annorum, mensium & dierum ad dies criticos & ad
eléctiones Liber,* *p.* 561. It. *Norimberga* 1547. *in-4°.* avec les Traitez Astronomiques.

71. *De fupplemento Almanach Li-* J. Car-
bellus, *p.* 576. imprimé d'abord à dan.
Milan, enfuite à *Nuremberg* 1547.
in-4°. avec les Traitez Aftronomiques. *Cardan* fait voir dans tous
ces Ouvrages une grande crédulité
pour l'Aftrologie. Il n'en marque
pas moins pour les fonges dans le
fuivant.

72. *Synefiorum Somniorum omnis
generis infomnia explicantes, Libri IV.*
p. 593. imprimez d'abord avec plufieurs autres Ouvrages à *Bafle* en
1583. *in*-4°.

Tomus 6. *qui eft Medicinalium
primus.*

73. *Medicinæ Encomium*, **p. 1.**
It. dans les *Opufcula Medica. Bafilea* 1566. *in*-8°. & ailleurs.

74. *De fanitate tuenda Libri IV.*
p. 8. It. *Roma* 1580. *in-fol.* It. *Bafilea* 1582. *in fol.*

75. *Contradicentium Medicorum
Libri decem, p.* 295. It. *Parif.* 1546.
in-8°. It. *Lugduni* 1548. *in*-4°. &
ailleurs. Les deux premiers Livres
feulement avoient paru jufques-là;
on en a ajoûté ici huit nouveaux avec
quelques additions dans les autres.

J. CAR-
DAN.

Tomus 7. qui est *Medicinaliuna*
secundus.

76. De usu ciborum Liber, p. 1.
Anecdote.

77. *De causis, signis, ac locis*
morborum Liber, p. 65. It. *Basileæ*
1583. *in* 8°.

78. *De Urinis Liber,* p. 109.
Anecdote.

79. *Ars Curandi parva,* p. 143.
It. dans le premier volume des
Opuscula Medica. Basileæ 1566.
in-8°.

80. De Methodo medendi *Sectio-*
nes tres, p. 199. It. *Paris.* 1565. *in*-8°.
Il y a dans cette premiere édition
quatre Sections, dont la quatriéme,
qui contient des conseils a été mise
à sa place dans le recueil de ses Œuvres. La premiere qui traite des erreurs des Médecins modernes, &
la seconde intitulée *de Simplicium*
medicamentorum Nocumentis avoient
déja paru auparavant sous ce titre :
De Malo recentiorum Medicorum
medendi usu libellus, centum errores
illorum continens. Item alius de sim-
plicium Medicinarum Noxa. Venetiis
1545. *in*-8°. Edition qui avoit été

encore précedée d'une autre à *Veni-* J. CAR-
ſe, mais qui étoit pleine de fautes, DAN.
& où il n'étoit fait mention que de
66. erreurs. La troiſiéme ſection,
qui eſt de *admirandis Curationibus &*
prædictionibus Morborum, ſe trouve
auſſi à la ſuite des *Somniorum Syne-*
ſiorum libri. Baſileæ 1583. *in-*4°.

81. *De radice Cina Reſponſum pe-*
titioni M. Antonii Majoragii, p. 265.
It. dans le ſecond tome des *Opuſcula*
Medica. Baſileæ 1566. *in-*8°. & ailleurs.

82. *De Sarza-Parilia*, p. 271.
It. avec les *Contradicentia Medica.*
Lugduni 1548. *in-*4°.

83. *De Oxymelitis uſu in Pleuriti-*
de, p. 271.

84. *De Venenis libri tres*, p. 275.
It. avec les Commentaires *in ſeptem*
Aphoriſmorum Hipocratis particulas.
Baſileæ 1564. *in-fol.*

85. *Commentaria in librum Hip-*
pocratis de Alimento, prælecta dum
profiteretur Bononiæ, p. 356. It.
Romæ 1574. *in-*8°.-It. *Baſileæ* 1582.
*in-*8°.

Tomus 8. *qui eſt Medicinalium*
tertius.

J. CAR-   86. *In librum Hippocratis de Aere,*
DAN.   *Aquis, & Locis. Commentarii,* p. 1.
It. *Basileæ* 1570. *in-fol.*

    87. *In Septem particulas Aphoris-*
morum Hippocratis Commentaria, p.
213. It. *Basileæ* 1564. *in-fol.*

    88. *In Prognosticorum Hippocratis*
librum libri IV. p. 581. It. *Basileæ*
1568. *in-fol.*

    Tomus 9. *qui est Medicinalium*
quartus.

    89. *In librum Hippocratis de Septi-*
mestri partu Commentarius, p. 1. It.
Basileæ 1568. *in-fol.* avec l'explication des Pronostiques.

    90. *Examen XXII. ægrorum Hip-*
pocratis, p. 36. *Romæ* 1575. *in-8°.*

    91. *Consilia Medica ad varios par-*
tium morbos spectantia, p. 47. Ces
Conseils qui sont au nombre de 58.
avoient déja été imprimez en partie
avec differens Ouvrages de *Cardan*;
l'autre partie a paru ici pour la premiere fois.

    92. *Opuscula Medica senilia,* p.
247. Ces Opuscules imprimez à
Lyon en 1638. *in-8°.* sont divisez
en cinq Livres, dont le premier est,
de Dentibus; le second, *de Rationa-*

li curandi ratione; le troifiéme, *de* J. CAR-
Facultatibus Medicamentorum; le DAN.
quatriéme, *de Cura Morbi Regii.*
L'Edition de *Lyon* ne contient que
ces quatre. Le Recueil en a de plus
un cinquiéme, *de Morbis Articula-
ribus.*

93. *Commentaria in quatuor pri-
mas Principis (feu Hafen) primæ fec-
tiones Doctrinas, feu Floridorum libri
duo, p. 453.* Ces Commentaires ont
paru ici pour la premiere fois.

94. *Vita Ludovici Ferrarii Bono-
nienfis, p. 568.* Anecdote de même
que la fuivante.

95. *Vita Andreæ Alciati Mediola-
nenfis Jurifconfulti, p. 569.* Ces vies
font fort courtes, & ont peu de
dattes.

*Tomus 10. quo continentur Opufcu-
la Mifcellanea ex Fragmentis & Pa-
ralipomenis.*

96. *De Arcanis Æternitatis Tractatus, p. 1.* Ce traité n'avoit point
encore paru non plus que tous ceux
qui font contenus dans ce volume.

97. *Politices, feu Moralium liber,*
47.

98. *Elementa Græca, p. 72.*

J. CAR-
DAN.

99. *Tractatus de Inventione*, p. 90.

100. *De Naturalibus Viribus*, p. 100.

101. *De Musica liber*, p. 105.

102. *Artis Arithmeticæ Tractatus de Integris*, p. 117.

103. *Anatomia Mundini cum expositione Cardani*, p. 129.

104. *Commentaria in libros Hippocratis de Victu in Acutis*, p. 168.

105. *Commentaria in libros Epidemiorum Hippocratis*, p. 193.

106. *Tractatus de Epilepsia*, p. 388.

107. *De Apoplexia*, p. 417.

108. *Paralipomenon Libri XVIII.* p. 429.

On a oublié dans ce Recueil les piéces suivantes.

Apologia ad Andream Camutium, qui est cependant marquée dans la table du 8. volume.

Cette Apologie qui se trouve dans les *Opuscula Medica tom.* 1. est contre *André Camuzio*, Professeur de *Pavie*, qui l'avoit attaqué par un Livre intitulé : *Disputationes quibus Hieronymi Cardani magni nominis viri conclusiones infirmantur. Pavie* 1563. *in*-4°.

Metoposcopia

Metopoſcopia Libris tredecim & J. Car-
octogintis faciei humana iconibus com- DAN.
plexa. Pariſ. 1658. *in fol.*

Au reſte les Ouvrages de Cardan
ſont fort peu recherchez maintenant, & encore moins lûs.

V. ſa vie par lui-même & ſes
trois Traitez ſur ſes Livres. Il eſt
bon de remarquer que les dattes
qui y ſont répandues, auſſi bien
que dans pluſieurs endroits de ſes
autres Ouvrages, ſe contrediſent
ſouvent, ſoit par la faute des Imprimeurs, ſoit par celle de *Cardan*
même qui les mettant de mémoire
s'expoſoit par-là au hazard de ſe
tromper quelquefois. Le jugement
de *Gabriel Naudé* ſur *Cardan* auquel
on a donné mal-à-propos le nom de
vie de *Cardan*, puiſque c'eſt moins
un détail de ſes actions qu'un diſcours où *Naudé* fait ſon caractere.
Les *Eloges de M. de Thou* avec les *Ad-*
ditions de Teiſſier. Bayle Dictionnaire.
Notizie Iſtoriche interno a' Medici
Scrittori Milaneſi da Bartolomeo Cor-
te. In Milano 1718. *in-*4°. *Jac. Phil.*
Tomaſini Elogia, tom. 1. p. 55.
Eloge fort ſuperficiel. *Freheri Thea-*

J. CAR-
DAN.

trum, p. 1272. *Samuelis Parkeri dif-*
putationes de Deo & Providentia di-
vina. Londini 1678. *in-4°. p.* 68.
& fuiv. Les folies & les égaremens
de *Cardan* font fort bien repréfen-
tées dans cet Ouvrage.

JEAN NICOLAI.

J. NICO-
LAI.

JEAN *Nicolai* naquit l'an 1594.
à *Monza*, village du Diocefe de
Verdun près de *Stenay*.

Il entra à l'âge de douze ans
chez les Dominicains qui prirent
foin de le faire étudier, & ayant
reçu l'habit de leur Ordre, il y fit
profeffion l'an 1612.

On l'envoya enfuite à *Paris*, où
après le cours ordinaire des études il reçut le bonnet de Docteur
en Théologie le 15. Juillet 1632.

Son mérite le fit retenir dans
cette Ville, & il y a toujours demeuré jufqu'à la fin de fa vie. Il
y a régenté vingt ans la Théologie dans la Maifon des Jacobins de
la rue S. *Jacques*, dont il fut élû
Prieur l'an 1661.

Toute fa vie a été employée à enfeigner & à compofer, & la ré- putation qu'il s'acquit par-là lui procura une penfion de 600. livres de la part de la Cour.

Il mourut le 7. May 1673. âgé de 78. ans. M. *du Pin* s'eft trompé en mettant fa mort le 9. May, c'eft le jour qu'il fut enterré.

Catalogue de fes Ouvrages.

1. *Galliæ dignitas adverfus præpof- terum Catalaniæ affertorem vindicata, five difquifitio Libelli quo Ludovicus Mefplede rejectis Cataloniæ vindican- dæ veris legitimifque momentis eam ementito tantum ac falfo titulo contra regiarum tabularum & hiftoriarum omnium fidem vindicare Galliæ fata- git, fimulque præpofteris illationibus ex figmento deductis ac omni juri & faniori doctrinæ contrariis pietatem ac memoriam Regum & Regni famam gloriamque traducit. Pa- rif. 1644. in-4°. p. 163.* Cet Ou- vrage eft contre celui de *Mefplede* fon Confrere, qui dans fa *Catalania Galliæ vindicata* imprimée à Paris l'année précedente avoit rejetté la tranfaction qu'on prétend avoir été

J. NICO- LAI.

A a ij

faite au sujet de la Catalogne entre S. *Louis* & *Jacques* Roy d'Ar-
ragon.

2. *Ludovici justi XIII. nuncupati
Galliæ & Navarræ Regis triumpha-
lia monumenta, quibus egregia maxi-
mè quæ per seipsam tam augusta ma-
jestas facinora peregit, continentur
ænigmaticis iconibus ac figuris expressa,
quas heroico carmine Carolus Beys
explicavit, & Gallicis quoque versi-
bus ad singulas figuras iconasque af-
fixis Petrus Cornelius seorsim exorna-
vit, cum iconibus etiam Regum,
Principum, Stategorum, qui bellicoso illi
Regi Ludovico Justo pugnanti, vel ob-
sequium, vel auxilium præstiterunt,
adjectis ad has eorum effigies ac stem-
mata singulorum simbolis & elogiis
per Henricum Stephanum Equitem,
Fossarum Dominum explicatis. Accessit & Urbium, Obsidionum, ac præ-
liorum tam Augusti Monarchæ regno
gestorum, cum compendiaria vitæ illius narratione descriptio, quam his-
torico stilo Renatus Barry Consiliarius
& Historiographus Regius delineavit
ac expressit. Omnia porro ex Gallito
Idiomate in Latinum convertit F.*

Joannes Nicolai. Opus curâ Joannis Valdorii Leodienſis propalatum , ſuſceptum ac perfectum , accedente ad præfata omnia elaboranda regio juſſu. Pariſ. 1649. in fol. Ce fut apparemment cet Ouvrage entrepris par ordre de la Cour qui lui procura la penſion dont j'ai parlé.

3. *Rainerii de Piſis Ordinis Fratrum Prædicatorum Pantheologia , ſive univerſa Theologia ordine Alphabetico per varios titulos diſtributa , & ex probatis ac præcipuis Autoribus olim ab ipſo ſummariè collecta, nunc vero demium ab univerſis aliarum editionum corruptelis emendata , innumeriſque ſupplementis auctior duplo facta. Lugduni 1655. in fol. 3. tom.* It. *Editio nova multo accuratior & multis undequaque adjectis additamentis cumulata. Lugduni 1570. in-fol. 3. vol.* Ouvrage peu recherché à préſent.

4. *Judicium ſeu Cenſorium ſuffragium de propoſitione Antonii Arnaldi Sorbonici Doctoris & ſocii ad quaeſtionem juris pertinente , (Nimirum defuiſſe gratiam Petro ſine qua nihil poſſumus, quando Chriſtum negavit) pronuntiatum in Comitiis Theologica Fa-*

J. NICO-
LAI.

cultatis ex parte tantum ac decursim propter temporis brevitatem , & hic serie pleniori cum prætermissis appendicibus propter subjunctas causas evulgatum. Parif. 1656 *in*-4°. pp. 49. It. traduit en François sous le titre d'*Avis deliberatif*, &c. Paris 1656. *in*-4° pp. 87.

5. *Moliniſticæ Theſes Thomiſticis notis expunctæ.* Ces Theses qui roulent sur la Grace furent soutenuës sous le P. *Nicolai* au mois de Juin 1656. par *François Mahé* Jacobin. Elles se trouvent dans le Livre intitulé : *Cauſa Arnaldina. Leodii Eburonum* 1699. *in*-8°.

6. *S. Thomæ Aquinatis expositio continuâ ſuper quatuor Evangeliſtas ex Latinis & Græcis Autoribus , ac præsertim ex Patrum Sententiis & gloſſis miro artificio quaſi uno tenore contextuque conflata , & catena aurea juſtiſſimo titulo nuncupata , nunc vero tandem ab innumeris & enormibus mendis aliarum editionum expurgata , locorum indicibus antea falſis vel imperfectis inſignita , novis additamentis , marginibus , & ornamentis aucta.* Parif. 1657 *in-fol*. It. *Lugduni* 1670. *in-fol*.

7. *S. Thomæ Aquinatis præclariſſima* J. **NICO-** *Commentaria in IV. libros ſententia-* **LAI.** *rum Petri Lombardi quondam Epiſcopi Pariſienſis, ac Magiſtri Sententiarum nuncupati, ab enormibus & innumeris mendis aliarum editionum expurgata, integritati ſuæ reſtituta, in meliorem ſtatum ſimul cum ipſo primitivo Magiſtri textu reformata, locorum indicibus vel emendatis vel ſuppletis, ac notis ubique marginalibus illuſtrata. Pariſ. 1659 in-fol. 4. tom.*

8. *S. Thomæ Aquinatis Commentarius poſterior ſuper libros ſententiarum, ſive ſecundum ſcriptum vulgo dictum, cui præter præcedentium editionum & enormium ſupra modum corruptelarum correctiones innumeras, nonnullæ ad marginem notationes, vel ad correctionis cauſam reddendam, vel ad integriorem dogmaticarum rerum ſenſum, quantum licuit, addita ſunt. Pariſ. 1660. in-fol.* Le P. *Nicolai* fait dans la Préface qui précede cet Ouvrage tous ſes efforts pour prouver qu'il eſt veritablement de *S. Thomas.* Mais les Bibliothecaires des Dominicains prétendent qu'il n'eſt pas de lui, mais du Cardinal *Annibal de Annibaldis* Dominicain.

J. NICO-
LAI.

9. *S. Thomæ Aquinatis quodli-*
betales Quæstiones à priorum Editio-
num corruptelis & mendis expurgatæ,
in meliorem formam quoad seriem ac
numerum articulorum restitutæ; loco-
rum indicibus qui deerant annotatis
locupletatæ, ac scholiis & notis, ut li-
cuit, marginalibus illustratæ. Parif.
1660 *in fol.* L'Editeur avoüe qu'il
ne s'est servi d'aucun Manuscrit
pour revoir cet Ouvrage; ainsi comme il y en a plusieurs dans les Bibliotheques de *Paris*, principalement dans celles de *Sorbonne* & de
Navarre, on pourroit en donner
une édition plus correcte, en le
collationnant avec ces Manuscrits.

10. *Festivus Fratrum Prædicatorum*
S. Jacobi pro Natali Regio plausus
Confectitio igne Canticoque Solemni
coram Ser. Principe ac Abbate Harcu-
riano celebratus. Parif. 1661. *in-*4°.
pp. 7. C'est un Poëme Latin.

11. *Summa Theologica S. Thomæ*
Aquinatis accuratius recognita, &
tum à mendis expurgata, tum restitutis
quorumlibet Autorum veris ac legiti-
mis indicibus, & innumeris Patrum,
Conciliorum, Scripturarum, ac Decre-
torum

zorum teftimoniis ad Materias contro- J. NICO-
verſas, vel ad moralem Diſciplinam LAI.
pertinentibus in margine locupletata,
notiſque hiſtoricis ac Dogmaticis unde-
quaque adjectis aucta, ornata, illuſtra-
ta. Pariſ. 1663. *in-fol.* It. *Lugduni*
1685. *in-fol.* Cette derniere édition
eſt fort belle.

12. *De Jejunii Chriſtiani & Chri-*
ſtiana abſtinentiæ vero ac legitimo ritu
juxta veterem Eccleſiæ Univerſalis
uſum, Oecumenica diſſertatio, contra
Pſeudocriticas & novellas abuſiones.
Pariſ. 1667. *in-*12. *pp.* 285. Une
queſtion qui s'agita en 1649. à
l'occaſion du Siége de la Ville de
Paris a fait naître cet Ouvrage. La
diſette des vivres ayant obligé
l'Archevêque de *Paris* de permettre
pendant le Carême l'uſage de la
viande le Dimanche, le Lundi, le
Mardi & le Jeudi de chaque ſemai-
ne, quelques-uns prétendirent être
par-là diſpenſez du jeûne en ces
jours, parce qu'on les diſpenſoit de
l'abſtinence, qui en faiſoit à leur
avis la principale partie. M. *de*
Launoi fit alors un écrit pour prouver au contraire que l'on n'étoit

J. NICO-
LAI.

point difpenfé du jeûne, qui pouvoit fubfifter avec l'ufage de la
viande. Le P. *Nicolai* en publiant
en 1655. la *Pantheologia Rainerii de
Pifis* fe propofa de le refuter au mot
Jejunium cap. 13. en faifant voir que
l'abftinence de la viande eft fi effen-
tielle au jeûne, qu'on ne peut pas
dire qu'on jeûne veritablement,
lorfqu'on ne la pratique pas. Il
étendit depuis ce qu'il avoit dit
alors fur cette matiere, & en compofa cet Ouvrage, où il traite en
général de tout ce qui regarde le
jeûne. Quoique fuivant fon fentiment il femble qu'on pût fe difpen-
fer du jeûne les jours où la viande
étoit permife, il prétend cependant
que cette difpenfe n'étant proprement donnée que pour les repas où
l'on peut manger du poiffon & des
légumes, elle ne doit point s'étendre aux fimples collations, en quoi
il fe contredit lui-même. Car fi le
jeûne eft rompu par l'ufage de la
viande, l'obligation ne fubfifte plus.
Au refte on peut regarder cette queftion comme une queftion de nom,
& accorder les deux fentimens, en

diſant que l'on peut jeûner en uſant J. Nico-
de la viande ; mais que ce jeûne eſt lai.
d'une eſpece differente de celui qui
eſt accompagné de l'abſtinence.

13. *De Concilio plenario , quod
contra Donatiſtas baptiſmi quæſtionem
ex Auguſtini ſenſu definivit Ocumenica
diſſertatio. Pariſ.* 1667. *in*-12. *pp.*
295. M. *de l'Aubeſpine ,* le P. *Sirmond ,* & M. *de Launoy ,* ont prétendu que le Concile plenier dont
S. *Auguſtin* allegue la déciſion touchant le Batême des Héretiques ,
eſt le Concile d'*Arles* où l'on trouve effectivement un Canon qui décide la queſtion ; mais le P. *Nicolai* ſoutient que c'eſt le Concile de
Nicée , & ſe propoſe de refuter M.
de Launoy.

14. *De Plenarii Concilii & Bap-
tiſmatis Hæreticorum aſſertione diſſertatio poſterior anteriorem firmans ,
& à Pſeudocriticis contumeliis cavil-
liſque defendens. Pariſ.* 1668. *in* 12.
pp. 541. Ce ſecond Ouvrage eſt
encore contre M. *de Launoy.*

15. *De Baptiſmi antiquo uſu ab
Eccleſia inſtituto , probato , uſurpato
Oecumenica diſſertatio duplex contra*

B b ij

Pseudocriticas novitates. Altera de Baptismi solemnis legitimo tempore citra necessitatem observando. Altera de Judæis vel de aliis quibuscumque Infidelibus ad Baptismum suscipiendum non cogendis. Paris. 1667. in-12. pp. 305. & 168. Le P. *Nicolai* prétend contre M. *de Launoy* dans la premiere dissertation que la Coutume qu'avoit l'Eglise Romaine de n'administrer le Baptême qu'à Pasques & à la Pentecoste, hors les cas de nécessité, étoit observée géneralement dans toutes les Eglises ; & dans la seconde que l'Eglise n'a jamais contraint les Juifs & les Infidéles à recevoir le Baptême.

16. *Ad clarissimum & carissimum sibi, sinceræ veritatis ac æquitatis amatorem, in dissertationes contra Joannem Launoium edendas prolusio, & contra ejus nugas & imposturas Apologia. Paris. 1658. in-12. pp.* 60. Cet Ouvrage est un de ceux ausquels l'amour propre a eu plus de part que l'amour de la vérité. On n'y voit que des personnalitez qui n'interessent en rien le public, &

de ces reproches & de ces injures J. Nico-
qui ne ſont propres qu'à bleſſer la LAI.
charité, & qu'à inſpirer du mépris pour ceux dont elles viennent.

17. *In catenam auream S. Thomæ*
ac P. Nicolai editionem novam Apo-
logetica Præfatio. Pariſ. 1668. *in-*12.
pp. 120. Cet Ouvrage eſt contre
le P. *Combefis* qui avoit deſapprou-
vé les changemens qu'il avoit faits
dans les paſſages de l'Ecriture ci-
tez dans la Chaîne d'or de S. *Tho-*
mas, comme on peut le voir dans
la vie de ce Sçavant *tom.* 11. *p.*
194. Le P. *Nicolai* s'y eſt caché
ſous le nom d'*Honoratus à S. Gre-*
gorio. Il y a joint un *Appendix* intitulé : *in diſſertationem de fictitio S.*
Thomæ Græciſmo ſummaria Epiſtolaris
diſcuſſio. pp. 30. Cette addition eſt
contre le P. *Bernard Guyard*, Jacobin, qui dans un Ouvrage qui
a pour titre : *Diſſertatio utrum S.*
Thomas calluerit Linguam Græcam.
Pariſ. 1667. *in-*8°. avoit ſoutenu
que *S. Thomas* étoit habile dans la
Langue Gréque.

18. *In catenam auream S. Thomæ*
opera & ſtudio F. Johannis Nicolai

Bb iij

J. NICO-LAI.

Prædicatoris recognitam confixiones præsumptitiæ per eundem recognitorem ex professo refixa, seu verius discussæ fictiones. Lugduni 1669. *in*-12. pp. 186. C'est une réplique à la réponse du P. *Combefis* dont j'ai parlé *tom.* 11. *p.* 195. qui fut refutée à son tour par celui-ci, comme on peut le voir au même endroit.

19. *De Constantini Baptismo, ubi, quando, & à quo fuerit celebratus Historica dissertatio, Opus posthumum.* Paris. 1680. *in*-12. pp. 266.

20. *S. Thomæ Aquinatis in omnes D. Pauli Apostoli epistolas commentaria, nunc primùm post omnes omnium editiones à mendis innumeris quibus scatebant expurgata, & ad lectionem antiquorum codicum fideliter restituta, necnon eruditionis profunda notis & additamentis illustrata.* Lugd. 1689. *in-fol.*

21. *Commonitorii de necessaria Ordinis Prædicatorum renovatione à Provinciali Occitano nuper editi Analysis & succisiva discussio.* Paris. 1644. *in*-4°. pp. 86. Le P. *Nicolai* écrivit cet Ouvrage par ordre de ses Superieurs pour refuter celui que

le P. *Louis Mefplede* avoit publié J. NICO-
fous le titre de *Commonitorium de* LAI.
neceffaria Ordinis Prædicatorum reno-
vatione inftituenda per Capitulum ge-
neraliffimum. Parif. 1643. *in-*8°.

22. *De Rupella Regiis armis ex-*
pugnata Oratio. Le P. *Nicolai* récita en 1628. ce difcours à *Rome ,*
où il fe trouvoit alors , comme il
nous l'apprend lui-même dans la
Préface de fa traduction latine
des *Triomphes de Louis le Jufte.* Les
Bibliothécaires des Dominicains ne
marquent point s'il a été imprimé.

23. *Officium B. Pii Papæ V.*

24. Il a fait auffi des Difcours
François pour demander au Roy
Louis XIV. & à la Reine fa mere ,
Regente du Royaume , que le droit
de fuffrage dans les Affemblées de
la Faculté de Théologie ne fût pas
reftraint par rapport aux Reguliers à un certain nombre de perfonnes pour chaque Ordre , & il
les a récitez dans les Affemblées
tenues par les Députez de ces Ordres pour déliberer fur cette matiere. Les Bibliothecaires des Dominicains en parlent d'une maniere

si confuse qu'on ne peut assurer s'ils ont été imprimez ou s'ils sont seulement en manuscrit dans les Bibliotheques qu'ils citent.

Les mêmes Bibliothécaires lui donnent sur la foi de *Gronovius* un Traité *de ritu antiquo & hodierno Bacchanaliorum* que ce Sçavant a inseré dans le 7. tome de ses *Antiquitez Gréques*, *p.* 173. Mais ils n'ont pas sçu qu'il y avoit en Allemagne un Auteur du même nom, qui a composé plusieurs Ouvrages sur les Coutumes & les mœurs des Anciens, & dont est véritablement l'Ouvrage dont ils parlent, & qui par consequent ne doit pas être mis au nombre de ceux qu'a composé notre Dominicain. Ce Traité avoit été imprimé auparavant à *Helmstadt* en 1679. *in-*4°.

Le P. *Nicolai* avoit dessein de faire un somme de la Bible ou un corps de Théologie composé seulement des paroles de l'Ecriture, mais la mort l'a empêché de l'exécuter. Peut-être la difficulté de l'entreprise en auroit-elle privé le public indépendamment de cela. J. Nico-

V. *Scriptores Ordinis Prædicato-* LAI.
rum PP. Quetif & Echard tom. 2.
p. 647. & la *Bibliot. des Auteurs
Ecclefiaſtiques de* M. *du Pin* où l'on
a omis la plûpart de ſes Ouvrages,
& ſa *Table univerſelle* qui n'eſt pas
plus exacte.

———————

JACQUES EVEILLON.

JACQUES *Eveillon* naquit à J. Eveil-
Angers l'an 1582. de *Jacques* LON.
Eveillon, qui fut Echevin de cette
Ville, dignité qui procuroit alors
la Nobleſſe, & de *Claudine Thi-
bouſt*.

Après avoir fait ſes études, il
fut choiſi, étant encore fort jeune,
pour régenter la Rhetorique à *Nan-
tes*.

Il fut enſuite nommé à la Cure
de *Soulerre* près d'*Angers*, qu'il
remplit pendant treize années. L'é-
tude des Conciles, des Peres & du
Droit Canonique, l'occupa une
bonne partie de ce temps, & il

s'y rendit très-habile. Il apprit aussi la langue Gréque , qui lui servoit de délassement dans cette étude sérieuse.

Il fut fait ensuite Chorrecteur, (ou Chevecier) de l'Eglise de *la Trinité d'Angers* , & peu après Curé de *S. Michel du Tertre* dans la même Ville. Mais il ne remplit que fort peu de temps ces deux postes. Car *Guillaume Fouquet* , Evêque d'*Angers* connoissant son mérite, voulut l'avoir auprès de lui, & le fit en 1620 Chanoine de la Cathedrale & son grand Vicaire. Ce fut par ordre de ce Prelat qu'*Eveillon* travailla à la réformation du Breviaire & du Rituel d'*Angers*.

Charles Miron , qui succéda l'année suivante à M. *Fouquet* dans l'Evêché de cette Ville , ayant eu de grands démêlez avec son Chapitre , donna occasion à notre Auteur de composer quelques Ouvrages , dont je parlerai plus bas

Claude de Reüil , qui vint après, honora *Eveillon* d'une confiance si particuliere , qu'il lui adressoit tou-

tes les affaires les plus importantes J.EVEIL-
de fon Diocèfe, & qu'il lui donna LON.
le gouvernement de tous les Mo-
nafteres de Filles, qui font en
grand nombre, & il n'eut pas moins
d'autorité fous *Henri Arnauld* fon
fuccefleur.

Les occupations que lui donnoient tous fes emplois, & principalement celui de grand Vicaire ne
l'empêchoient pas d'affifter exactement à l'Office de l'Eglife, & de
trouver du temps pour l'étude &
le travail.

Il fit en 1645. un voyage à *Rome*
avec le P. *Philippe Galet*, zelé Réformateur de l'Abbaye de *Touffaint*
d'*Angers.*

Sentant que fa mort étoit proche, il fit fon Teftament, où il
n'oublia pas les pauvres, qu'il avoit
toûjours regardez comme fes enfans. Sa charité pour eux l'avoit
porté jufques-là à fe priver des
commoditez les plus ordinaires de
la vie; & comme on lui reprochoit
un jour qu'il n'avoit point chez lui
de tapifferies, il répondit: *Lorfqu'en*

hyver j'entre dans ma Maison, les murs ne me disent pas qu'ils ont froid; mais les pauvres qui se trouvent à ma porte tout tremblans, me disent qu'ils ont besoin de vêtemens.

Il legua aux Jesuites de *la Fléche* sa Bibliotheque, qui étoit toutes ses richesses, & qui étoit estimée, à ce qu'on prétend, dix mille livres.

Il mourut au mois de Decembre 1651. âgé de 79. ans.

Catalogue de ses Ouvrages.

1. Dans les procès que *Charles Miron* Evêque d'*Angers* eut avec le Chapitre de sa Cathedrale, & que l'on voit détaillez dans le premier Livre des Arrêts célebres d'Anjou, *Eveillon* prit la défense du Chapitre, & composa en son nom une Réponse aux Factums de l'Evêque, qui est une piece recherchée des curieux.

2. *De Processionibus Ecclesiasticis liber, in quo earum institutio, significatio, ordo & ritus explicantur. Paris. 1641. in-8°.*

3. *De rectâ Psallendi ratione,*

Flexiæ 1646. *in-*4°. *Eveillon* dit J.Eveil-
dans la Préface de cet Ouvrage, lon.
qui montre auffi bien que le précedent, qu'il étoit veritablement
rempli de l'efprit Ecclefiaftique,
que quoique la Mufique foit importune à ceux qui fouffrent, il n'a pas
laiffé de s'appliquer à donner les
régles de la Pfalmodie dans le temps
qu'il étoit tourmenté des douleurs
d'une goute fciatique.

4. *Traité des excommunications &*
Monitoires. Angers 1651. *in-*4°. lt.
2. *édition. Paris* 1672. *in-*4°. La
fin qu'*Eveillon* s'étoit propofé dans
cet Ouvrage, étoit de réfuter le
fentiment de ceux qui croyent que
l'excommunication ne s'encourt
qu'après la fulmination de l'Aggra-
ve ; mais il ne s'en eft pas tenu-là,
il a encore traité à fond la Matiere
des Excommunications & des Monitoires dans les 39. chapitres qui
compofent ce volume. Il y recherche les principes & les maximes du
Droit Canon, des Canoniftes &
des Theologiens, & la pratique
moderne de l'Eglife ; mais il fem-

J. EVEIL-
LON.

ble avoir négligé ce qui regarde l'ancien Droit, & ce qui regarde l'ufage de l'Eglife des premiers fiécles, & s'être trop arrêté à des minuties & à des formalitez. Son Livre eft au refte affez bien écrit, fort methodique, plein de bon fens, de principes & de raifonnemens folides. C'eft le jugement que M. *du Pin* en porte.

5. *Epiftola Capituli Andegavenfis pro fancto Renato Epifcopo Andegavenfi adverfus difputationem duplicem Joannis Launoii. Andegaviæ* 1658. *in-*8°. Cette Lettre, qui eft de *Jean Eveillon*, quoiqu'elle n'ait paru qu'après fa mort, tend à réfuter deux differtations de M. *de Launoy*, publiées pour la premiere fois en 1649. l'une fur la vie de *S. Maurille*; l'autre fur la réfurrection de *S. René*, arrivée fept ans après fa mort. Ce fameux Critique y prétend que cette vie de *S. Maurille* n'a jamais été compofée par *S. Gregoire de Tours* à qui on l'attribuë, & que la vie, la réfurrection, & même l'exiftence de *S. René* étoient des chofes entie-

rement fabuleufes. *Eveillon*, chargé J. Eveil-
par fon Chapitre de le réfuter, lui Lon.
répond dans cette Lettre fur ces
deux points & y foutient la tradition populaire. Il faut que fes rai-
fons ayent paru meilleures en Anjou, que celles de M. *de Launoy*;
puifque M. *Arnauld* Evêque d'*Angers* faifant réformer peu d'années
après le Breviaire de fon Diocèfe,
on y infera la refurrection de *S.
René.*

Cet article eft tiré d'un Mémoire, qui m'a été envoyé d'*Angers.*

V. *du Pin*, *Bibliotheque des Auteurs Ecclefiaftiques*; & la *Bibliotheque de Richelet* de M. l'Abbé *le Clerc.*

ISAAC DE BENSERADE.

I. DE BEN-
SERADE.

ISAAC de *Benserade* (a) naquit
à *Lyons* petite Ville de la haute
Normandie l'an 1612.

M. l'Abbé *Tallemant* dans la vie
de cet Academicien , & M. *Pavillon* dans son discours de réception
à l'Academie Françoise , où il lui
succedoit, relevent fort la Noblesse
de son extraction , mais ils ne s'accordent pas trop ensemble. » Que
» par tout ailleurs, dit M. *Pavillon*,
» on pare l'Eloge du défunt du nom
» des anciens Seigneurs de *Maline* ,
» que l'on compte entre ses ayeux
» celui qui dans le commencement
» du siécle passé fut grand Maître
» de l'Artillerie , on ne doit parler
» que de ce qui le fit admirer pen-
» dant sa vie. Quoique M. de *Ben-*

(a) *Benserade* dans ses premiers Ouvrages imprimez écrivoit son nom ainsi :
Bensseradde. Ensuite il l'écrivit *Bensserade*,
& c'est l'ortographe que l'Abbé *Tallemant* a suivie. Mais enfin il ne l'écrivit
plus lui-même que *Benserade*.

» serade ,

» ſerade, dit l'Abbé *Tallemant*, ne
» parlat guéres de ſon pere, il n'ou-
» blioit pas pour cela ſes ancêtres,
» dont l'un avoit été Chambellan
» d'un de nos Rois, & Chaſtelain
» du Château de *Milan*. Du côté
» maternel il étoit allié des *Vignan-*
» *cours* & de ceux de *la Porte*, ſa
» mere portoit ce dernier nom, qui
» étoit celui de la mere du Cardi-
» nal *de Richelieu*. » Cette difference fait voir que l'on n'avoit que des
notions fort vagues de la qualité de
ſes Ancêtres. Pluſieurs même n'en
penſoient pas ſi avantageuſement.
Tel étoit M. *Menage*, qui parle
ainſi dans le *Menagiana* tom. 3.
p. 86.

» M. *de Benſerade*, à ce que j'ai
» entendu dire, étoit fils d'un Pro-
» cureur de *Giſors*, & j'ai été fort
» ſurpris, lorſque M. l'Abbé *Reg-*
» *nier* lut ici dernierement la Haran-
» gue de M. *Pavillon* à ſa réception
» à l'Académie Françoiſe, dans la-
» quelle on donne à M. *de Benſera-*
» *de* une Généalogie magnifique.
» Mais je ne l'en eſtimerois pas
» moins pour être de bas lieu. Les

» Sçavans doivent se piquer d'être
» les fils de leurs propres Ouvrages.
» M. *de Benserade* avoit une assez
» jolie Maison à *Gentilli*. Au-dessus
» de la porte de cette Maison, il
» avoit fait mettre des Armes qu'il
» s'étoit données avec une couron-
» ne de Comte. Un de ses amis dit
» un jour en les voyant : *C'est aux*
» *Poëtes à en faire.*

On voit assez par ces paroles,
que tout le monde n'étoit pas con-
vaincu de ce qu'il disoit de sa Noblesse. Le silence qu'il gardoit sur
son pere est un autre motif d'en
douter. Il paroît qu'il trouvoit
mieux son compte à remonter à
des temps éloignez, où l'on ne
voit pas si clair, & où l'on peut
aisement profiter de la ressemblan-
ce des noms, que de s'arrêter au
present. Quelques-uns donnent à
son pere la qualité de Maître des
Eaux & Forêts ; mais il n'est nullement certain qu'il l'ait été.

Quoi qu'il en soit de tout cela,
il est sûr qu'il naquit dans la Religion Protestante ; mais il n'y demeura pas longtemps ; car son pere

s'étant fait Catholique, pendant
qu'il étoit encore dans l'enfance,
il fut élevé dans la Religion qu'il
avoit embraffé.

Il reçut à l'âge de fept ou huit
ans le Sacrement de la Confirmation. L'Evêque qui le lui confera,
lui ayant demandé *s'il vouloit bien
changer fon nom Juif avec un nom plus
Chrétien ? J'y confens*, lui répondit-
il, *pourvû qu'on me donne du retour*.
Le Prélat furpris de cette réponfe
ne voulut point lui changer fon
nom; *il faut le lui laiffer*, dit-il, *il
le rendra illuftre*.

La repartie que fit alors le jeune
Benferade fembloit promettre qu'il
fçauroit un jour défendre fon bien;
il arriva cependant le contraire:
Car fon pere lui ayant laiffé en
mourant une fucceffion fort emba-
raffée, il aima mieux l'abandonner
que de plaider.

A peine fut-il forti du College
qu'il donna quelques pieces de
Théâtre qui le firent connoître à
la Cour; le Cardinal de *Richelieu*,
à qui il eut le bonheur de plaire,
le gratifia à cette occafion d'une

pension dont il jouit jusqu'à la mort de ce Ministre arrivée en 1642. Me. la Duchesse d'*Aiguilon* la lui auroit peut-être continuée, s'il ne l'avoit offensée par ces quatre vers qu'il s'avisa de composer sur la mort de son Protecteur.

Cy gist, oüi gist, par la mort-bleu
Le Cardinal de Richelieu,
Et ce qui cause mon ennui,
Ma pension avecque lui.

Il s'attacha ensuite au Duc de *Brezé* qui commandoit une armée navale. Mais à la seconde campagne qu'il fit sous lui, il le vit tuer d'un coup de Canon au Siége d'*Orbitello* au mois de Juin 1646. Comme il n'avoit point encore de grade dans la Marine, il prit alors le parti de retourner à la Cour & d'y demeurer sur le pied de bel esprit.

Il n'y fut pas long-temps sans éprouver la liberalité de la Reine Mere qui lui donna une pension de mille écus, laquelle jointe aux secours *de quelques Dames riches & liberales* le mit dans un état d'a-

bondance qu'il avoit ignoré jufques-là.

I. DE BEN-
SERADE.

Le Cardinal *Mazarin* lui procura auſſi une penſion de mille écus
ſur l'Abbaye de *S. Eloy*, & lui
laiſſa en mourant une autre penſion de deux mille livres ſur l'E-
vêché de *Mende*. Il eut outre cela
dans la ſuite une troiſiéme penſion
de deux mille livres ſur l'Abbaye
de *Haut-Villiers*, & ſe fit encore
une rente viagere de cinq cens écus
des differentes gratifications du Roy
& de pluſieurs Seigneurs de la
Cour, qu'il plaça ſur l'Hôtel de
Ville de *Lyon*.

C'étoit beaucoup pour un homme qui s'étoit vû auparavant dans
un état qui approchoit aſſez de
l'indigence ; il paroît cependant
qu'il n'étoit pas encore content de
ſa fortune, puiſqu'il lui échappoit
ſouvent des railleries & des plaintes ſur ſa pauvreté.

On voit par une Lettre de *Coſ-
tar* (a) que la Reine Mere l'avoit
nommé pour aller en Suede reſider
auprès de la Reine *Chriſtine*. Mais

(a) *Tom.* 1. *Let.* 165.

comme cette Lettre n'a point de
datte, on ne peut sçavoir l'année
où cela arriva. Il n'y alla pas cependant, ce qui donna lieu à une
plaisanterie de *Scarron* qui datte
ainsi une Epître à la Comtesse de
Fiesque :

L'an que le sieur de Benserade
N'alla point à son ambassade.

Il fut reçu à l'Academie Françoise le 17. May 1674 & y succeda à M. *Chapelain*.

Après avoir demeuré long-temps
à la Cour, il se retira à sa maison
de Campagne de *Gentilly* pour y
jouir du repos & de la tranquil-
lité.

Les douleurs de la pierre qui
l'y vinrent attaquer le firent résoudre malgré son grand âge à se
faire tailler. Mais sa constance ne
fut pas mise à cette derniere épreuve ; car un Chirurgien en voulant
lui faire une saignée de précaution,
lui piqua l'artere, & au lieu de
travailler à étancher le sang prit la
fuite. On n'eut que le temps d'ap-

peller le P. *Commire* Jesuite, son
Confesseur, qui arriva assez à propos pour le voir mourir avec une
fermeté très-édifiante.

Il mourut le 19. Octobre 1691.
dans sa 80. année. C'est la datte
de M. l'Abbé d'*Olivet* dans l'*His-*
toire de l'Academie Françoise. D'autres le font mourir le 20. Octobre ;
quelques-uns, comme M. *Perrault*
dans ses *Hommes illustres*, le 15. du
même mois, & d'autres encore au
mois de Novembre.

Son caractere est fort bien ex-
primé dans ces vers que M. de
Senecé a faits pour mettre sous son
portrait.

Ce bel esprit eut trois talens di-
   vers
Qui trouveront l'avenir peu cré-
   dule.
De plaisanter les Grands il ne fit point
   scrupule,
Sans qu'ils le prissent de travers.
Il fut vieux & galant sans être ri-
   dicule,
Et s'enrichit à composer des vers.

Une espece de vers qui contri-

I. DE BEN-
SERADE.

bua le plus à mettre *Benserade* en réputation, fut celle qui est employée aux Ballets. La Cour faisoit alors son principal divertissement de ces Ballets, & il fut durant plus de vingt ans presque seul chargé de composer les vers qui s'y récitoient; aussi avoit-t il pris un tour nouveau & singulier. Avant lui les paroles ne regardoient que les personnages qui y étoient représentez, sans faire la moindre allusion à ceux qui les représentoient; mais il trouva le moyen de confondre adroitement le caractere des personnes avec celui des personnages. Ainsi, par exemple, si le Roy représentoit *Neptune*, les vers convenoient également au Roy & à *Neptune*. Si quelque Dame joüoit le rôle d'une Déesse, elle se trouvoit caracterisée elle-même. Tous ses recits étoient autant d'allegories, la plûpart obligeantes, mais sans être fades; quelques-unes satyriques, mais sans fiel; toutes justes, variées, interessantes.

Un autre genre où il excelloit, & dont l'antiquité n'a point fourni de
vrais

vrais modéles aux François qui font
feuls en poffeffion d'y réuffir, ce
font les chanfons. Il eft vrai que
les équivoques, les pointes & le
burlefque y regnoient le plus fouvent ; mais tout cela étoit du goût
de fon temps, & ce n'eft que depuis lui qu'on a banni cette forte
de ftile pour en prendre un plus
fimple & plus naturel.

Quand *Benferade* fortoit de ces
fortes de Poëfies, il fortoit de fon
caractere. Les grands fujets lui convenoient peu, & encore moins
les fujets de pieté.

Il étoit fort agréable dans la
converfation, & les bons mots
couloient chez lui comme de
fource ; il avoit le talent de dire
aux gens leurs véritez fans qu'ils
euffent lieu de s'en fâcher ; il s'é-
toit acquis chez les plus grands
Seigneurs une telle autorité & un
tel afcendant qu'il faifoit paffer fans
qu'on ofât le contredire, tout ce
qu'il lui plaifoit d'avancer. Mais
s'il vouloit qu'il lui fût permis de
trouver à redire aux autres, il ne
permettoit pas aux autres d'ufer du

I. DE BEN-même droit à son égard. Il ne pou-
SERADE. voit souffrir qu'on critiquât ses
compositions qu'il défendoit avec
un tel entêtement, que ceux mêmes qu'il consultoit là-dessus ne
pouvoient lui dire leurs pensées,
sans s'exposer à essuyer de sa part
d'étranges emportemens.

Au reste il n'étoit pas sçavant,
& il tiroit tout de son génie, comme l'avoue M. *Charpentier* dans la
réponse qu'il fit aux discours de
M. *Pavillon* son successeur où il
parle ainsi de lui. » C'étoit un es-
» prit original, & qui ne devoit
» qu'à lui seul toute sa réputation.
» Sans rien emprunter des anciens,
» ni même les avoir trop bien con-
» nus, il les a égalez ; & si l'on
» apperçoit dans ses écrits quel-
» ques-unes de leurs pensées, c'est
» un effet du hazard plûtôt que de
» l'imitation.

Catalogue de ses Ouvrages.

1. *Cleopatre*, *Tragedie*. *Paris*
1636. *in-*4°.

2. *La mort d'Achille & la dispute
de ses Armes*, *Tragedie*. *Paris* 1637.
*in-*4°.

3. *Iphis & Iante*, *Comedie*. Pa
ris 1637. in-4°.

4. *Gustave ou l'heureuse ambition*,
Tragi-comedie. Paris 1637. in-4°.

5. *Paraphrase* (en vers) *sur les
neuf Leçons de Job*. Paris 1638. in-
12. Cet Ouvrage seroit entierement tombé dans l'oubli sans un
Sonnet dont il l'accompagna en l'en-
voyant à une Dame, & qui a fait
beaucoup de bruit. Le voici :

Job de mille tourmens atteint
Vous rendra sa douleur connûe,
Mais raisonnablement il craint
Que vous n'en soyez pas émûe.

Vous verrez sa misere nue,
Il s'est lui-même ici dépeint,
Accoutumez-vous à la vûe,
D'un homme qui souffre & se plaint.

Quoiqu'il eut d'extrêmes souffrances,
On voit aller des patiences
Plus loin que la sienne n'alla.

Il eut des peines incroyables,
Il s'en plaignit, il en parla,
J'en connois de plus miserables.

Ce Sonnet fut alors géneralement
approuvé ; mais ses ennemis jaloux
des louanges dont on l'accabloit,
prétendirent qu'il n'approchoit pas
de celui que *Voiture* avoit fait sur
une Dame sous le nom d'*Uranie.*
Ce differend partagea toute la Cour
& tous les beaux esprits du temps,
& il se forma sur ce sujet deux
partis. Ceux qui étoient pour le
Sonnet de *Benserade* furent nommez
Jobelins ; ils avoient à leur tête le
Prince de Conty. Les autres qui
avoient pour chef Madame de *Longueville* furent appellez *Uranins.* On
disputa beaucoup & il parut sur
cette matiere plusieurs piéces de
Poësies, mais on ne décida rien ;
enfin ces deux Sonnets examinez
dans la suite de plus près & avec
un goût plus rafiné que celui qu'on
avoit alors, ont perdu beaucoup
de leur prix, & on ne les regarde
plus à présent que comme des piéces fort médiocres qui ne méritoient
pas qu'on fît tant de bruit pour
elles. On peut voir dans le premier
tome des *Memoires de Litterature*,
p. 116. un détail exact de cette

guerre des *Uranins* & des *Gobelins.* I. DE BEN-
M. *de Sallengre*, qui en eft l'Au- SERADE.
teur, y a inferé un Sonnet de *Ben-*
ferade à Madame de *Longueville*
qu'on a oublié de mettre dans le
recueil de fes Œuvres.

6. *Meleagre*, *Tragedie.* Paris 1641.
*in-*4°.

7. *La Pucelle d'Orleans*, *Trage-*
die. Paris 1642. *in-*4°. Cette piéce
ne porte point le nom de fon Auteur. *Paul Boyer* dans fa *Bibliothe-*
que Univerfelle, p. 167. la donne
à *Benferade*, mais *Samuel Chapuzeau*
dans fon *Théâtre François*, p. 116.
l'attribue à M. de *la Mefnardiere.*
M. l'Abbé d'*Olivet* n'a point pris
de parti fur cette matiere, & s'eft
contenté de ranger cette piéce au
nombre des Ouvrages de ces deux
Auteurs. Au refte toutes les Tra-
gedies & Comedies de *Benferade*
font peu connues à prefent & perfonne ne s'avife de les lire.

8. *Metamorphofes d'Ovide en ron-*
deaux imprimez & enrichis de figures
par ordre de Sa Majefté. Paris 1678.
*in-*4°. It. *Amfterdam* 1679. *in-*8°.
Ce Livre a été l'écueil de la répu-

I. DE BEN-SERADE.

tation de *Benserade*. C'étoit une imagination bien singuliere de réduire ainsi en Rondeaux toutes les Histoires contenues dans les Metamorphoses, sans considerer qu'elles n'étoient pas toutes également propres à être mises en cette sorte de vers, & d'ailleurs qu'un Livre entier de piéces semblables ennuyeroit par son uniformité : Encore s'il l'avoit fait dans sa jeunesse où le goût pour les pointes & les allegories regnoit encore, son Ouvrage eût été bien reçu & eût trouvé des admirateurs, mais ce goût étoit entiérement passé. Les excellens Ouvrages de *Corneille*, de *Moliere*, de *Racine* & de *Despreaux* en avoient introduit un bien meilleur ; ce fut-là la cause du peu de succès de son Livre dont il jugeoit beaucoup mieux qu'il ne pensoit, lorsqu'il dit à la fin de son *Errata* en Rondeau.

Pour moi parmi des fautes innombrables,
Je n'en connois que deux considerables.

I. DE BEN-
SERADE.

Et dont je fais ma déclaration ,
C'eſt l'entrepriſe & l'exécution ,
A mon avis fautes irréparables
Dans ce volume.

Nous trouvons dans le *Menagia-*
na (a) que *Benſerade* en ayant envoyé un exemplaire à un de ſes
amis , avec une Lettre où il le prioit
de lui en dire ſon ſentiment , cet
ami lui envoya quelques jours après
ce joli Rondeau.

A la Fontaine où l'on puiſe cette eau ,
Qui fait rimer & Racine & Boileau ,
Je ne bois point , ou bien je ne bois
guére ,
Dans un beſoin ſi j'en avois affaire ,
J'en boirois moins que ne fait un
Moineau.

Je tirerai pourtant de mon cerveau
Plus aiſément , s'il le faut , un Ron-
deau ,
Que je n'avalle un verre plein d'eau
claire
A la Fontaine.

(a) *Tom.* 2. *p* 375.

*De ces Rondeaux un Livre tout nou-
veau*

*A bien des gens n'a pas eu l'art de
plaire ;*

*Mais quant à moi j'en trouve tout
fort beau,*

Papier, dorure, images, caractere,

*Hormis les Vers qu'il falloit laisser
faire*

A la Fontaine.

Ce Rondeau, qui eſt attribué
à M. *Chapelle*, eſt irrégulier, parce qu'il n'eſt pas *clos & ouvert*, &
que les rimes n'y ſont pas dans leur
ordre au troiſiéme couplet, mais
le ſens des vers y eſt d'une grande fineſſe.

Au reſte ce fut le Roy qui fit la
dépenſe des planches dont *Benſerade* orna ſon Livre, & qui donna pour cela dix mille livres. Ces
planches qui ſont au nombre de
225. ſans compter le Frontiſpice,
ont été gravées par *Seb. le Clerc*,
Chauveau, & d'autres, on les a aſſez bien imitées dans l'édition
d'*Amſterdam*.

9. *Fables d'Eſope en Quatrains*

dont il y en a une partie au Laby-
rinthe de *Verſailles.* Paris 1678.
in-8°. Il y a dans ce volume deux
cens Fables dont trente-neuf ſeulement ont été gravées au Laby-
rinte de *Verſailles.*

10. *Oeuvres diverſes. Paris* 1697.
in-12. 2. tom. Le ſecond volume
de ce Recueil contient les vers des
Ballets du Roy qui avoient été imprimez chacun ſéparement dans leur
temps. On voit à la tête du premier
un Éloge de *Benſerade* par M. l'Abbé *Tallemant.*

11. On trouve dans les Recueils
de Poëſie faits de ſon temps, quelques piéces de ſa façon qui n'ont
point été miſes dans le Recueil de
ſes Œuvres.

Il a fait les *Portraits des quarante*
Academiciens vivans en 1684. & il
en fit la lecture dans une Aſſem-
blée publique de l'Academie Françoiſe ; mais comme pluſieurs de ſes
Confreres furent choquez de la liberté avec laquelle il s'étoit expri-
mé à leur ſujet , cette piéce n'a
point été imprimée ; ainſi le P. *le*

Long s'est trompé en disant qu'elle l'étoit, & outre cela en croyant que c'est un Discours en Prose, au lieu que c'étoit une piéce de vers.

V. *L'Histoire de l'Academie Françoise par l'Abbé d'Olivet. Les Hommes
illustres de M. Perrault.* Le Discours
de M. l'Abbé *Tallemant. Bayle Dictionnaire.*

GEORGE DE TREBIZONDE.

G. DE
TREBI-
ZONDE.

GEORGE de *Trebizonde*, ainsi nommé parce qu'il étoit originaire de cette Ville du côté pa-
ternel, naquit à *Candie* qui appartenoit alors aux Venitiens le 4.
Avril 1395. & non pas 1396. comme *Vossius* & d'autres le disent.

François Barbaro l'ancien le fit
venir à *Venise*, dans le temps que
Guarino y enseignoit les belles Lettres, & ce fut sous lui qu'il apprit les premiers principes de la
Langue Latine. *Guarino* lui a re-
proché dans la suite, pendant les
disputes qu'ils eurent ensemble,

qu'il tenoit de lui, ce qu'il sçavoit de Latin ; mais *George de Trebizonde* lui répliqua fiérement qu'il n'avoit été que deux mois sous lui, & qu'ainsi il ne lui avoit pas appris grand'chose, que c'étoit à *Vittorino de Feltri* qu'il étoit redevable de sa science en ce genre, que pour ce qui étoit de la Langue Grecque, il lui en avoit plus appris qu'il n'en avoit appris de lui, puisqu'il lui avoit fait quelques Leçons sur les Odes & la versification de *Pindare*.

George s'étant rendu habile à *Venise*, fut jugé capable d'enseigner les autres, & on le fit venir pour ce sujet à *Vicenze*. Mais il n'y demeura pas long-temps, & il fut bientôt congedié, ce qu'il a attribué à la jalousie de *Guarino*, qui ne pouvant souffrir dans son voisinage un homme dont l'habileté lui faisoit ombrage, lui procura ce chagrin par son crédit.

Il alla ensuite à *Rome* sous le Pontificat d'*Eugene IV*. & y enseigna pendant plusieurs années la Rhetorique & la Philosophie. *Vos-*

G. DE *sius* , *Cave* & d'autres , qui l'ont
TREBI- fait aller dans cette Ville à sa sortie
ZONDE. de *Candie* se sont trompez.

Nicolas V. Successeur d'*Eugene*
le prit ensuite pour son Secretaire ,
& il demeura quelque temps à
Rome sous son Pontificat ; mais se
voyant persécuté par ses envieux ,
il alla à *Naples* à la sollicitation
du Roy *Alphonse* qui lui donna une
bonne pension & le mit en état
d'y entretenir sa femme & ses enfans.

Après un assez long séjour en
cette Ville , il alla faire un tour
dans sa patrie & passa à *Constantinople* , d'où il retourna à *Rome*
pour n'en plus sortir.

On prétend qu'une fâcheuse maladie qui lui survint sur la fin de ses
jours lui fit perdre l'esprit , & lui fit
oublier tout ce qu'il sçavoit. Mais
il y a apparence que c'est un conte
inventé par ses ennemis ; puisque
son fils en dédiant au Pape *Sixte IV.*
la version de l'*Almageste de Ptolémée*,
dit que son pere qui l'avoit faite,
prevenu par la mort, n'avoit pû donner à cet Ouvrage toute sa perfec-

tion. Il y avoit donc travaillé fur la fin de fa vie, & n'étoit pas par confequent dans le trifte état où l'on veut qu'il ait été. D'autres veulent que cette infirmité préten-duë lui foit venuë d'une autre cau-fe, ils difent que *George* ayant pre-fenté au Pape un de fes Ouvrages, ce Pontife lui fit donner pour toute récompenfe cent ducats ; ce qui le mit dans une telle colere qu'il jetta cet argent dans le Tibre, en difant : *Periére labores, pereat & eorum ingrata m erces.* Mais il eft probable que ce fait n'eft pas plus réel que le pre-mier.

Il mourut à *Rome* felon *Genebrard,* *Voffius, Allatius* & d'autres en 1486. & fuivant *Lambecius* en 1485. Mais aucune de ces dattes ne peut être veritable. Car il mourut fûrement avant le Pape *Sixte IV.* puifqu'*An-dré de Trebizonde* fon fils dédia à ce Pontife la traduction de l'*Almagefte* *de Ptolemée,* après la mort de fon pere qui l'avoit faite. Or *Sixte IV.* mourut le 12. Août 1484. *George* a donc dû mourir quelque temps auparavant.

G. DE
TREBI-
ZONDE.

G. DE
TREBI-
ZONDE.

C'étoit un homme extrêmement prévenu en sa faveur, & jaloux de ses sentimens, comme étoient la plûpart des Sçavans de son siécle. Ainsi il n'est pas surprenant qu'il ait eu beaucoup d'ennemis & de fréquentes disputes à soûtenir. Il en a eu avec *Theodore de Gaze*, avec l'Evêque d'*Aleria*, & avec *Jean Regiomontanus*. *Vossius* ne fait mention que de celles-ci ; mais il oublie celles qu'il a eu avec le Cardinal *Bessarion* & avec le vieux *Guarino*, qui sont les plus célébres. J'en parlerai plus bas.

Ses Ouvrages se peuvent réduire à trois especes : Ceux de la premiere sont des traductions d'Auteurs Grecs : Ceux de la seconde sont des pieces Grecques de sa façon : La troisiéme contient ceux qu'il a composez en Latin. Pour en donner la liste, je ne ferai que copier celle que les Journalistes de *Venise* nous ont donné dans leur seiziéme volume, avec leur exactitude ordinaire. Les imprimés y sont confondus avec ceux qui ne sont que manuscrits ; ainsi je les rapporterai tous également.

Traductions.

1. *Euſebii de Præparatione Evan-gelica libri XIV.* Il dédia au Pape *Nicolas V.* cette traduction, qui eſt fort infidéle, parce qu'il s'y eſt donné la liberté d'y ajoûter ou d'y retrancher ce qu'il a voulu ſur ce qui regarde la Trinité ; ce qu'il aſſûre avoir fait par ordre de ce Pape. Cette raiſon engagea *François Viger* à traduire de nouveau les mêmes Livres, & *Conrad Gesner* en faiſant imprimer ſa traduction du même Ouvrage, porte un juge-ment fort deſavantageux de celle de *George*, où il prétend qu'*Euſebe* auroit de la peine à ſe reconnoître. La premiere édition de la traduc-tion de *George* eſt de *Veniſe* 1470. *in fol.* Il s'en eſt fait une autre de-puis à *Treviſe* en 1480. *in-fol.* M. *du Pin* n'a point connu ces éditions, & s'eſt contenté de citer celles de *Veniſe* en 1497 & de *Paris* en 1534. qui ont été ſuivies de quelques au-tres. Quant à ce qu'il dit que les dix premiers Livres de la *démonſtra-tion Evangelique* ont été traduits en Latin par *George de Trebizonde*, il

G. DE ſe trompe ſûrement, car cette tra-
T REBI- duction n'eſt pas de lui ; mais de
ZONDE. *Donat de Verone*, comme il le dit
lui-même après.

2. D. *Cyrilli Alexandrini Theſau-*
rus de Sancta & conſubſtantiali Trini-
tate. Cette traduction eſt auſſi fort
imparfaite, de même que toutes les
autres qu'il a faites. M. *du Pin* dit
que c'eſt plûtôt un abregé Latin de
l'Ouvrage de *S. Cyrille* où il a ôté,
changé, & ajoûté pluſieurs choſes,
& gâté l'ordre obſervé par ce Pere,
qu'une veritable traduction. C'eſt
pour cela que *Bonaventure Vulca-*
nius en a entrepris une autre plus
fidéle. La traduction de *George* a
été imprimée non ſeulement avec
les autres Œuvres de *S. Cyrille*,
mais encore ſéparément à *Paris* en
1514. *in-fol.* auſſi bien que la ſuivante.

3. D. *Cyrilli Alexandrini Com-*
mentarius in Evangelium S. Joannis.

4. D. *Gregorii Nyſſeni de Vita*
Moſis ; ſive de Vita perfecta liber.
Cette traduction a été imprimée
pluſieurs fois parmi les Œuvres de
ce Saint. Il y en a une édition de
Vienne

Vienne en 1527. & une de *Basle* en
1562. *Fronton du Duc* Jesuite l'a
retouchée en plusieurs endroits,
où elle ne s'accordoit pas avec le
Grec, & l'a inserée en cet état dans
la belle édition des Œuvres de ce
Saint, qu'il a donnée en 1628. à
Paris in-fol.

5. *D. Johannis Chrysostomi Homi-*
liæ 81. *posteriores super Matthæum.*
Allatius dit que cette version a été
jointe aux Œuvres de ce Saint.

6. *D. Basilii contra Eunomium*
Hæreticum libri V. Cette traduction
se trouve parmi les Œuvres de ce
Saint dans les éditions de *Basle*,
dans celle d'*Anvers* faite en 1570.
& dans celle de *Paris* de l'an 1618.
in-fol.

7. *Aristotelis Rhetorica.* Celle-ci
a été inserée dans le second tome
des Œuvres de ce Philosophe faite
à *Venise* par les *Giunti* ; & dans les
autres éditions, comme dans celles
de *Basle* 1534. & de *Paris* 1540.
in-8°.

8. *Aristotelis Problemata. De Ani-*
ma. Physica. De Generatione & Cor-
ruptione. De Animalibus libri 18.

Tome XIV. E e

G. DE
TREBI-
ZONDE.

G. DE TREBIZONDE.

Allatius dans son traité *de Georgiis* fait mention de ces traductions. La derniere le brouilla avec *Theodore de Gaze*, qui en fit une autre, pour faire tomber la sienne. *Politien* en comparant ces deux traductions donne la préference à celles de *George de Trebizonde*, & trouve à redire que *Theodore de Gaze* ayant pris de lui & profité de son travail, n'ait cependant songé qu'à le décrier. Mais *Janus Parrhasius* desaprouve ce jugement de *Politien*, tant les hommes jugent differemment des choses.

9. *Plato de Legibus.* Il fit cette traduction à la sollicitation du Pape *Nicolas V.* à qui il la dédia. Elle fut la cause des brouilleries qui s'éleverent entre lui & l'Evêque d'*Aleria*, qui desaprouva son Ouvrage en plusieurs choses. Le Cardinal *Bessarion* en avoit aussi une idée fort désavantageuse; car dans ses Livres contre le calomniateur de *Platon*, c'est-à-dire, contre *George de Trebizonde*, il assure qu'il n'y a point d'endroit dans cette traduction qui soit exemt de

fautes, & qu'il y en a même autant que de mots.

10. *Claudii Ptolomæi Almageftum, five magnæ conftructionis libri XIII.* Cette traduction eft auffi infidéle & auffi peu exacte que les autres. Elle a été imprimée plufieurs fois, & en particulier à *Venife* en 1528. avec les corrections de *Louis Gauric,* & enfuite à *Bafle* en 1551 *in-fol.* avec les Notes d'*Ofvvald Schrekken-fus.* L'Ouvrage de *Ptolomée* avoit été traduit de l'Arabe en Latin longtemps avant *George de Trebi-zonde,* c'eft-à-dire, vers l'an 12.0. par ordre de l'Empereur *Frcd ric II.* comme le marque *V offius.*

11. *Claudii Ptolomæi Centiloquium, five Aphorifmi è Græco in Latinum verfi & commentariis illuft ati.* Imprimé à *Venife* en 1524. *in-*4°. à *Cologne* en 1544. *in-*8°. & plufieurs autres fois depuis; entre autres à *Bafle,* *in-fol.* après l'Aftronomie de *Guido Bonati.* On trouve dans cette édition la Lettre que *George* écrivit à *Alphonfe* Roy de Naple, en lui adreffant cet Ouvrage.

12. *D. Gregorii Nyffeni oratio de*

G. DE *Laudibus Basilii magni fratris.* Alla-
TREBI-*tius* en fait mention.
ZONDE.

Dans l'Edition des Ouvrages de
S. *Jean Damascene*, faite à *Basle* en
1548. on voit une traduction de
l'Histoire des saints *Barlaam* & *Jo-
saphat*, qui porte le nom de notre
Auteur ; mais l'Abbé *de Billy* l'a
trouvée si grossiere, si défectueuse,
& si mal faite, qu'il n'a pû se per-
suader qu'elle fut de lui. Le jugement de ce judicieux Critique a été
suivi par *Rosvveyde*, qui dit que
cette version se trouve dans des
Manuscrits beaucoup plus anciens
que *George*, & que *Vincent de Beau-
vais* s'en est servi dans son *Miroir
Historial* ; qu'ainsi elle ne peut être
de lui.

Ouvrages Grecs.

13. *Epistola qua celsissimum sacra-
tissimumque Joannem Palæologum Ro-
manorum Imperatorem cohortatur ut
in Italiam ad Synodum naviget.* Le
P. *Jâques Pontanus* Jesuite la publia avec une traduction Latine de
sa façon après les chroniques de
Theophilacte Simocatta, & de *George Phranza* qu'il avoit traduites en

Latin , & qu'il publia à *Ingolſtad* en   G. DE
1604. *in-4°. George* l'écrivit ſous le T R E B I-
Pontificat d'*Eugene IV*. dans le ZONDE.
temps qu'on tenoit contre ce Pape
le Concile de *Baſle.*

14. *Prorepticus ad Joannem Imperatorem Græcorum.* Le P. *Labbe* rapporte cet Ouvrage parmi les Manuſcrits de la Biliotheque du Roy.
N°. 1242. C'eſt peut-être le même
que le précedent.

15. *De Manuele Rege. Reiſerus*
cite cet Ouvrage parmi les Manuſcrits de la Bibliotheque Imperiale.

16. *De proceſſione Spiritûs ſancti
ad* Joannem *Cubocliſium. Allatius* a
traduit celui-ci , & l'a inſeré dans
le premier tome de ſa *Græcia Ortho-
doxa* , p. 469.

17. *Epiſtola ad Hieromonachos Cre-
tenſes & Sacerdotes de Proceſſione ſpi-
ritûs Sancti , & de una , Sancta , &
Catholica Eccleſia. Allatius* a traduit
encore cette Lettre , & l'a inſerée
dans le même livre que le prece-
dent.

18. *De vera Chriſtianorum fide ad
Ameram. George* écrivit ce traité
dans le temps de la priſe de *Con-*

G. DE *stantinople*. *Allatius* l'a traduit , mais
TREBI- il ne l'a pas publié ; parce qu'il
ZONDE. avoit deſſein de le faire entrer dans
le huitiéme volume de ſes *Symmi-*
ffa , qui n'a point paru.

19. *De Eleemoſyna.*

20. *Antirrheticus.*

21. *Ad Eſaïam Monachum* , *utrum*
natura conſilio agit. *Allatius* fait
mention de ces trois Ouvrages.

22. *Introduffio in Magnam Ptole-*
mæi conſtruffionem. Manuſcrit.

23. *Georgii Trapezuntini ad ano-*
nymum & anonymi ad eundem Epiſ-
tolæ. Elles ſont en MS. dans la
Bibliotheque du Roy , ſuivant le
P. *Labbe.* N°. 29.

24. *Grammatica Græca.* Manuſcrit au même endroit. N°. 1644.

Ouvrages Latins.

25. *Priſciani Epitome.* Manuſcrit
au même endroit. N°. 1972.

26. *De Offo partibus Orationis*
compendium grammaticum. *Auguſtæ*
1537. *in* 8°.

27. *Rhetoricorum libri V.* La premiere édition de cet Ouvrage , qui
eſt peut-être le meilleur qui ſoit
ſorti de la plume de *George* , eſt celle

de *Veniſe* 1478. *in-fol.* il a été im- C. DE
primé depuis bien des fois. On en a TREBI-
trois éditions de *Baſl* *in-4°.* qui ſe ZONDE.
font faites aſſez près l'une de l'autre , c'eſt-à-dire , en 1520. 1522
& 1538. Une plus correcte que
toutes les précedentes , eſt celle de
Lyon par *Sebaſtien Gryphe* en 1548.
in-8°. après laquelle vient celle de
Veniſe faite en 1560. *in-4°. George*
dans cette Rhetorique ne fait preſque que copier *Ariſtote* & *Hermoge-*
ne , ſuppleant par l'un de ces Auteurs à ce qui manque à l'autre.
» Il eſt vrai , dit M. *Gibert* , (*a*)
» qu'il n'égale pas les originaux
» qu'il s'eſt propoſé , mais il en ap-
» proche. Ses préceptes font bons
» & ſolides , fondez ſur la raiſon &
» ſur l'experience. Son ſtile eſt
» clair , nèt , & aſſez concis. Ainſi
» il a ſçû y éviter le défaut qui
» ſe trouve dans ſes autres Ouvra-
» ges , où s'abandonnant à ſon ba-
» bil naturel , il ne peut finir. *Fer-*
» *dinand Alphonſe de Herrera* y a fait

(*a*) *Jugem. des Sçavans ,* Tom. 2. *pag.*
138.

G. DE » un Commentaire, qui a été im-
TREBI- » primé à *Alcala* en 1511. *in-fol.*
ZONDE. 28. *Responsio in Guarinum.* Elle
eft en Manufcrit à *Venife.* Ce qui a
donné occafion à cette Réponfe, a
été une Critique que *George* fit dans
fa Rhetorique de l'Exorde d'un difcours de *Guarino* fait à la loüange
du Comte *François de Carmignola*,
fameux Capitaine de ce temps.
Guarino, qui fe regardoit comme le
maître de tous les fçavans de fon
fiécle, ne put digerer fa cenfure,
qui lui fut d'autant plus fenfible,
qu'il n'y avoit pas longtemps qu'il
avoit été fon difciple. Ainfi il y
répondit d'une maniere fort vive,
non pas fous fon nom, mais fous
celui d'*André Agofone.*

29. *Ad Leonellum Ertenfem Epif-
tola.* C'eft encore une Réponfe à
Guarino, qui ne fe trouve qu'en
M. S.

30. *Contra Theodorum Gazam.*
Allatius parle de cet Ouvrage, mais
il n'a pas été imprimé.

31. *Comparatio Platonis & Arifto-
telis.* La préference qu'il donna
dans

dans cet Ouvrage à *Ariftote* fur *Pla-*
ton , par complaifance pour le Pape
Paul II. qui n'aimoit pas ceux qui
fuivoient *Platon* , lui attira une
réponfe fort vive de *Beffarion* , intitulée : *In Calumniatorem Platonis.*
Tous les Sçavans de ce temps fe
partagerent fur cette difpute , qui
fut affez pouffée , & qui dura quelque temps. La comparaifon de
George a été imprimée à *Venife* en
1523. *in-*8°.

32. *Dialectica. Argentinæ* 1519.
*in-*4°. *Bafileæ* 1522. *Coloniæ* 1530.
Parif. 1537. avec les Notes de *Jean*
de Nimegue , aufquelles font jointes celles de *Barthelemi Latomus*
dans une édition de *Cologne* faite en
1544. *in-*8°.

33. *B. Andreæ Chii Martyrium.* Ce
Saint , qui étoit de l'Ifle de *Chio* ,
fut martyrifé à *Conftantinople* le 29.
May 1465. *George de Trebizonde*
écrivit en 1468. l'Hiftoire de fon
Martyre , pour s'acquitter du vœu
qu'il en avoit fait , en revenant de
Conftantinople à *Rome,*dans un grand
danger où il fe trouva de perir.
Cette Hiftoire fe trouve dans *Su-*

G. DÉ*rius*, & dans *Bollandus* au 29. May.

T R E B I-   34. *Annotationes in aliquot Ora-*
ZONDE.   *tiones Ciceronis*; c'eſt-à-dire ſur celle *pro Q. Ligario*, ſur quelques-unes
des *Philippiques*, & ſur d'autres.
Ces Remarques ont été imprimées
dans le corps des autres Commentateurs des Oraiſons de *Ciceron. Pariſ.*
1661. *in-4°.*

   35. *Orationes.* Mſſ. *Allatius* en
parle.

   36. *Epiſtolæ.* Mſſ.

   37. *Exhortatio de recuperanda ter-*
ra ſancta. Mſ.

   38. *Dialogus de Fide.* Mſ.

   39. *De divina ſubſtantia ſecundum*
Ariſtotelis Doctrinam. Mſ.

   40. *Epiſtola in Pſalmum* 44. Mſſ.

   41. *Carmina.* Mſſ.

   42. *Expoſitio in illud : ſi eum volo*
manere, &c. Il prétend prouver
dans ce petit Ouvrage que S. *Jean*
n'eſt pas mort. Il a été imprimé à
Baſle en 1543. *in-8°.* & enſuite dans
l'*Ortodoxographia Patrum*, p. 1231.
& dans la *Bibliotheque des Peres.*

   43. *De Antiſciis.*

   44. *Cur Aſtrologorum judicia ut*
plurimum ſint falſa. Ces deux petits

Ouvrages ont été imprimez enſemble à *Veniſe* 1525. *in*-8o. à *Cologne* 1544. *in*-8°. à *Paris* 1549. *in*-8°.

45. *Illuſtri Viro Jacobo Antonio Marcello, Patritio Veneto, de obitu Valerii filii.* Cette Lettre a été écrite en 1461. & ſe trouve avec quelques autres ſur le même ſujet dans un Mſ. de *Veniſe.*

V. *Journ. de Veniſe T.* 16. *p.* 10. *& tom.* 17. *p.* 277. *Jovii Elogia. Voſſius de Hiſtoricis Latinis. Geſneri Epitome per Simlerum. Thevet, Hiſtoire des ſçavans Hommes, chap.* 48. L'article que ce dernier Auteur en donne eſt ſi vague & ſi général qu'il n'y a rien à apprendre. *Allatius de Georgiis.*

ADRIEN BEVERLAND.

ADRIEN *Beverland* naquit à *Middelbourg* en Zelande vers le milieu du dix-septiéme siécle.

Il reçût de la nature un esprit merveilleux, mais il en fit un mauvais usage. Il se fit recevoir Docteur en Droit & Avocat ; les belles Lettres l'occuperent cependant plus que les devoirs de sa profession ; il s'appliqua beaucoup à la lecture, principalement des mauvais Livres. Il possedoit parfaitement *Ovide*, *Catule Petrone*, & les autres Auteurs de cette trempe ; & en recitoit souvent des pages entieres, quand l'occasion s'en presentoit, & ce n'étoient pas ordinairement les endroits les plus chastes.

Son Livre *du péché Originel*, qu'il publia en 1678. lui fit des affaires. Il fut mis en prison à *la Haye* ; on condamna son Livre au feu ; mais il en fut quitte pour une amende pécuniaire, & pour un serment qu'on exigea de lui qu'il n'écriroit plus fur de femblables matieres.

Ayant été ainfi relâché, il alla demeurer quelque temps à *Utrecht*, où il mena une vie fort libertine, fe vantant par tout du Livre qu'on avoit brûlé à *la Haye*. Sa mauvaife conduite obligea les Magiftrats de lui faire dire fous main, qu'il eut à fortir de cette Ville.

Il fe retira auffi-tôt à *Leyde*, où il écrivit une Satyre violente contre les Magiftrats & les Miniftres de cette Ville, fous le titre de *Vox clamantis*, qui courut dans le public en Manufcrit.

Perfuadé qu'après cela il ne faifoit pas bon pour lui en Hollande, il paffa en Angleterre où *Ifaac Voffius* lui procura une penfion fur les revenus Ecclefiaftiques, à laquelle étoit attachée une certaine infpection fur quelques Eglifes. C'étoit un emploi bien convenable pour un homme tel que *Beverland* ! mais *Voffius* n'étoit guéres fcrupuleux fur cet article.

Quoique le revenu de *Beverland* ne fut pas confidérable, il en employoit la meilleure partie en Li-

vres rares , mais ordinairement
mauvais & impies, en deffeins &
en peintures deshonnêtes , en mé-
dailles, en coquillages finguliers ,
& en autres productions de la
mer.

Il parut enfuite fe repentir de fa
vie déréglée, & des mauvais Livres
qu'il avoit compofez, & en témoigna fa douleur dans un Traité *de
Fornicatione cavenda* qu'il publia en
1698.

Lorfque *Voffius* fut mort , il tomba dans la derniere pauvreté ; parce
qu'il s'étoit attiré le mépris des
honnêtes gens par fes débauches &
fes déreglemens , & la haine de
tout le monde par les Satyres violentes qu'il compofoit fans ceffe
contre differentes perfonnes.

Outre cette difgrace, l'efprit lui
tourna , & il étoit en 1712. errant
de côté & d'autre en Angleterre,
s'imaginant qu'il y avoit deux cens
hommes , qui avoient conjuré de fe
défaire de lui. Il eft apparemment
mort peu de temps après ; car on
n'a plus depuis cette année entendu
parler de lui.

Catalogue de ſes Ouvrages. A.BEVER

1. *Peccatum Originale* κατ᾽ ἐξοχην LAND. *ſic nuncupatum Philologice Problematicos elucubratum à Themidis alumno. Vera redit facies, diſſimulata perit. Eleutheropoli. Extra plateam obſcuram, ſine privilegio Autoris, abſque ubi & quando,* in-12. pp. 146. & à la fin du Livre. *In horto Heſperidum, typis Adami Evæ Terra filiæ* 1678. Le but de *Beverland* dans ce Livre, eſt de montrer que le peché *d'Adam* a conſiſté uniquement dans le commerce qu'il a eu avec Eve, & que le peché Originel n'eſt autre que le deſir que chaque ſexe a de s'unir à l'autre, deſir qui ſe fait ſentir dès la premiere jeuneſſe. Il s'étend beaucoup ſur ce deſir & ſes effets, & fait paſſer en revûë tous les termes dont les Auteurs les plus obſcenes ſe ſont ſervis pour exprimer l'union des deux ſexes. On a écrit en François un Livre dans le même goût, & où l'on ſoûtient le même ſiſtême; une partie des raiſons eſt priſe de l'Ouvrage de *Beverland*; mais l'Auteur y a ajoûté pluſieurs choſes tirées des contes

F f iiij

A.Bever de *la Fontaine* & d'autres Auteurs
LAND. semblables. Ainfi c'eft mal à propos
que quelques-uns ont prétendu
que c'étoit une traduction du Livre
de *Beverland*. En voici le titre :
Etat de l'homme dans le peché Origi-
nel, où l'on fait voir quelle eft la
fource, quelles font les caufes & les
fuites de ce peché dans le monde. Imprimé en 1714. *in-*8°. pp. 208.
Quelques-uns veulent que *Voffius*
avoit aidé *Beverland* dans la compofition de ce Livre ; mais il paroît
que c'eft une chofe dite fans fondement. *Beverland* étoit affez verfé
dans la connoiffance des Auteurs
Erotiques, pour pouvoir le compofer lui-même.

2. *De Stolatæ Virginitatis Jure lu-*
cubratio Academica. Lugduni Bat.
1680. *in-*8°. Cet Ouvrage eft auffi
peu chafte que le précedent.

3. *De Fornicatione cavenda admo-*
nitio, five adhortatio ad pudicitiam &
caftitatem. Editio nova & ab Autore
correcta juxta exemplar Londinenfe.
1698. *in-*8°. pp. 109. Je ne fçai
quand a paru l'édition de *Londres*,
qui peut être de l'an 1690. puifque

l'Epître dédicatoire à *Edouard Ber-* A.BEVER
nard eſt du 1. Fevrier 1690. Ce- LAND.
pendant on voit à la fin une priere
qui eſt terminée par ces mots : *Ha-*
drianus Beverlandus ſupplex oràbat in
Arce Vindeſorienſi, anno 1693. Il
marque aſſez dans un avertiſſement
qui eſt à la tête du Livre, que c'eſt
un effet de ſon repentir. Il y parle
ainſi de ſon Livre du peché Originel : *Damno calorem improvidæ illius*
ætatis, deteſtor adulterinum ſtylum
& nequiorem ſenſum. Gratias Deo,
quod tandem velamen, quo miſere cœ-
cutiebam, ab oculis meis amoverit, nec
ſiverit me ditius huic pertinaciæ patro-
cinia quærere abſurdiora. Idem ille
Deus eam mihi mentem dedit, ut om-
nia quæ de hoc argumento ſcripſeram,
combuſſerim, & libros de P. V. ad Rec-
torem M. Academiæ Lugduno-Batavæ
tranſmiſerim. Rogo omnes qui clam vi
vel precario aliquid à me poſſident Mſ.
ut iſtud mihi remittant, ut & ipſe quo-
que tradam Vulcano. Quod ſi quis
negligat, illi omnes imprecor calamita-
tes, quæ maligno & perfido ſolent con-
tingere. Quoique ces paroles pa-
·oiſſent marquer en lui quelque

A. BEVER changement, il y a cependant lieu
LAND. de douter que ce changement ait
été bien réel & sincere ; quelques-
uns même prétendent qu'il ne composa ce dernier Ouvrage, que pour
faire rechercher davantage le premier. Mais c'est une chose qu'il est
impossible de sçavoir, & dont il
faut laisser à Dieu le jugement.
Quoi qu'il en soit, les préceptes qu'il
contient sont fort bons ; mais le stile
en est trop moû & trop effeminé,
& ressemble assez à celui de ses autres Ouvrages.

4. Une partie de son Ouvrage
infâme de *Prostibulis Veterum* a été
inferée par *Isaac Vossius* dans son
Commentaire sur *Catule*, comme je
l'ai dit dans la vie de ce Sçavant,
tom. 13. *p.* 140.

Cet article est tiré du Dictionnaire Historique Flamand d'*Halma*.

LOUIS CARRE'.

LOUIS *Carré* naquit le 26. Juil- **L. CAR-**
let 1663. d'un bon Laboureur **RE'.**
de *Clofontaine* près de *Nangis* en
Brie.

Son pere le fit étudier pour être
Prêtre , & quoiqu'il ne fe fentit
point appellé à l'Etat Ecclefiaftique , il fit par obéïffance trois années de Théologie ; mais au bout
de ce temps comme il refufa d'entrer dans les Ordres , fon pere ceffa
de lui fournir ce qui lui étoit né-
ceffaire pour fubfifter à *Paris.*

Cette difgrace produifit un bien.
Il cherchoit un azile , & il en
trouva un chez le P. *Malebranche*
qui le prit pour écrire fous lui.
En s'acquittant de cet emploi , il
fentit naître en lui du goût pour
la Philofophie & les Mathématiques , & il les apprit parfaitement
d'un fi excellent maître , pendant
les fept années qu'il demeura auprès de lui.

La néceffité de fe faire quelque

L. CAR-
RE'.

forte d'établissement & quelques
fonds pour sa subsistance, l'obligea de le quitter, & d'aller montrer en Ville les Mathematiques &
la Philosophie, mais sur tout la
Philosophie de son Maître dont il
étoit rempli. Il eut bientôt un
grand nombre de Disciples, &
plusieurs femmes voulurent prendre
de ses Leçons.

Une occupation semblable est
fort propre à affermir dans ce que
l'on sçait déja, mais elle empêche
de faire des acquisitions nouvelles.
Aussi s'en faut-il beaucoup que M.
Carré n'ait été aussi loin dans les
Mathematiques qu'il y pouvoit aller. Occupé malgré lui du soin de
sa subsistance, il n'étoit point en
état de faire de nouvelles découvertes, il se contentoit de profiter
de celles des autres.

M. *Varignon* le prit en 1697.
pour son Eleve dans l'Academie
des Sciences où il devint en peu
de temps Associé, & enfin Pen-
sionnaire.

Comme il avoit une place de
Méchanicien, il tourna ses prin-

cipales vûes de ce côté-là , & em- L. CAR-
braffa tout ce qui appartenoit à la RE'.
Mufique , la Théorie des Sons,
la defcription des differens Inftrumens, &c. Il négligeoit la Mufique en tant qu'elle eft la fource
d'un des plus grands plaifirs des
fens , & s'y attachoit en tant qu'elle
demande une infinité de recherches
fort épineufes.

Ses travaux furent interrompus
par une indifpofition prefque continuelle où il tomba , & qui ne fit
qu'augmenter pendant les 5. ou 6.
dernieres années de fa vie. Incapable
alors de prefque toute étude , &
encore plus de tout emploi utile ,
il trouva une retraite chez M.
Chauvin, Confeiller au Parlement.
Enfin après une affez longue alternative de rechûtes & d'intervalles
d'une très-foible fanté, il mourut le
11. Avril 1711. dans fa 48. année.

Il n'a publié que l'Ouvrage fuivant.

Methode pour la mefure des fur-
faces , la dimenfion des folides , leurs
centres de pefanteur , de percuffion ,
d'ofcillation par l'application du cal-

L. CAR- *cul integral. Paris* 1700. *in-*4°. C'eſt
RE'. une application ſimple & aiſée du
calcul integral. L'Auteur a corrigé dans une ſeconde édition quelques fautes qui lui étoient échap-
pées dans la premiere.

L'Hiſtoire de l'Academie des
Sciences contient les Memoires
ſuivans de ſa façon.

1. *Methode pour la rectification des
lignes courbes par les Tangentes.* An.
1701.

2. *Rectification de la Cycloide.*
Ibid.

3. *Solution du Problême propoſé
aux Géometres dans les Memoires de
Trevoux des mois de Septembre &
Octobre* 1701. Ibid.

4. *Rectification des Cauſtiques par
Reflexion, formées par le Cercle, la
Cycloide ordinaire, & la Para-
bole, & de leurs developpées, avec la
meſure des eſpaces qu'elles renferment.*
An. 1703.

5. *Methode pour la rectification
des Courbes.* An. 1704.

6. *Examen d'une Courbe formée
par le moyen du Cercle.* An. 1705.

7. *Experiences Phyſiques ſur la ré-*

flexion des balles de Moufquet dans l'eau, & fur la réfiftance de ce fluide. L. Car-Ré'. Ibid.

8. *Experiences fur les Tuyaux Capillaires.* Ibid.

9. *Problême d'Hydroftatique.* Ibid.

10. *Des Loix du Mouvement.* An. 1706.

11. *Démonftrations fimples & faciles de quelques proprietez qui regardent les Pendules, avec quelques nouvelles proprietez de la Parabole.* An. 1707.

12. *Experiences fur le reffort de l'air.* An. 1710.

13. *Abregé de Catoptrique.* Ibid.

On trouve outre cela dans le *Supplément du Journal des Sçavans, Mars* 1707. un Abregé d'un *Traité fur la Théorie génerale du fon, fur les differens accords de la Mufique & fur le Monochorde* qu'il avoit lû dans les Affemblées de l'Academie des Sciences, mais qui n'a point été inferé parmi fes Memoires imprimez. Ce devoit être un prélude de la defcription de tous les inftrumens de Mufique dont il avoit été chargé.

L. CAR-
RÉ.

V. fon Eloge dans l'*Histoire de l'Académie des Sciences*, année 1711.

MARC-ANTOINE GERARD
DE SAINT AMAND.

M.A.G.
DE S. A-
MAND.

MARC-*Antoine Gerard*, fieur de *Saint Amand*, naquit à *Roüen* vers la fin de l'année 1594. comme il le fait entendre lui-même dans un de fes Triolets, où il parle ainfi :

Quand l'an qui court fe fermera,
J'ouvrirai mon douzième Luftre.

Ces vers font de l'an 1649. ainfi il entroit dans fa 56. année fur la fin de célle-ci, & par confequent il devoit être né fur la fin de 1594.

Plufieurs Auteurs ont prétendu qu'il étoit fils d'un Gentilhomme Verrier, mais c'eft un conte qui eft affez refuté par ce qu'il nous apprend lui-même dans l'Epître dédicatoire de la troifiéme partie de fes Œuvres, que fon pere avoit été

Chef

Chef d'Escadre pendant vingt-deux M. A. G.
ans au service d'*Elizabeth* Reine DE S. A-
d'Angleterre, & fut trois années MAND.
entieres prisonnier dans la tour
noire de *Constantinople*, & que ses
deux freres avoient été tuez en
combattant contre les Turcs, que
le plus jeune d'entr'eux avoit été
Cornette Colonelle d'un Regiment
François sous le Grand *Gustave*,
Roy de Suede, ensuite Capitaine
de Vaisseau sous le Comte d'*Har-
court*, & enfin Colonel d'un Regiment d'Infanterie Françoise au service de la République de *Venise*.

Il dit au même endroit que le
nom de sa famille étoit *Gerard*,
ainsi c'est une faute dans *Baillet* &
dans d'autres, de l'avoir mis comme un nom de Baptême.

On voit encore par la Préface
de ses Oeuvres qu'il n'avoit jamais
étudié & qu'il ne sçavoit pas de
Latin. » Il est vrai, ajoûte-t-il,
» que la conversation familiere des
» honnêtes gens & la diversité des
» choses merveilleuses que j'ai vûes
» dans mes voyages, tant en Eu-
» rope qu'en Afrique & en Ame-

Tome XIV. G g

» rique , jointe à la puiffante in-
» clination que j'ai eu dès ma jeu-
» neffe à la Poëfie , m'ont bien va-
» lu une étude.

En effet fa vie n'a été prefque
qu'une fuite continuelle de voyages dont fes Poëfies nous appren-
dront quelques particularitez. On
y voit qu'en 1643. il étoit en Angleterre à la fuite du Comte d'*Har-
court* Ambaffadeur extraordinaire
de France , qu'en 1647. il étoit à
Collioure en Rouffillon,& qu'il avoit
envoyé la même année à la Reine
de Pologne une partie de fon *Moyfe
Sauvé*

Cette Reine étoit *Marie-Louife
de Gonzague* qui avoit époufé en
1645. *Ladiflas Sigifmond* Roy de
Pologne, & en 1649. *Cafimir* frere
& fucceffeur de *Ladiflas. S. Amand*
briguoit alors une place de Gentilhomme ordinaire de la Chambre
de cette Princeffe qu'il obtint deux
ans après , c'eft-à-dire en 1649.
L'Abbé de *Marolles* dans fes Memoires , p. 167. fe fait honneur
de lui avoir procuré cette place
avec trois mille livres de penfion,

Il partit pour la Pologne la mê- M. A. G.
me année, mais ayant été pris en DE S. A-
chemin par des Coureurs de *Saint* MAND.
Omer, il fut conduit dans cette
Ville où il demeura quelque temps
enprifon ; ainfi il n'arriva en Pologne qu'en 1650. Il ne fit pas grand
féjour dans ce Royaume, puifqu'il
revint l'année fuivante en France,
& paffa le refte de fes jours à
Paris.

On ne fçait quels font fes voyages en Afrique & en Amerique,
dont j'ai parlé plus haut après lui,
ni en quel temps ils fe font faits.

Au refte tous fes voyages ne
l'enrichirent pas, fi l'on s'arrête à
ce que M. *Defpreaux* en dit dans
fa premiere Satyre, où il parle
ainfi de lui.

Saint Amand n'eut du Ciel que fa
veine en partage,
L'habit qu'il eut fur lui fut fon feul
héritage :
Un lit & deux placets compofoient
tout fon bien,
Ou, pour en mieux parler, Saint
Amand n'avoit rien.

Mais quoi, las de traîner une vie
*   importune*
Il engagea ce rien pour chercher la
*   fortune,*
Et tout chargé de vers qu'il devoit
*   mettre au jour,*
Conduit d'un vain espoir il parut à la
*   Cour.*
Qu'arriva-t-il enfin de sa Muse abu-
*   sée ?*
Il en revint couvert de honte & de
*   risée,*
Et la fievre au retour terminant son
*   destin,*
Fit par avance en lüi ce qu'auroit
*   fait la faim.*

Il y a un peu de malignité dans
ces paroles qui ne sont pas exactement vrayes ; car les Poësies de
Saint Amand font foi qu'il n'avoit
pas attendu si tard, ni à mandier
les faveurs de la Cour, ni à mettre au jour les vers qu'il avoit fait
dans cette vûe. Pour ce qui est de
sa pauvreté, tout le monde en
convient assez ; il faut que sa mauvaise conduite & ses débauches y
ayent beaucoup contribué, puis-

qu'il paroît qu'il avoit affez de reffources pour vivre commodement, s'il avoit fçu le faire d'une maniere rangée.

» On prétend que c'eft à l'état » miferable où il fe trouva fur la » fin de fes jours qu'il fut redevable du retour de fon efprit & » de fa derniere fageffe, & que la » crainte de mourir de faim le fit » préparer à une mort plus régu- » liere que n'avoit été fa vie. (*a*) On trouve en effet parmi fes Oeuvres quelques piéces de dévotion qui font des témoins & des effets de fon changement.

M. *Broffette* dans fes Notes fur *Boileau*, dit que *Saint Amand* avoit fait un Poëme de *la Lune*, dans lequel il louoit le Roy *Louis XIV.* fur-tout de fçavoir bien nager ; car le Roy dans fa jeuneffe étant à *S. Germain*, s'exerçoit quelquefois à nager dans la Seine , mais que ce Prince ne put fouffrir la lecture du Poëme de *Saint Amand*, & que cet Auteur ne furvêcut pas

(a) *Baillet Jugement des Sçavans.*

M.A.G.
DE S. A-
MAND.

long - temps à cet affront.

Quoi qu'il en soit de ce fait, qui n'est pas trop certain, *Saint Amand* mourut en 1661. âgé de 67. ans. M. l'Abbé d'*Olivet* dans son *Histoire de l'Academie Françoise* met sa mort à la fin de l'an 1660. mais comme il lui donne 67. ans de vie, & qu'il est sûr qu'il étoit né à la fin de 1594. comme on l'a vû plus haut, il faut la mettre une année plus tard. Ceux qui l'ont fait mourir en 1659. ont fait une faute encore plus grande.

Il avoit été reçû à l'Academie Françoise dès son origine, & lorsque le Cardinal de *Richelieu* commença à la former, c'est-à-dire en 1633. On trouve dans l'Histoire de M. *Pelisson* qu'il demanda & obtint d'être exempt de l'obligation d'y faire à son tour un discours, suivant le reglement qu'on avoit fait sur ce sujet, à la charge qu'il feroit, comme il s'y étoit offert lui-même, la partie Comique du Dictionnaire que l'Academie avoit entrepris, & qu'il recueille-

roit les termes groteſques & bur-
leſques ; occupation qui lui convenoit tout à fait bien , puiſqu'on
voit par ſes Ouvrages qu'il étoit
fort verſé dans ces ſortes de termes
& qu'il ſemble même y avoir ra-
maſſé tous ceux des Halles , des
Cabarets & des lieux de débauche.

M. *Deſpreaux* reconnoît (*a*) que
Saint Amand avoit aſſez de génie
pour les Ouvrages de débauche &
de Satyre outrée , & qu'il a même
quelquefois des boutades aſſez heu-
reuſes dans le ſerieux ; mais il ajoûte
qu'il gâte tout par les circonſtances
baſſes qu'il y mêle.

Catalogue de ſes Ouvrages.

1. *Les Oeuvres du ſieur de Saint
Amand. Paris in-*4°. 3. *volumes.* Le
1. en 1627. le 2. en 1643. & le 3.
en 1649. Ces Poëſies ont été réimprimées pluſieurs fois. *La Solitude,
Ode* qui eſt à la tête, eſt ſon meilleur Ouvrage, au jugement de M.
Deſpreaux ; mais un défaut qui s'y
trouve , c'eſt qu'au milieu d'un fort
grand nombre d'images fort agréables , l'Auteur y vient préſenter

(a) *Réflexions Critiques ſur Longin.*

mal à propos aux yeux les choses
du monde les plus dégoûtantes , des
crapeaux,des limaçons qui bavent ,
le squelette d'un pendu , & autres
choses semblables. *Etienne Bachot*
Medecin du Roy l'a traduite en vers
Latins , & elle se trouve en cette
Langue avec le texte François à
côté dans le Livre de cet Auteur
qui a pour titre : *Parerga seu Horæ
subcesivæ. Paris.* 1686. *in*-12. Il y a
dans le troisiéme volume des Oeuvres de *Saint Amand* une piéce re-
marquable ; c'est un Placet à M.
le Chancelier *Seguier* pour un privilege de verrerie , qu'il lui avoit
présenté vers l'an 1638. On ne
sçait pourquoi il le demanda , ni
s'il l'obtint. Cela a pu donner occasion au Poëte *Maynard* de l'appeller Gentilhomme de verre dans
cette Epigramme.

Votre Noblesse est mince ,
Car ce n'est pas d'un Prince ,
Daphnis , que vous sortés ;
Gentilhomme de verre ,
Si vous tombez à terre ,
Adieu les qualitez.

II

Il n'eſt pas inutile de remarquer que quoiqu'il y ait de grands dé- fauts dans toutes les Poëſies de *Saint Amand*, il ſçavoit les réciter avec tant d'agrément qu'il les faiſoit entendre avec plaiſir, & c'eſt de lui dont *Gombaud* a voulu parler dans ces vers.

Tes vers ſont beaux, quand tu les dis,
Mais ce n'eſt rien quand je les lis ;
Tu ne peux pas toûjours en dire,
Fais-en donc que je puiſſe lire.

2. *Stances ſur la groſſeſſe de la Reine de Pologne & de Suede* 1650. Il y en a ſix de neuf vers chacune.

3. *Moyſe ſauvé, Idyle Héroïque. Paris* 1653. *in-*4°. It. *Paris* 1660. *in-*12. Ce Poëme eut d'abord des admirateurs, mais il eſt tombé depuis dans un mépris dont il n'a pû ſe relever, & c'eſt à ſon ſujet que M. *Deſpreaux* a dit dans ſon Art Poëtique, Chant 3.

N'imitez pas ce fou qui décrivant les mers,

Et peignant, au milieu de leurs flots
    entr'ouverts,

L'Hebreu fauvé du joug de fes injuf-
    tes Maîtres,

Met pour les voir paffer les poiffons
    aux fenêtres,

Peint le petit enfant, qui va, faute,
    revient,

Et joyeux à fa mere offre un caillou
    qu'il tient;

Sur de trop vains objets c'eſt arrêter
    la vûe.

4. *Stances à M. Corneille fur fon
Imitation de Jefus-Chriſt. Paris 1656.
in-4°.* Il y en a 70. de fix vers
chacune.

5. *Rome ridicule* qui fe trouve
dans le Recueil de fes Oeuvres a
été imprimée plufieurs fois féparement ou avec d'autres Ouvrages
femblables *in-4°. & in-12.* Il y en
a une traduction Italienne qui eſt
imprimée.

V. *l'Hiſtoire de l'Academie Françoife de M. Pelliſſon*, avec les additions de M. l'Abbé d'Olivet. M.
l'Abbé le Clerc, *Bibliotheque de Richelet.*

EDME BOURSAULT.

EDME Boursault naquit à *Muffy-l'Evêque*, petite Ville de Bourgogne entre *Bar-fur-Seine* & *Châtillon*, au commencement du mois d'Octobre de l'année 1638. d'une des premieres familles de ce lieu.

Son pere qui avoit paffé fa jeuneffe dans le fervice, & n'avoit pas pris dans les troupes beaucoup de goût pour les Belles-Lettres, ne fe mit guéres en peine que fon fils fût mieux élevé, & devînt plus habile homme que lui; & quoiqu'il fut affez riche, il eût regretté les moindres épargnes qu'il eût fallu faire fur fes plaifirs, pour donner à fes enfans une éducation qui fuppleât au tort qu'il leur faifoit d'ailleurs, & au peu de bien qu'ils avoient à efperer de fon dérangement de conduite.

Edme Boursault n'a donc jamais eu aucune connoiffance de la Langue Latine, & quand en 1651. il vint à *Paris*, il ne parloit que franc

Hh ij

E. Bour- Bourguignon , & ne sçavoit que
SAULT. grossiérement la Langue Françoise.
Cependant en peu de mois il sçût
se tirer lui-même de cette barbarie , & il parvint en moins de deux
ans à pénetrer toutes les beautez
& les délicatesses d'une Langue
qu'il a possedée dans la plus exacte
& la plus parfaite pureté.

Ce fut un malheur pour lui qu'on
ne l'eut pas fait étudier ; la Langue
Latine lui eût ouvert un chemin
à une fortune brillante. Car en
1671. ayant fait par ordre du Roy
Louis XIV. pour l'éducation de M.
le Dauphin , un Livre qui a pour
titre : *L'Education des Souverains*,
ce Prince en fut si content qu'il
se le fit lire plusieurs fois , & qu'il
l'auroit choisi pour être Sous-Pré-
cepteur de M. le Dauphin , si son
défaut de Latinité n'y eût été un
obstacle.

Boursault s'appliqua de bonne
heure à la Poësie Françoise , & se
fit d'abord connoître par des pièces de Théâtre. Il étoit Sécrétaire
des Commandemens de la Duchesse
d'*Angoulême*, veuve d'un fils du

Roy *Charles IX.* lorſqu'on l'engagea
à faire une Gazette en vers. Cette
Gazette plut fort à la Cour, & di-
vertit aſſez le Roy pour engager à
donner à l'Auteur une penſion de
2000. livres avec bouche à Cour,
& pour lui ordonner de travailler
à cette Gazette, & de la lui apporter toutes les Semaines. Cet Ouvrage approuvé du Maître le fut
auſſi des Courtiſans.

Une Semaine s'étant trouvée
ſterile en nouvelles, le Gazetier ſe
plaignit à la table de M. le Duc
de Guiſe de n'avoir rien de diver-
tiſſant, dont il pût remplir ſa gazette. Mais on lui fournit alors un
ſujet propre à divertir le Roi & la
Cour. C'étoit une avanture arrivée
à la porte de l'Hôtel *de Guiſe*, chez
une Brodeuſe fort en vogue, où
les Capucins du Marais faiſoient
broder un *S. François.* Un jour que
leur Sacriſtain étoit allé chez la
Brodeuſe voir où en étoit l'Ouvrage, il s'endormit profondement la
tête ſur le métier où il regardoit
travailler. La malicieuſe Ouvriere
en étoit juſtement à broder le

H h iij

menton du Saint , & elle saisit
l'occasion favorable d'ajuster adroitement la longue barbe du Pere ,
pour en composer la barbe de *S.*
François. Au réveil du Religieux ,
il y eut un debat assez plaisant entre lui & la Brodeuse , à qui reste-
roit cette barbe.

Boursault mit cette avanture en
œuvre, & le Roi en rit beaucoup
de même que la Reine ; mais le
Confesseur de cette Princesse , qui
étoit un Cordelier Espagnol , lequel n'entendoit pas raillerie , pous-
sé encore par les Capucins , mit le
scrupule dans l'esprit de la Reine ,
qui fit ôter à *Boursault* le Privilege
qui lui avoit été accordé pour sa
Gazette , & qui obtint qu'on l'en-
voyât à la Bastille.

Le Chancelier *Seguier* , à qui on
en commit le soin , ordonna à l'Officier qu'il chargea de ses ordres ,
de lui laisser , quand il iroit l'arrêter , tout le loisir nécessaire pour
écrire au Roi & à ses protecteurs.
Boursault se servit de ce temps pour
écrire une lettre en vers à M. le
Prince , qui parla aussi-tôt au Roi

Ce Prince révoqua ſur le champ E. BOUR-
l'ordre d'aller à la Baſtille ; mais SAULT.
par conſidération pour la Reine , il
lui fit défenſe de travailler davantage à la Gazette , & de plus lui ôta
ſa penſion.

Il obtint cependant dans la ſuite
un Privilege pour une nouvelle
Gazette ſemblable , ſous le titre de
Muſe enjouée, qu'il faiſoit tous les
mois pour le divertiſſement de M.
le Dauphin. Comme c'étoit dans
le temps de la guerre qu'on nommoit du Prince d'Orange , il lui
échappa dans ſa *Muſe enjouée* quelque traits un peu trop vifs , pour
répondre à une Médaille frappée en
Angleterre, où d'un côté étoit le
portrait de *Loüis XIV.* avec ces
mots : *Ludovicus Magnus* , & de
l'autre celui du Roi *Guillaume* avec
cette inſcription : *Guilielmus Maxi-
mus.* Cet endroit finiſſoit par ces
mots.

*Et quand Loüis eſt grand par de gran-
des vertus ,
Si Guillaume eſt très-grand , c'eſt par
de très-grands crimes.*

E. BOUR-
SAULT.

On commençoit alors à parler de paix, & l'on n'eût pas été bien aise qu'on eût à nous reprocher de pareilles apostrophes; ainsi le Roi ôta à *Boursault* son privilege, en lui faisant dire par M. le Chancelier qu'il ne le faisoit point par aucun mécontentement qu'il eut de lui; mais par des raisons superieures, & qui lui étoient étrangeres.

Boursault fut ensuite Receveur des Tailles à Montluçon; ce fut pendant ce temps-là que lui arriva l'avanture qui le réconcilia avec M. *Despreaux*, & dont je parlerai plus bas.

Il n'étoit encore qu'à l'âge de 63. ans, & joüissoit de toute la force de son esprit & de sa santé, lorsqu'il fut attaqué d'une colique violente, qui après huit jours de douleurs très-vives, le conduisit au tombeau. Il mourut le 15. Septembre 1701. après avoir donné des marques très-édifiantes de patience, de pieté & de resignation.

Il avoit été en liaison & en commerce avec tous les beaux esprits de son temps, qui le cherissoient

autant pour la douceur & la bonté E. BOUR-
de fes mœurs, qu'ils l'eftimoient SAULT.
pour la vivacité & la délicateffe de
fon efprit.

Pierre Corneille l'appelloit fon
fils & l'honoroit de fes avis ; *Thomas Corneille* vouloit qu'il demandât à être de l'Academie, & fur ce
qu'il lui alleguoit fon ignorance, &
lui demandoit ce qu'elle feroit d'un
fujet *ignare & non lettré*, qui ne fçavoit ni Latin, ni Grec. *Il n'eft pas
queftion*, lui répondit-il, *d'une Academie Gréque, ou Latine ; mais d'une
Academie Françoife. Et qui fçait le
François mieux que vous ?*

Il a laiffé trois enfans, deux fils,
l'un Théatin qui s'eft rendu célébre par fon talent pour la Prédication, & l'autre qui a été Capitaine d'Infanterie, & une fille Reli-
gieufe.

Catalogue de fes Ouvrages.

1. *Pieces de Theâtre de M. de
Bourfault. Paris* 1694. *in-12.* It.
Paris 1701. *in-12.* It. *Amfterdam*
1721. *in-12.* 2. *vol.* It. *Nouvelle
édition revûë, corrigée & augmentée
depluſieurs pieces qui n'ont point paru*

E.BOUR- dans *les précedentes. Paris* 1725. *in-*
SAULT. 12. 3. *tom.* On voit à la tête de
toutes ces éditions la Lettre du
P. *Caffaro* Théatin sur la Comédie, qu'il avoit écrite à sa priere.
Les pieces contenuës dans les trois
volumes de la derniere, sont :

Dans le premier.

Le Mort vivant. Comédie en
trois Actes. Il la composa dans sa
premiere jeunesse, de même que
les suivantes, qui n'ont pas le mérite de celles qu'il fit dans la suite.

Les Cadenats. Comédie en un
Acte.

Le Médecin volant. Comédie en
un Acte.

*Les Nicandres, ou les Menteurs
qui ne mentent point.* Comédie en
cinq Actes. Cette piece fut d'a-
bord représentée en cinq Actes,
telle qu'elle paroît dans cette édition ; mais l'Auteur l'ayant trouvée trop longue la réduisit à trois
Actes, & en ôta tout ce qui lui
parut de moins interessant ou de
superflu ; ce qui la rendit plus vive
& plus Comique. La seconde édition qu'on en fit alors dans cet état

de réforme est devenuë si rare, que E. **BOUR-**
l'on n'a pû la trouver pour l'inserer **SAULT.**
dans ce Recueil, & qu'on a été
obligé de s'en tenir à la premiere,
où elle est en cinq Actes.

Le Portrait du Peintre, ou la Cri-
tique de l'École des femmes ; Comédie
en un Acte. *Boursault* fut engagé
comme malgré lui à faire cette piece, où il attaque une des plus belles Comédies de *Moliere*. Il la fit
joüer en 1663. sur le Theâtre de
l'Hôtel de Bourgogne. *Moliere* en
fut piqué, & lui donna des marques de son ressentiment dans son
Impromptu de Versailles. Mais comme *Boursault* n'avoit point pris de
lui-même part à cette affaire, il n'y
fit aucune attention.

Les yeux de Philis changés en Astres.
Pastorale en trois Actes. Le sujet
est tiré d'un petit Poëme fort joli
qui couroit alors sur ce sujet.

Dans le second tome.

La Satyre des Satyres. Comédie
en un Acte. Un trait que M. *Des-*
preaux lâcha contre *Boursault* dans
sa septiéme Satyre, pour venger
Moliere, son ami, des coups qu'il

E. BOUR-
SAULT.

lui avoit portez, a donné occasion
à cette piece. M. *Despreaux* y parla
ainsi :

Faut-il d'un froid rimeur dépeindre la
  Manie ?
Mes vers, comme un torrent, coulent
  sur le papier ;
Je rencontre à la fois Perrin & Pel-
  letier,
Bardou, Mauroy, Boursault, Colletet,
  Titreville,
Et pour un que je veux, j'en trouve
  plus de mille.

Boursault irrité de se voir ainsi
maltraité par une personne dont
il ne croyoit pas s'être attiré le
mépris, lui en marqua son ressentiment en composant cette piece,
qui étoit prête à être représentée &
déja affichée, lorsque *Despreaux*
obtint des défenses de la representer. *Boursault* eut cependant la per-
mission de la faire imprimer, & il
mit à la tête une Préface aussi vive
que judicieuse sur la licence témé-
raire de nommer sans retenuë des
gens d'esprit & d'honneur. M.

Defpreaux fut touché de la maniere E. Bour-
dont elle étoit écrite, & a dit plu- sault.
fieurs fois depuis que M. *Bourfault*
étoit le feul qu'il fe repentoit d'a-
voir attaqué, & que la Préface de
fa Comédie étoit l'écrit le plus judicieux de tous ceux qui avoient
paru contre fes Satyres.

Quelques années après, c'eft-à-
dire en 1685. M. *Defpreaux* étant
allé aux eaux de *Bourbon*, pour une
extinction de voix, & y étant refté
beaucoup plus de temps qu'il ne
s'étoit propofé, *Bourfault*, qui étoit
alors Receveur des Tailles à *Montluçon*, ayant appris par un de leurs
amis communs, que fon Cenfeur
étoit dans fon voifinage, & qu'il y
manquoit d'argent, l'alla trouver à
Bourbon, lui offrit fes fervices, &
une bourfe de deux cens louis.
M. *Defpreaux* fut fi furpris & en
même temps fi touché de cette gé-
nérofité, qu'il fe réconcilia fince-
rement, lia même avec lui une
étroite & tendre amitié, qui a duré
toute leur vie. Ils s'en font donné
dans leurs Ouvrages de mutuelles
preuves, *Bourfault* ayant dans fes

E. BOUR-
SAULT.

Lettres rendu publiquement hommage au mérite de M. *Despreaux*,
qui de son côté a ôté le nom de *Boursault* de ses Satyres, en changeant
ainsi dans les éditions suivantes le
vers que je viens de rapporter.

Bonnecorse, *Pradon*, *Colletet*, *Titreville*.

Germanicus. Tragédie en cinq
Actes. Cette piece, qui fut joüée
en 1671. eut un très-grand succès.

Marie Stuart. Tragédie en cinq
Actes. Cette piece ne reüssit point ;
& quoique les vers en soient fort
beaux, & les sentimens fort nobles,
elle ne fut pas du goût du public,
qui aime mieux les sujets que l'antiquité a consacrés, que les faits
qui sont plus récens, & que l'Histoire moderne nous rend trop fami-
liers. En faisant imprimer cette
Tragédie, il la dédia au Duc de *S.
Aignan*. On trouve dans ses Lettres
un trait qui a rapport à ce sujet, &
qui mérite de trouver ici sa place.
Il y dit que » M. de *S. Aignan* la
» reçut le plus obligeamment du

» monde , & le pria de ne pas trou-
» ver mauvais que pour s'aquitter
» foiblement de l'obligation qu'il
» lui avoit , il lui fit un prefent de
» cent louis. *C'eſt moi , Monſei-*
» *gneur ,* lui dit *Bourſault , qui ſuis*
» *au deſeſpoir de m'aquitter ſi mal des*
» *graces dont je vous ſuis redevable :*
» *Il n'eſt pas juſte que vous achetiez ſi*
» *cherement un hommage ſi peu digne*
» *de vous. Je vois bien ce que c'eſt ,*
» repliqua *M. de S. Aignan , vous*
» *ne me croyez pas aſſez riche pour*
» *vous donner cent louis tout d'un coup;*
» *hé bien , puiſque vous voulez avoir la*
» *complaiſance de vous accommoder à*
» *ma fortune , ſouffrez au moins que je*
» *vous en donne vingt preſentement ,*
» *& que je continuë de mois en mois ,*
» *juſqu'à ce que je me ſois aquitté.* Il
» l'obligea à recevoir les vingt
» louis , & pendant quatre mois , il
» ne manqua pas le premier , ou ,
» tout au plus tard , le ſecond jour ,
» de lui envoyer un Gentilhomme
» avec vingt louis ; & quand *Bour-*
» *ſault* fut le remercier , ce fut lui
» qui le remercia lui même.

    La Comédie ſans titre , en cinq

E. BOUR-
SAULT.

Actes. Cette piece, que *Boursault* donna sous le nom de *Poisson*, & sous le titre du *Mercure Galant*, eut un succès surprenant, & fit beaucoup de bruit. M. *de Vizé*, Auteur du *Mercure Galant*, en porta ses plaintes à la Cour, qui le renvoya à M. de *la Reynie*, Lieutenant de Police ; ce Magistrat se contenta d'ordonner qu'on n'intituleroit plus la piece *le Mercure Galant*, mais *la Comédie sans titre.* C'est la Satyre la plus agréable & la plus ingenieuse, qui eut paru depuis *Moliere* sur le Théâtre François ; où sans attaquer directement le Mercure ni son Auteur, on se contente de produire quantité de sots & de ridicules, qui viennent y demander place, ou y apporter leurs Ouvrages. C'est d'un bout à l'autre un badinage si divertissant, qu'on ne pouvoit se lasser de la voir, & qu'elle fut joüée de suite plus de quatre-vingt fois au double.

Meleagre. Tragedie en vers lyriques, en cinq Actes. *Boursault* fit par ordre d'une Dame de considération les paroles de cet Opera, qu'elle qu'elle projettoit en secret de faire E. BOUR- representer devant le Roy dans son SAULT. Château de M. Ce fut la Dame qui choisit elle-même le sujet de *Meleagre*, & *Boursault* y travailla avec autant de promptitude, que de génie & de délicatesse. Mais le projet ayant été rendu public, la Dame ne voulut plus qu'on mît les paroles en Musique, ni qu'on en entendît parler davantage.

La Fête de la Seine. Divertissement en Musique en deux Scenes. Il fit cette piece pour une fête donnée à *Asniere* à Madame la Duchesse de Brunsvic.

Dans le troisiéme tome.

Phaeton. Comédie en vers libres, en cinq Actes. Cette piece échoua, parce qu'on l'avoit trop vantée avant qu'elle parut, & qu'on ne trouva pas qu'elle répondit à ce qu'on en attendoit.

Les Mots à la mode. Petite Comédie augmentée de quantité de vers, qui n'ont point été dits sur le Theâtre. Cette piece fut bien reçûë.

Tome XIV. Ii

Les Fables d'Esope. Comédie en cinq Actes. C'est la meilleure piece de *Boursault*, dont M. de *Saint-Evremont* a écrit, qu'il n'y avoit rien dans ce caractere de plus beau en notre langue, & que la seule hardiesse, indépendamment du succès qui l'avoit justifiée, d'oser mettre le premier des Fables d'*Esope* sur la Scene, ne pouvoit partir que d'un genie au-dessus du commun. On en a fait un grand nombre d'éditions, non seulement en France, mais encore en Hollande, en Angleterre, en Allemagne, en Italie, & on l'a traduite en toutes les langues de ces Pays.

Esope à la Cour. Comédie heroïque en cinq Actes, corrigée & augmentée de plusieurs vers, qui n'ont point été dits sur le Theâtre. Cette Comédie, qui est la derniere qui soit sortie de sa plume, seroit un chef-d'œuvre, si sa mort ne l'avoit empêché d'y mettre la derniere main. Elle fut même altérée à la représentation, où l'on se crut obligé de retrancher quantité de beaux vers, parce qu'on les trouvoit trop

forts , & qu'on en craignoit les ap- E. BOUR-
plications.

Toutes les pieces dont je viens
de parler, ont été imprimées féparement dans leur temps.

2. Il a fait auſſi des vers de dévotion , entre autres *les Litanies de la ſainte Vierge*; où à toutes les graces de la Poëſie il a joint la pieté & l'onction. Ce petit Livre, qui eſt rare , a été imprimé pour la feconde fois en 1667. Il y a une Strophe pour chaque verſet des Litanies.

3. *Lettres de reſpect , d'obligation & d'amour.* Ces Lettres connues fous le nom de *Lettres à Babet* , ont été imprimées dès l'an 1666. *in-* 12. & pluſieurs autres fois depuis. Elles font écrites, de même que les réponſes de *Babet* , d'un ſtile ſi naturel , ſi galant , & avec une naïveté ſi inſinuante , que la Comteſſe de la *Suze* fit ce Madrigal à la louange de ces dernieres.

Babet , qui que tu ſois , que tes Lettres
font belles!

Ii ij.

E. BOUR-
SAULT.

Que pour toucher les cœurs elles ont
    de pouvoir !
Ce sont des beautez naturelles,
Qu'on ne se lasse point de voir.
Les naïvetez enchantées,
Qu'avec tant d'enjoüement ton amour
    a dictées,
Ont d'inimitables appas.
Quand Tircis insensible aux accens
    de ma lyre,
Pour ne pas m'écouter portoit ailleurs
    ses pas,
Que ne te connoissois-je, hélas!
Tu m'aurois appris à lui dire,
Ce que je ne lui disois pas.

4. *Nouvelles Lettres de M. Bour-*
sault, accompagnées de Fables, de
Contes, d'Epigrammes, de Remar-
ques, de bons mots & d'autres par-
ticularitez aussi agréables qu'utiles,
avec treize Lettres amoureuses d'une
Dame à un Cavalier. Paris 1697.
in-12. 2. Edition plus ample que la
premiere. Paris 1699. in-12. 2. tom.
réimprimées encore depuis. Ces
Lettres sont curieuses & amusantes.
    5. *La véritable étude des Souve-*

rains. *Paris* 1671. *in*-12. J'ai déja
parlé de cet Ouvrage qui eft rempli d'exemples fort inftructifs.

6. *Artemife & Poliante* , *Nouvelle.*
Paris 1670. *in*-12.

7. *Le Marquis de Chavigny. Paris*
1670. *in*-12. C'eft encore une nouvelle hiftorique.

8. *Le Prince de Condé* , *Nouvelle*
hiftorique. Paris 1675. *in*-12. 3. *édi-*
tion. Paris 1681. *in*-12. Ces trois
petites nouvelles font écrites avec
tout le feu & toute la politeffe
imaginable.

9. *Ne pas croire ce que l'on voit.*
Paris in-12. 2. *tom.* Ce petit roman
eft écrit d'une maniere fi agréable
& d'un ftile fi enjoüé qu'on l'a
fouvent attribué à Scaron , parce
que le nom de *Bourfault* n'y paroît
pas.

Je n'ai pû découvrir fi les Ga-
zettes en vers de *Bourfault* avoient
été imprimées , comme il paroît
qu'elles ont dû l'être.

V. fon Eloge dans l'*Avertiffement*
de l'édition de fon *Théâtre* de l'an
1725.

MARTIN CRUSIUS.

PIERRE *Crusius* ayeul de *Martin*, dont je me propose de parler, étoit Brasseur à *Botteinstein* dans les montagnes de l'Evêché de *Bamberg*, & mourut en 1515. âgé de 55. ans, étant né vers l'an 1460. Sa femme Marguerite *Schaller* vêcut jusqu'en 1536.

Martin Crusius leur fils, & pere de notre Auteur, naquit vers l'an 1490. Après avoir fait ses études en divers endroits, il fut ordonné Prêtre à *Wittemberg* l'an 1516. Les troubles de l'Allemagne ne lui permirent pas d'avoir une demeure fixe, il fut obligé de passer souvent d'un lieu à un autre & se vit plus d'une fois au hazard de perdre la vie. Il embrassa la Doctrine de Luther, & fut le premier qui la fit recevoir à *Schlicht* lieu situé à deux mille d'*Amberg*, dont on l'avoit fait Pasteur. Il mourut le 7. Mars 1553.

De son mariage avec *Marie-Ma-* M. Cru-
deleine Trummer naquit *Martin Cru-* sius.
sius ou *Kraus*, qui fait le sujet de
cet article, le 19. Septembre 1526.
à *Grebern*, lieu éloigné de trois
milles de *Botteinstein* dans l'Evêché
de *Bamberg*.

Son pere fut son premier maître,
& lui apprit les élemens de la langue Latine. Quand il y eut fait
quelques progrez, il l'envoya à
Ulm, où il étudia les langues Latine & Gréque, sous *Gregoire Leo-
nard.* Il s'attira par son application
au travail l'attention des Senateurs
de cette Ville, qui lui accordérent
une pension, pour le mettre en
état de continuer plus commodé-
ment ses études.

En 1545 il alla à *Strasbourg* où
après avoir donné encore quelque
temps aux Belles-Lettres, il s'appliqua à la Theologie & à la langue
Hebraïque. Il demeura d'abord
dans un Collége où plusieurs Villes
d'Allemagne entretenoient des étudians, & y fut entretenu aux dépens de celle d'*Ulm*; mais en 1547.

M. CRU-
SIUS. il entra en qualité de Précepteur chez une perfonne de Condition.

Il fit en 1551. un tour dans fa Patrie, d'où il retourna bien-tôt à *Strasbourg.* Ses études & l'inftruction particuliere de quelques jeunes gens l'occuperent quelque temps, jufqu'à ce que *George Hitzler* Régent de quatriéme étant allé dans fa Patrie en 1553. il fut chargé d'enfeigner à fa place.

L'année fuivante on lui offrit la direction de l'Ecole de *Memmingen,* & il crut devoir l'accepter, afin de pouvoir prendre auprès de lui fa mere, qui étoit veuve depuis quelque temps, refufant ainfi les offres les plus avantageufes que fes premiers difciples lui faifoient pour le retenir, & pour l'engager à faire avec eux le voyage d'Italie.

Il fe rendit donc à *Memmingen,* où il lui fut affigné cent cinquante florins de gages, & y ayant fait venir fa mere, il commença à prendre des penfionnaires.

Il introduifit dans fon Ecole les pratiques qu'il avoit vûës obferver

dans

dans celle de *Strasbourg*, & la rendit par ce moyen très-célebre.

Il sçavoit déja les langues Latine, Gréque, Hebraïque, & Italienne ; il y joignit alors la Françoise, qu'il apprit d'*Albert Lin-
sius.*

Il se maria en 1558. & épousa
Sibylle Ronner qui mourut en 1561.
après lui avoir donné deux filles &
un garçon. Il ne demeura veuf que
deux ans, & épousa en 1563. en
secondes nôces *Catherine Vogler* de
Tubinge. Celle-ci étant morte aussi,
il prit pour troisiéme femme *Catherine Vetscher* d'*Eslingen*, dont il
eut dix enfans, qui moururent tous
avant elle, & qui mourut elle-même l'an 1599.

Matthias Garbicius, Professeur
en Morale & en langue Gréque à
Tubinge étant mort le 1. May 1559.
Crusius fut choisi pour lui succé-
der, ce qui l'obligea de quitter
Memmingen pour s'aller établir à
Tubinge, où il prit possession de sa
chaire le 1. Août de cette année.

Il demeura en cette Ville jusqu'à
l'an 1566. que la peste y étant sur-

M. CRU-
SIUS.

venuë, tous les Professeurs se retirerent à *Eslingen*. Pour lui il alla à *Fribourg*, & de-là à *Basle*, où il resta quatre mois. Il perdit pendant ce temps-là sa mere & une de ses filles qui étoient demeurées à *Tubinge*, & qui y moururent de la peste.

Au mois de Janvier 1567. on le rappella à *Eslingen*, & il y alla reprendre ses fonctions, qu'il y continua jusqu'à l'année suivante, qu'il s'en retourna avec tous les Professeurs à *Tubinge*.

En 1569. Il fut exempté des fonctions de Professeur en Rhetorique ; emploi qui avoit été ajoûté à celui de Professeur en langue Gréque ; mais on lui en conserva les appointemens, & on lui donna pour successeur *George Burckhard*.

Ses forces commencérent à diminuer en 1592. Il ne laissa pas de vivre encore quinze ans ; mais enfin se trouvant à l'âge de 81. ans, & voyant qu'il ne pouvoit aller loin il fit assembler l'Université, avec le Recteur à la tête, le traita ma-

gnifiquement, & lui fit préfent
d'un Gobelet eftimé cent florins.

Il ne furvêcut pas long-temps à
cette cérémonie ; car il mourut le
25. Fevrier 1607. dans fa 81. année.

Il laiffa une Bibliotheque nom-
breufe, compofée de Livres curieux ramaffez dans toute l'Europe
& dans l'Afie, & qui fut eftimée
deux mille florins.

Catalogue de fes Ouvrages.

1. *Commentarius Sturmianus in
Olynthicam I. Demofthenis & Scholia
in fecundam. Argentorati* 1554. *in-
12.*

2. *Scholia Sturmiana in* 1. 2. &
3. *Eglogam Virgilii. Argentorati.*
1556. *in-12.*

3. *Inftitutionis puerilis in lingua
Latina partes VI. Argentorati. in-12.*
1556. & 1557. Il compofa cet
Ouvrage pour l'ufage de fon Ecole
de *Memmingen.*

4. *Grammatica Græca cum latina
congruens. Partes duæ. Bafileæ* 1558.
in-8°. Imprimée plufieurs fois depuis.

5. *Poematum Græcorum libri duo,*
addita è regione versione Latina.
Basileæ 1567. *in-*4°. Ces Poëmes
font fur les Evangiles des Diman-
ches de l'année, fur les fept Pfeau-
mes, fur l'Hiftoire de Sufanne &
d'autres matieres facrées.

6. *Orationum liber Unus. Basileæ*
1567. *in-*4°. avec les Poëmes
Grecs.

7. *Majoris Syntaxeos Græcæ Epito-*
me. Tubingæ. 1583. *in-*8°.

8. *Civitas Cœleftis, feu Catecheti-*
cæ conciones Græco-Latinæ. Tubingæ
1578. *in-*4°. Ce font des traductions Gréques & Latines de difcours prononcez en Allemand par
Jacques André, *Theodore Schnep-*
fius, *Heerbrandus*, & d'autres qu'il
avoit écrits en Grec à mefure qu'ils
les prononçoient ; ce qui fait voir
l'ufage qu'il avoit de cette langue.

9. *Salomoni Schvveigkero congra-*
tulatio de Peregrinatione ejus. Argen-
torati 1582. Il eft fait mention de
cet Ouvrage dans le Catalogue de
la Bibliotheque d'*Oxford*, qui n'en
marque pas la forme.

10. *Jacobi Heerbrandi Compen-*

dium Theologiæ Latine, & Græce M. Cru-
verfum per M. Cruſium. Witteberga sius.
1582. *in-*4°.

11. *Quæſtionum in Philippi Me-
lanchtonis elementorum Rhetorices libros duos Epitome. Tubingæ* 1583.
*in-*8°.

12. *Heliodori Æthiopicæ Hiſtoriæ
Epitome, cum obſervationibus. Francofurti.* 1584. *in-*8°.

13. *Turco-Græciæ libri octo, quibus Græcorum ſtatus ſub Imperio Tur-
cico, in Politia & Eccleſia, Oecono-
mia & Scholis, jam inde ab amiſſa
Conſtantinopoli ad hæc uſque tempora
luculenter deſcribitur. Baſileæ* 1584.
in-fol. Les liaiſons que *Cruſius* s'é-
toit faites à *Conſtantinople* ont produit cet Ouvrage, qui eſt le meilleur & le plus curieux de tous ceux
qu'il a publiez. Il ne ſera pas inutile de faire connoître en particulier
ce qu'il contient.

On voit dans le premier Livre
une Hiſtoire politique de *Conſtantinople* depuis l'an 1391. juſqu'en l'an 1578. en Grec & en Latin, avec les Notes de *Cruſius*, &
une Lettre de *Theodoſe Zygomale*

M Cr-
sius.

fur la prife de *Conftantinople* & fur l'Etat préfent de la Grece, écrite en 1581. à *Crufius*, avec des obfer-vations.

Le fecond contient l'Hiftoire des Patriarches de *Conftantinople* depuis la prife de cette Ville juf-qu'au temps de *Crufius*, écrite en Grec vulgaire par *Emmanuël Ma-laxe*, & traduite en Latin par notre Auteur, qui y a joint des Scho-lies.

Plufieurs Lettres écrites par des Grecs depuis l'an 1566. jufqu'en 1580. rempliffent le troifiéme & les deux fuivans.

Le fixiéme renferme, 1°. *La Batrachomyomachie* d'*Homere* tra-duite en Grec vulgaire par *Deme-trius Zenus*, qui a employé dans fa traduction des vers rimez de quin-ze fyllabes, avec une verfion La-tine en Profe de *Crufius*. Cet Au-teur y a joint outre fes Notes un difcours en forme de Préface, qu'il avoit recité dans l'Académie de *Tubinge* le 3. Avril 1581. & où il explique les préceptes cachez fous la Fâble du combat des Rats &

dès Grenouilles, qui ne fut com- M. Cru-
poſée, ſelon lui, par *Homere*, que sius.
pour l'inſtruction de deux enfans
dont on lui avoit confié l'éducation. *Jean Michel Langius* a fait
réimprimer ces deux traductions
avec les Notes & la Préface de
Cruſius à la ſuite d'un livre intitulé :
Ad Poëſim Græco-Barbaram ſuccincta
Introductio. Altdorſi 1707. *in-*4°.
2°. Quelques Poëſies Latines de
Cruſius traduites en Grec vulgaire
par *Simeon Cabaſilas.*

On trouve dans les deux derniers
pluſieurs Lettres écrites de *Conſ-*
tantinople, ou d'autres endroits de
la Grece à des Sçavans de *Tubinge*,
& d'autres écrites de cette Ville en
Grece. *Cruſius* avoit acquis une
grande connoiſſance du Grec vulgaire, & c'eſt lui qui l'a enſeigné
le premier en Allemagne.

14. *Germano-Graciæ Libri ſex, in*
quorum prioribus tribus Orationes, in
reliquis Carmina Græca & Latina
continentur. Baſileæ 1585. *in-fol.*

15. *Defenſio neceſſaria adverſùs*
Nicodemi Friſchlini quinque rei Gram-
matica & virulentarum calumniarum

M. Cru- *Dialogos. Basileæ* 1587. *in-*8°. La dispute de *Crusius* avec *Frischlinus* **sius.** qui a produit cet Ouvrage & les suivans, ne roule que sur des minuties de Grammaire. Rien cependant n'égale l'emportement avec lequel ils ont écrit l'un contre l'autre. Les injures les plus grossiéres n'ont point été épargnées des deux côtez, & à voir la vivacité avec laquelle ils se font exprimez, on croiroit qu'il s'agissoit entr'eux de toute autre chose que de ce qui faisoit la matiere de leur differend.

16. *Justa, vera, & postrema responsio ad ingrati desperatique Nicodemi Frischlini Mendacem ac scelestissimum Celestismum anno* 1588. *editum. Basileæ.* 1588. *in-*8°.

17. *Responsum adversus Poppismi Grammatici dialogum tertium per Nicodemum Frischlinum Poëtam editum. Francofurti* 1599. *in-*8°.

18. *Libri duo ad Nicodemum Frischlinum. I. Animadversionum in Grammaticam ejus Latinam. II. Ad ejusdem Strigilim Grammaticam Antistrigilis. Cum refutatione demonstrationis Ablativi Græcorum, & brevi Responsione ad*

Grammaticam diſputationem ejuſdem. M. Cru-
1586. *in-8°. Argentorati.*   sius.

19. *Oratio de Imperatore Frederico*
Barbaroſſa. Francofurti. 1593. *in-4°.*

20. *Cerua Matutina,* hoc eſt,
Pſalmi 22. *Deus meus &c. Paraphra-*
ſis. Argentorati 1590. *in-8°.*

21. *Oratio de Vetuſtiſſimo Wirtem-*
bergenſis Ducatus Oppido Calua, ejuſ-
que generoſis Rectoribus. Tubingæ
1595. *in-4°.*

22. *Annales Sueuici, ſeu Chronica*
rerum geſtarum antiquiſſima & inclyta
Sueuiæ gentis Dodecades tres ab initio
rerum ad annum 1594. *Accedunt Pa-*
ralipomena rerum ſueuicarum, in qui-
bus exponuntur Sueviæ Regiones, Prin-
cipatus, comitatus, Nobilitas, Wur-
tenbergicæ & aliæ Sueviæ urbes, Mo-
naſteria, Arces, & Pagi uſque ad
annum 1596. *Francofurti in-fol.* 2.
vol. le premier en 1595. & le ſecond en 1596. Cet Ouvrage eſt
très-eſtimé & peu commun. Comme il a été imprimé à l'inſcu de
l'Auteur il n'eſt pas toûjours dans
l'ordre où il l'auroit mis, s'il l'a-
voit fait imprimer lui-même. *Cru-*
ſius s'eſt ſervi utilement d'*Aventin,*

M. CRU-
SIUS.

& de *Bruschius*, quoiqu'il ne les ait pas copié en Plagiaire. C'est le jugement que porte de ce Livre M. l'Abbé *Lenglet*. J'ajoûterai que, suivant *Struvius*, l'Auteur est exact & qu'il y a des choses curieuses dans son Ouvrage, mais qu'il y a mêlé des bagatelles, qui ne méri-toient pas d'y avoir place.

23. *Græco-Latinæ conciones duæ de die Festo S. Joannis-Baptistæ, una Theodori Schneppffii de ejus morte, ex Matthæi 11. capite. Altera Joannis Brentii ex Esaiæ cap. 40. Tubingæ. 1594. in-4°.*

24. *Orationes tres 1. de Heva Ma-tre. 2. de Sara 3. de Agara Ancilla. Lavingæ 1601. in-40.*

25. *Orationes duæ de Rebecca, Lea, & Rachel, tribus præstantissimis fœmi-nis. Francof. 1602. in-4°.*

26. *Oratio de speciosa & pia Es-thara Judæa. Tubingæ 1603. in-3°.*

27. *Oratio de Vita & Morte M. Leonhardi Engelhardi. Francofurti 1603. in-4°.*

28. *Oratio de Principe Eberhardo Barbato. Tubingæ. 1603. in-4°.*

29. *Corona Anni, seu explicatio*

Evangeliorum & Epiftolarum quæ in M. CRU-
diebus Dominicis ac Feftis legendæ funt. SIUS.
Græce & Latine. Witteberga 1603.
4. *tom. in-*4°. Ce font des Sermons
d'*Heerbrandus*, de *Schnepffius*, &
d'autres qu'il avoit copiez, lorfqu'ils les debitoient.

30. *Pyrafter & Pyrus.* C'eft un
difcours qui fe trouve dans l'*Amphitheatrum Dornavii t.* 1. *p.* 217.

31. Il avoit fait des Commentaires fur tous les Ouvrages d'*Homere*, mais il n'en a paru que ceux
du premier Livre de l'Iliade, que
Gothard Vægelinus a publiez à *Hei-
delberg* en 1612.

V. *Melchior Adam Vitæ Philofo-
phorum. Freheri Theatrum Vitorum
Doctorum*; & un Programme de
Jean Conrad Dietericus, intitulé :
*Propagatio Græcarum Literarum &
Poefeos per Germaniam à Trium-viris
Litterariis Martino Crufio*, *Michaele
Neandro*, *Laurentio Rhodomanno inf-
tituta. Gieffæ* 1663. *in-*4°.

LOUIS VIDEL.

LOUIS *Videl* naquit vers l'an 1598. de *Laurent Videl* Médecin Briançonnois, fuivant *Gui Allard*, au lieu que *Chorier* le nomme feulement fon petit fils. Ce Médecin eft le premier qui ait écrit contre *Noftradamus*, & dont on a fur ce fujet un Ouvrage intitulé : *Déclaration des abus, ignorances & féditions de Michel Noftradamus. Avignon in-8°.*

Louis Videl préféra les belles Lettres à la Médecine, & s'y appliqua avec fuccès. Les progrez qu'il y fit furent plûtôt des effets de la vivacité de fon efprit, & de fes heureufes difpofitions, que d'une application continuë, dont fa legereté naturelle le rendoit incapable.

Le Duc de *Lefdiguieres*, Gouverneur du Dauphiné, l'ayant goûté, le prit de bonne heure auprès de lui, & en fit fon Sécretaire. Après fa mort arrivée le 28. Sep-

tembre 1626. Le Duc de *Crequi* L. VI-
fon gendre & fon fucceffeur dans DE L.
le Gouvernement du Dauphiné,
le retint auprès de lui, & lui conferva le même pofte ; mais *Videl*,
qui comptant fur les faveurs de la
fortune, qui lui rioit en toute matiere, ne fongeoit qu'à fe donner
du bon temps, ayant encouru la
difgrace de fon Maître, fans qu'on
en fçache le fujet, fut congedié au
bout de quelques années, & obligé
de fe retirer chez lui, où il chercha
de la confolation dans l'étude &
dans la compofition de quelques
Ouvrages.

Après quelques années de retraite, le Marechal de l'*Hôpital* ayant
été fait en 1650. Gouverneur de
Paris, l'y fit venir pour être fon
Sécretaire. Mais fon imprudence
lui fit encore perdre ce pofte, &
lui ferma même pour toûjours les
voyes à la fortune.

Il fut de nouveau obligé de fe
procurer une reffource par le fecours
des belles Lettres. Il entra chez une
perfonne très-riche pour être gouverneur de fon fils, & il s'aquita fort

L. VI- bien de cet emploi ; ménageant
DE L. avec foin le temps qu'il lui laiffoit
libre, pour s'adonner à la Geogra-
phie, dans laquelle il fe rendit très-
habille.

Les connoiffances qu'il y aquit
lui furent d'un grand ufage dans
la fuite ; car lors qu'il fut retourné
à *Grenoble*, il s'en fervit pour gagner de quoi fubfifter. Il tenoit
chez lui une Ecole de Geographie,
où plufieurs jeunes gens de Condition venoient s'inftruire fous lui.
Il avoit mis toute la Geographie
en vers François, qu'il leur faifoit
apprendre, pour leur imprimer
davantage les chofes dans l'efprit.
Il expliquoit auffi les Poëtes Latins
à ceux qui le fouhaittoient ; & apprenoit la langue Françoife aux
Allemands & aux autres Etrangers
qui paffoient par *Grenoble*.

Il s'appliqua fur la fin de fa vie à
la langue Italienne ; c'étoit une
nouvelle refource qu'il fe ména-
geoit pour avoir de quoi vivre plus
commodement ; car il traduifit
quelques Ouvrages de cette langue
en François, qu'il fit imprimer.

Il s'étoit marié, mais il eut la L. V E-
douleur de voir mourir ſa femme D E L.
quelques années avant lui, & d'être
ainſi privé des ſecours qu'il auroit
pû en tirer dans ſa vieilleſſe.

Quelques Magiſtrats de la Chambre des Comptes de *Grenoble*, qui
l'eſtimoient, lui avoient procuré
un appartement dans le Palais où
cette Chambre s'aſſemble ; & ce
fut-là qu'il mourut, agé de **77.**
ans, l'an **1675.** comme le marque
Gui Allard. Je ne ſçai pourquoi le
P. *le Long* a mis ſa mort en **1674.**
contre une autorité ſi poſitive.

Catalogue de ſes Ouvrages.

1. *Le Melante, Hiſtoire amou-*
reuſe du temps, par le ſieur Videl.
Paris 1624. *in-*8°. Il fit cet Ouvrage dans ſa premiere jeuneſſe.

2. *Hiſtoire du Duc de Leſdiguieres,*
Connétable de France ; contenant ſa
vie, avec pluſieurs choſes mémorables
ſervant à l'Hiſtoire générale depuis
l'an 1543. *juſqu'à ſa mort. Paris*
1638. *in-fol.* 2. *édition augmentée.*
Grenoble 1649. *in-*8°. Cette Hiſtoire eſt écrite d'une maniere agréable, auſſi éloquente que curieuſe,

L. VI-
DEL.

mais c'est plûtôt un éloge qu'une Histoire. C'est le jugement qu'en porte le P. *le Long. Chorier* dit dans la vie de *Pierre Boissat* que *Videl* acheva cet Ouvrage en peu d'années, & que *Boissat* le revit & en polit le stile.

3. *Histoire du Chevalier Bayard avec le Supplément de Claude Expilly, Président au Parlement de Dauphiné, & les Annotations de Theodore Godefroy, augmentées par Louis Videl. Grenoble* 1651. *in-8°.*

4°. *L'Esprit du Christianisme traduit du Latin de Jean Eusebe de Nieremberg, Jesuite. Grenoble* 1650. *in-8°.*

Je ne connois que ces Ouvrages de *Videl. Chorier* dit qu'il a fait imprimer des Lettres choisies écrites à plusieurs personnes de considération, mais je n'ai pu découvrir ce que c'est. *Gui Allard* dit aussi qu'il a traduit le Capucin Ecossois de l'original Anglois, je ne peux rien dire de positif sur cet article où il peut y avoir de la méprise; car nous avons *le Capucin Ecossois, ou Histoire d'un Capucin d'Ecosse,* tra-
duit

duit de l'Italien de *N. Rinuccini par* L. V I-
François Barrault. Paris 1664. *in* D E L.
12. qui ne peut être celui dont *Allard* a voulu parler. Cet Auteur
ajoûte qu'il a traduit *la conduite de
la volonté & l'eſprit du Chriſtianiſme
du Latin d'Euſebius.* On ne s'aviſe-
roit guéres ſur la ſimple lecture de
ces paroles de ſoupçonner qu'il s'a-
git ici de Jean Euſebe de Nieremberg. Je ne ſçai ſi ſa traduction de
la conduite de la volonté a été imprimée.

V. *Guy Allard Bibliot. du Dauphiné. Nicolas Chorier vita Petri
Boeſſatii*, *p.* 187.

TABLE NECROLOGIQUE

des Auteurs contenus dans ce Volume.

EVEILLON (Jacques) m. en Decembre 1651.

SAINT-AMAND (Marc-Antoine Gerard de) m. en 1661.

FRESNOY (Charles Alphonſe du) m. en 1665.

NICOLAI (Jean) m. le 7. May 1673.

VIDEL (Louis) m. en 1675.

LABOUREUR (Jean le) m. en Juin 1675.

LABOUREUR (Louis le) m. le 21. Janvier 1679.

BENSERADE (Iſaac de) m. le 19. Octobre 1691.

GERBAIS (Jean) m. le 14. Avril 1699.

BOURSAULT (Edme) m. le 15. Septembre 1701.

SBARAGLIA (Jean-Jerôme) m. le 8. Juin 1710.

CARRE' (Louis) m. le 11. Avril 1711.

CHERON (Elizabeth-Sophie) m. le 3. Septembre 1711.

BEVERLAND (Adrien) m. vers l'an 1712.

HOMBERG (Guillaume) m. le 24. Septembre 1715.

FRANCKE (Augufte-Herman)
m. le 8. Juin 1727.

Fin de la Table necrologique.

TABLE

Des Auteurs contenus dans ce Volume, selon l'ordre des matieres qu'ils ont traitées dans leurs Ouvrages.

TABLE

DES MATIÈRES.

G

Généalogies.

H

Histoire universelle.

TABLE

L

Tome XIV. M m

TABLE

S.

Sermons.

T

Theologie Dogmatique.

V

Voyages.

Fin de la Table des Matieres.

ERRATA.

Page 36. *ligne dern.* par Ionie, *lif.* par la Félonie.

P. 52. *l.* 11. *Ingenium nifi homini*, *lif. ingenium nifi nos hominis.*

P. 58. *lig.* 3. *patruos*, *lif. patrios.*

P. 66. *lig.* 4. *patris*, *lif. patriis.*

P. 75. *lig.* 14. *le Tourneur*, *lif. le Tourneux.*

P. 77. *lig.* 14. qui entourent, *lif.* qui autorifent.

condition qu'elles foient, d'en introduire d'impreffion étrangere dans aucun lieu de notre obeïffance; comme auffi à tous Libraires-Imprimeurs & autres, d'imprimer, faire imprimer, vendre, faire vendre, débiter, ni contrefaire lefdits Memoires & Catalogue ci-deffus expofés, en tout ni en partie, ni d'en faire aucuns Extraits, fous quelque prétexte que ce foit, d'augmentation, correction, changement de Titre, ou autrement, fans la permiffion expreffe & par écrit dud. Expofant ou de ceux qui auront droit de lui, à peine de confifcation des Exemplaires contrefaits, de trois mille livres d'amende contre chacun des contrevenans, dont un tiers à Nous, un tiers à l'Hôtel-Dieu de Paris, l'autre tiers audit Expofant, & de tous dépens, dommages & interêts. A la charge que ces Préfentes feront enregiftrées tout au long fur le Regiftre de la Communauté des Libraires & Imprimeurs de Paris, & ce dans trois mois de la date d'icelles; que l'impreffion de ce Livre fera faite dans notre Royaume & non ailleurs, & que l'Impetrant fe conformera en tout aux Reglemens de la Libr. & notamment à celui du 10. Av. 1725. & qu'avant de l'expofer en vente, le manufcrit ou imprimé qui aura fervi de copie à l'impreffion dudit Livre fera remis dans le même état où l'Approbation y aura été donnée, és mains de notre très-cher & feal Chevalier Garde des Sceaux de France le fieur Fleuriau d'Armenonville, Commandeur de nos Ordres; & qu'il en fera remis 2 exemplaires dans notre Bibliotheque publique, un dans celle de notre Château du Louvre, & un dans celle de nôtre très-cher & feal Chevalier Garde des Sceaux de France le Sr Fleuriau d'Armenonville, Commandeur de nos Ordres; le tout à peine de nullité des Préfentes, du contenu defquelles vous mandons & enjoignons de faire joüir l'Expofant ou fes ayans caufe pleinement & paifiblement, fans fouffrir qu'il leur foit fait aucun trouble ou empêchement. Voulons que la copie des Préfentes qui fera imprimée tout au long au commencement ou à la fin dud. Livre foit tenue pour dûëment fignifiée, & qu'aux copies collationnées par l'un

de nos amez & féaux Conseillers & Secre-
taires , foi soit ajoutée comme à l'original
COMMANDONS au premier notre Huissier ou Ser-
gent, de faire pour l'execution d'icelles, tous Actes
requis & necessaires , sans demander autre per-
mission , & nonobstant clameur de Haro, Charte
Normande , & Lettres à ce contraires : CAR tel
est notre plaisir. DONNE' à Paris le 28 Novembre
l'an de Grace mil sept cens vingt-six, & de notre
Regne le douziéme, Par le Roy en son Conseil ,
                    DE S. HILAIRE.

*Registré sur le Registre VI. de la Chambre Royal
des Libraires & Imprimeurs de Paris, N. 530. F.
421. conformément aux anciens Reglemens confir-
mez par celui du 28 Fevrier 1723. A Paris le 30.
Decembre 1726.*
                Signé, VINCENT, Adjoint.

De l'Imprimerie de GISSEY, rue
de la vieille Bouclerie.

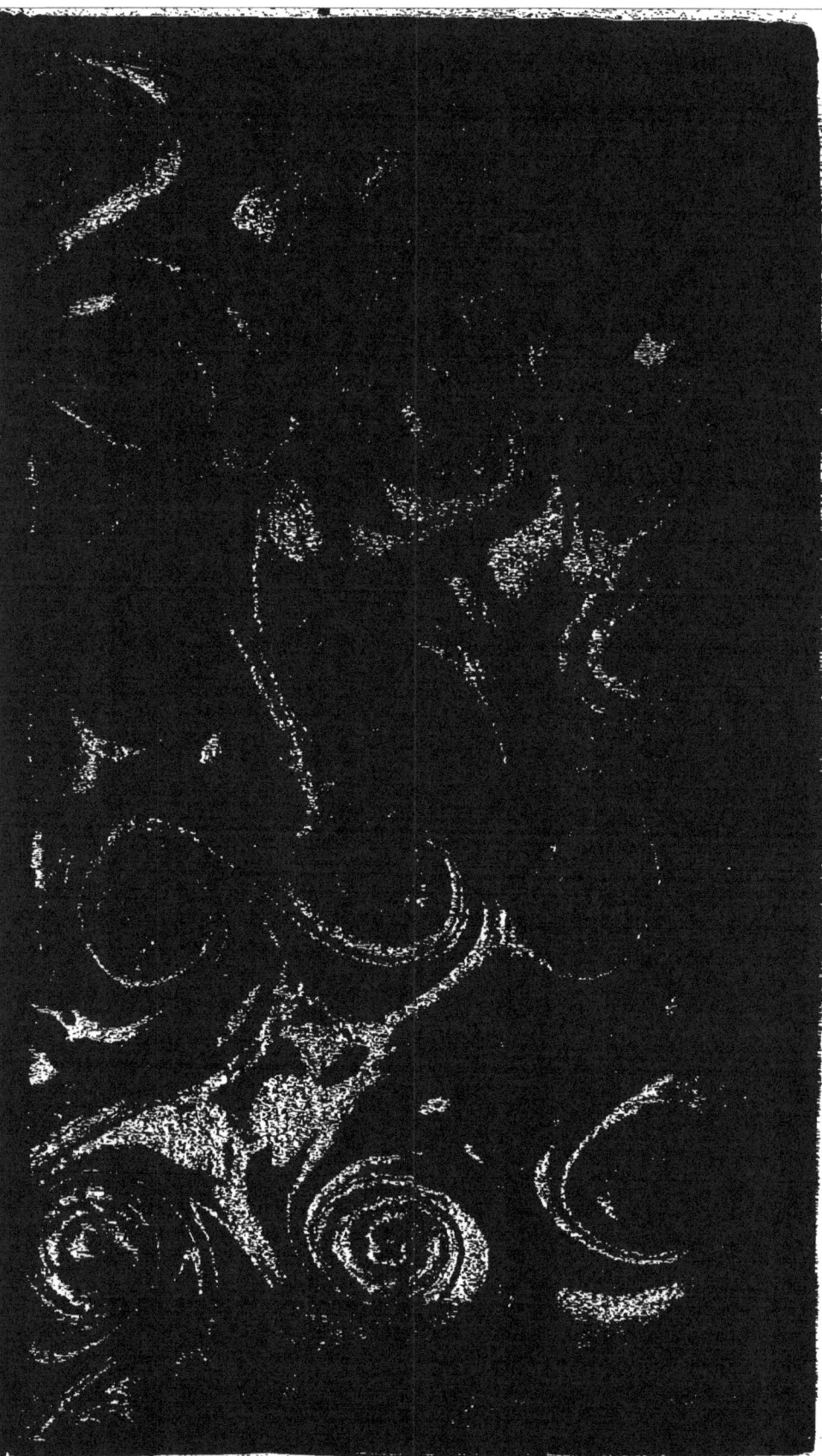

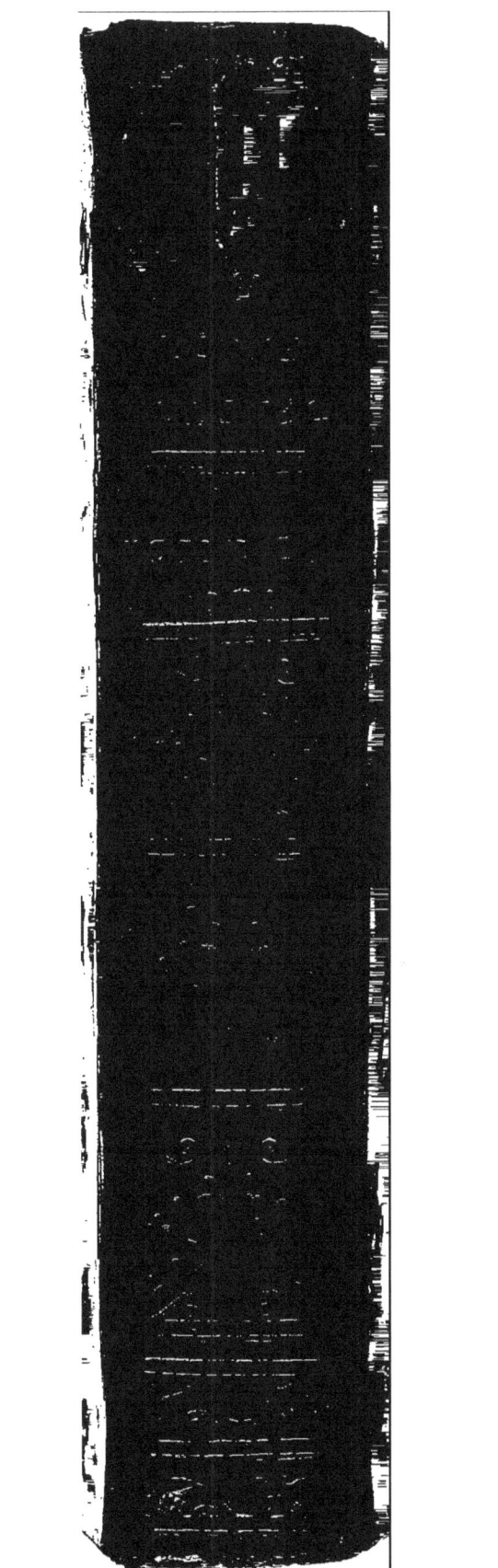

www.ingramcontent.com/pod-product-compliance
Lightning Source LLC
Chambersburg PA
CBHW070302040726
47505CB00020B/226